Vorhofflimmern

Umschlaggestaltung: Martin Schink
Satz: Raimund Nitzsche
Lektorat: Erik Münnich
Druck: Sowa Sp. z o.o.
ISBN: 978-3-943672-80-0
www.freiraum-verlag.com

Michael Kraske

Vorhofflimmern

freiraum-verlag

„You better watch what's going on when the lights go out, when the night is dark, when there ain't nobody looking around. When the lights go out down in this dirty little town."

(Bruce Springsteen)

Für Dich, Alex. Und für Sophie, David und Mila.

1.

Sie drangen tiefer ein. In das nachtgraue Gräsermeer und die Vorstellung eines Neuanfangs, der alles zurücklässt, was sie in Hamburg gewesen waren. Entfernten sich von dem alten Hof, wo unausgepackte Kartons auf sie warteten, und von der Unsicherheit, ob sie es richtig gemacht hatten. Der Wind roch würzig und erinnerte an früher, an Heimmärsche in Lederjacke mit längst vergessenen Freunden für die Ewigkeit. Sie gingen Hand in Hand, sogar das.

Leo erzählte lieber nicht, was ihm durch den Kopf ging. Aus Angst, alles kaputtzumachen. Ohnehin würde sie jeden Moment die Mücken bemerken und ihn zur Flucht aus der Wildnis drängen. Seit sie angekommen waren, hörte er nichts anderes von ihr. Pass auf die Mücken auf, mach das Fenster zu, mach das Licht erst an, wenn die Tür geschlossen ist. Er hatte ihr diesen nervösen Reflex auf die Fremde nachgesehen. Jetzt, wo sie wirklich angriffen, kein Wort. Stattdessen umschlang Andrea von hinten seine Brust, als müsse sie sich in hüfthohen Wellen an ihm festhalten. Er genoss den Druck ihrer Hände, blickte wie ein Skipper über das dunkle Violett. Das hier hatte nichts mit den beigegrauen Fassaden zu tun, die sich ihnen bei der Fahrt im Umzugslaster aufs Gemüt gelegt hatten. Die ihnen den Hals zugeschnürt und Fluchtreflexe provoziert hatten, die sich nur schwer unterdrücken ließen. Als er ihre Hand nicht mehr losließ, um austretende Traurigkeit einzudämmen und Zuversicht zu geben, die er selbst nicht hatte. Es kam nicht oft vor, dass sie ihn so brauchte. Nichts hatte diese Entdeckung mit Liebbrehna zu tun, dieser Karikatur von einem Ort, die ab jetzt ihr Zuhause war.

Erinnerungen legten sich über den Augenblick. Die endlosen, rotweinseligen Freundschaftsgelage im Sand an der Övelgönne. Die lautlos vorbeiziehenden Containerschiffe mit ihrem Mythos von Ferne. Die Gesänge am Millerntor und der Absacker in einer schrabbeligen Bar auf St. Pauli, wenn sie wieder den Arsch vollgekriegt hatten von irgendeinem Zweitligisten aus der Provinz. Die heuchelnde Duzerei in irgendeiner Fotoredaktion, alibimäßig über seine Fotos gebeugt, wo irgendeine Gabi oder Kerstin ihre Ignoranz als Lässigkeit kaschierte und man im Angesicht einer neuen Demütigung ebenfalls auf cool und lässig machen musste, auch wenn man ihr am liebsten ins Gesicht gespuckt hätte. Gruner + Jahr. Baumwall. Landungsbrücken. Drauf geschissen. Sie hatten nicht viel geredet, seit sie hergekommen waren. Nicht über ihre Ängste, nicht über die Wehmut. Sie hatten Kisten ausgepackt, Schränke geschleppt, aufgebaut. So, als verstehe sich alles von selbst. Als gebe es keinen Zweifel.

Er drehte sich um und küsste sie und sie wickelte den Kuss nicht mit harter Zunge ab, wie sie es manchmal tat, sondern lieferte sich ihm aus. Einen Moment lang blieb er auf der Hut, um sich eine Abfuhr zu ersparen. Aber sie hatte es nicht eilig. Milan schlief sicher schon oder hatte Kopfhörer im Ohr oder machte sonst was. Er war aus dem Alter raus, wo man sich ständig um ihn sorgen und kümmern musste. Das hatten sie hinter sich. Weiß Gott hinter sich. Kraft und Tränen hatte es gekostet, mehr als genug. Nie wieder würde Leo einem miserabel Deutsch sprechenden türkischen Vater in dessen Wohnzimmer erklären müssen, dass der seinen Gangster-Sohn bitte schön dazu bringen möge, Milan nicht mehr das Handy abzuziehen. Nie wieder würde er Milan einimpfen müssen, nichts auf die kleinen Geldsäcke in ihren Stoffhosen zu geben, die ihn behandelten wie einen Sozialhilfeempfänger. Leider ohne Geld geboren, leider ohne Geld geboren. Weil er die H&M-Marke *L.O.G.G.* trug.

Er küsste sie noch mal. Wagte es, ihren großen, schweren Busen anzufassen, den er mit einer Hand nicht zu fassen bekam, der sich seinem Griff entwand, als wollte er ihn necken. Ein inniger Zungenkuss hätte ihm genügt, mehr war eh nicht drin. Bis sie die Arme hob, ihn wortlos aufforderte, sie auszuziehen. Sie mussten grinsen. Er saugte sacht an ihren großen Nippeln, bis sie ihn anstachelte, fester zu machen. Wenn sie ihren Busen unter langen Klamotten zu verstecken versuchte, wusste er, da war kein Rankommen, dann brauchte er sich ihr gar nicht erst zu nähern. Am besten ließ er sie dann in Ruhe, jedes Wort konnte zu viel sein. Als hätte sie zwei Persönlichkeiten. Er liebte beide, aber in solchen Momenten fiel es ihm schwer, sich die andere vorzustellen. Die ihn überkam wie ein erster Kuss, wenn ihr danach war. Die er oft vermisste. Sie machte keine Anstalten aufzuhören, sah sich nur kurz um, bevor sie sich an seiner Hose zu schaffen machte. Der Boden unter ihm nass und kalt. Er konnte sich nicht erinnern, wann sie es zuletzt im Freien gemacht hatten. Ob überhaupt schon mal. Als wollte sie ihm was beweisen oder sich selbst. Sie begann, ihn zu reiten, enthemmt, ganz unerwartet. War mehr Ausbruch als Vereinigung, so kam es ihm vor. Kurz fragte er sich, ob das alles ihm galt, dann ließ er es zu. Freute sich über die Hingabe. Ihre Körper klatschten aneinander, konnten sich gar nicht nah genug kommen. Zikaden schrien. Feuerten sie an. Endlich hatten sie sich.

Andrea vor Augen begann er, neu zu hoffen: auf unverbogene Zweisamkeit, auf brennende, verzehrende Leidenschaft. Auf Tage, die nach einer Sommerwiese riechen, auf Glück ohne die Phasen lauwarmer Gewöhnung. Auf alles, was immer mal aufblitzt, um dann wieder im Alltag zu ersaufen. Und wenn es nur ein sentimentaler Reflex war, egal. Der Glaube an die unbedingte, vorbehaltlose, geheimnisfreie Liebe. Ausgerechnet hier. In Liebbrehna. Am Ende der Welt. Sie umarmten sich. Andrea sprang auf seinen Rücken und umklammerte ihn. Er trug sie durchs Gras, bis sie ihm zu schwer wurde. Sie gingen nebeneinander zurück. Diesmal schwiegen sie nicht, weil die Worte fehlten, sondern weil es keine brauchte. Es schien, als hätten sie alles richtig gemacht.

2.

Ihre Befürchtung, dass keiner kommen würde, erwies sich als unbegründet. Je näher das Fest rückte, desto wahlloser hatte Andrea eingeladen. Nachbarn auf der Straße, freundliche Patienten in der Praxis, die ersten Fremden, die beim Bäcker zu bekannten Gesichtern wurden. Nachts hatte sie lange wach gelegen. Hatte sich ausgemalt, wie sie allein im Hof stehen und auf Gäste warten würden, die nicht kommen. Jetzt saßen sie an den langen Biertischen, die sie beim Getränkemarkt ausgeliehen hatten, oder standen an den Stehtischen, die Andrea in weiße Tischdecken gehüllt hatte. Einige hatte sie noch nie gesehen, die musste Leo eingeladen haben.

An einem Stehtisch mühte sich ihre Freundin Inga, die als einzige mit ihrem Mann aus Hamburg angereist war, mit den neuen Nachbarn ab. Mit Ingolf, einem großgewachsenen Glatzkopf, von dem Andrea nur wusste, dass er bei der Polizei war. Seine Frau Marlene, zu blond für fast fünfzig, lachte über alles, was ihr Mann sagte. Die hochhackigen Stiefel ließen Inga auf dem Kopfsteinpflaster des Innenhofs immer wieder umknicken, ihr Mann mit Pulli um die Schultern, als habe er sich auf dem Weg in den Golf-Club verirrt. Inmitten von Frauen, die ohne jede Ironie T-Shirts trugen, auf denen dümmliche Eitelkeiten wie *Glamour-Girl* standen, die in Verbindung mit dem Aussehen ihrer Trägerinnen geradezu lächerlich wirkten. Dazu Männer in knielangen Cargo-Hosen, aus dem Leim gegangene Doppelgänger ihrer Söhne.

Ingas krampfhafter Versuch, mit diesen Leuten ins Gespräch zu kommen, unterbrochen vom Nippen am Sektglas, um peinliche Pausen zu überspielen. Blicke aus den Augenwinkeln, die nach Gewohntem und Vertrautem Ausschau hielten und sich fremdelnd verloren. Weit und breit keiner, den sie in ein Gespräch über das neue Design von Rolf Benz verwickeln konnte, weil die anderen glatt angefangen hätten, über Autos zu sprechen. Ihr Eppendorfer Dünkel. Andrea kostete ihre Unbeholfenheit aus, bevor sich schlechtes Gewissen regte und sie sich mit einem Tablett auf den Weg machte, um Inga mit gegrillten Auberginen zu erlösen. Sie platzte in Ingolfs Schilderung einer heilen Welt ohne albanische Drogendealer, Crystal und das ganze Gift, das unsere Kinder versaut. Inga und ihr Mann ließen das über sich ergehen, ohne auch nur zu versuchen, Hamburg gegen die Provinz zu verteidigen. Ingolf nahm einen großen Schluck Bier, die angebotenen Auberginen lehnte er empört ab. Hob die Arme, als wollte sie ihn damit vergiften.

„Hier, Frau Dokter, wenn Sie mal richtige Thüringer auf den Grill werfen wollen, sagen sie Bescheid, die besorg ich Ihnen."

Der Hinweis auf das falsche Grillgut. Das verklemmt vertrauliche *Frau Dokter*, das sie schon den ganzen Abend zu hören bekam. Die Schadenfreude war weg. Inga fuhr morgen zurück nach Hamburg. Sie blieb hier. Andrea bedankte sich für das Angebot und versprach, drauf zurückzukommen. Wieder war sie auf der Hut, wollte Ingolf nicht vor den Kopf stoßen, schluckte runter, was ihr auf der Zunge lag. Sie hoffte, das würde sich mit der Zeit geben.

Als nächstes bot Ingolf an, einen Bauunternehmer zu vermitteln. Für die Fassade des Nebengebäudes. Er kenne da einen, der ihnen einen guten Preis machen würde. Sie hatten gar nicht vor, was dran zu machen, ganz abgesehen davon, dass sie im Moment gar kein Geld dafür hatten, aber eine Renovierung verstand sich offenbar von selbst. Sie hielt nach Ausgängen aus dem Gespräch Ausschau. Milan hatte sich hinter dem Grill verschanzt, wo er mit niemandem reden musste, und legte jetzt Würstchen auf, während neben ihm das gegrillte Gemüse unbeachtet erschlaffte. Leo wurde am Nebentisch genötigt, von exotischen Foto-Reportagen zu berichten, wie sie mit einem Ohr mithören konnte. Ruanda, Moldawien, sie sah, wie er sich wand, weil er nicht den Abenteurer raushängen lassen wollte. Ein großer Junge mit Kapuzenpulli und Turnschuhen, der aussah, als würde er gleich seine Kumpels auf der Schanze treffen. Endlich schaute er rüber. Sie suchten mit Blicken Halt beim anderen, ermutigten sich, tapfer zu bleiben, traten beide einen Schritt zur Seite, um Pause zu machen. Die eigene Dauerfreundlichkeit verursachte ihr Kopfschmerzen.

„Hey, machst dich gut als Gastgeber."

„Sind ja doch viele gekommen, ist doch cool."

„Alle sehr offen, findest du nicht?"

„Total. Ist ja nicht selbstverständlich."

Keiner wagte es, die hölzernen Dialoge anzusprechen, die Unsicherheit, das Unbehagen. War auch gar nicht nötig, sie merkten es beide, lächelten drüber weg. Erleichtert begrüßten sie die Nachbarn vom Hof nebenan, wurden von Uwe und Patricia wie selbstverständlich geduzt, ohne Zögern. Ihre Umarmung herzlich und unverstellt. Die beiden hatten einen Korb mit Gemüse und selbst gemachtem Käse mitgebracht. Alles Bio, eigener Anbau, kein Gift. Schon wieder kein Gift. Erfreut registrierte sie Uwes lange Haare und Patricias bunte Bluse, die einzigen Hippies von Liebbrehna wohnten nebenan, sie lachten wie Schiffbrüchige, die soeben entdeckt hatten, dass sie nicht allein auf dieser einsamen Insel waren. Vor vier Wochen noch hätte

Andrea die beiden auf einer Party nur amüsiert beäugt, bestenfalls aus der Distanz ihre Exotik bewundert und sich nicht weiter mit ihnen abgegeben. Vor vier Wochen, vor einer Ewigkeit. Andrea wunderte sich über ihr eigenes Angebot, Patricia Yoga-Stellungen beizubringen. Obwohl sie sich vorgenommen hatte, sich so lange nichts ans Bein zu binden, bis das Haus wohnlich war. Aber die unerwartete Aussicht auf eine Freundin machte sie euphorisch.

Sie ärgerte sich, als Leo sie am Arm packte und unsanft zu einem kräftigen Mann im Anzug zog, der einen Kreis von Zuhörern um sich geschart hatte. Der abwechselnd in ein Wurstbrötchen biss und mit vollem Mund über den Bau von Hafengebäuden schwadronierte. Bauch-Mann, dachte sie. Ganz anders als Kramer oder Degowski mit ihrem bebrillten Chefarztgehabe, aber mit der gleichen überbordenden Selbstgewissheit ausgestattet. Leo stellte ihr Bürgermeister Merbitz vor. Der drückte ihr so fest die Hand, dass ihr der Ehering ins Fleisch schnitt. Der Bürgermeister war gekommen, nicht schlecht. Sie bot an, ihm den Hof zu zeigen.

Sie musste nicht viel sagen, Merbitz redete lieber selbst. Über die Roten, die alles hatten verkommen lassen, aber schon bald werde nichts mehr daran erinnern. Wenn erst der Hafen vom Klotzsche-See fertig sein werde. Klotzsche. Eines dieser komischen Worte, in denen sie sich verfing. Merbitz redete unentwegt weiter. Wie sehr er sich freue, dass endlich auch dieser Hof wachgeküsst würde. Sie schloss die Tür zum Nebengebäude auf. Knipste das Licht an, die weiß gekalkten Ziegelmauern blendeten unter nackten Glühbirnen. An den Wänden lehnten die auf große Leinwände gezogenen Schwarzweiß-Gesichter. Seit der Ausstellung hatte sie die Bilder nicht mehr gesehen. Auch nicht mehr sehen wollen, wenn sie ehrlich war. Sie konnte noch die kleinen Grüppchen sehen, die Cocktails trinkend vor den Porträts standen, wie wohlwollend sie genickt hatten, ihre lauwarmen Komplimente, bevor sie an die Bar weitergezogen waren. Wie Leos Stolz im Laufe des Abends zusehends zerbröselt war. Und ihr eigener. Wusste noch, mit welch übertriebener Freundlichkeit und kalkulierter Intimität sie ihren Klinikdirektor eingeseift hatte, damit wenigstens ein einziges Bild verkauft wurde. Sie schämte sich noch heute, wenn sie daran dachte. Merbitz stemmte die Hände in die Hüften und inspizierte die Bilder. Wie ein Oberst seine Truppe.

„Ihr Mann, hä? Donnerwetter. Do ham wa ja endlisch en Profi, der unsere Website aufhübschen kann."

„Die Ausstellung hieß Gesichter. Leo hat einen guten Blick für Menschen."

„Is ja n richtischer Günstler, ihr Mann."

Das Lob eines Ahnungslosen. Sie standen nebeneinander und betrachteten die Bilder. Sie fühlte, wie sich sein Arm um ihre Schultern legte wie eine Würgeschlange. Seine kräftige, fleischige Hand war falsch da, ganz falsch, ein mieser kleiner Übergriff, den sie ihm um die Ohren hauen sollte. Sie blieb stehen, hielt still und gönnte sich einen Augenblick zu lang seine Kraft und die ungehörige Nähe, bevor sie sich aus der Umklammerung wand, ein Bild zurechtrückte, das Licht löschte und hinter ihnen die Tür verschloss. Draußen lullten Lampions und leise Clubmusik alles in nächtliche Romantik, es wurde gelacht. Sie ging zu Milan, der immer noch hinter dem Grill stand, auch wenn es nichts mehr zu grillen gab, lächelte ihm aufmunternd zu.

„Sind doch auch Jungs in deinem Alter da, hast du schon gesehen?"

„Klar hab ich die gesehen, Mama."

„Und willst du nicht mal hingehen?"

„Danke Mama, mir geht's gut. Ich bleib einfach hier, okay?"

Sie gab schnell auf und mischte sich wieder unter die Leute. Sie waren nett, in Hamburg würde keiner so offen von seinen Kindern oder vom Job erzählen, nicht auf einer Party, nicht einer Fremden. Die Vertraulichkeit war bierselig, ja, aber sie tat gut. Ingolf, der Polizist, beugte sich so nah zu ihr rüber, dass sich sein warmer Atem in ihrem Ohr sammelte. Wenn sie mal Hilfe bräuchte, wüsste sie ja, wo er zu finden war. Sie prostete ihm zu. Was sollte sie auch sonst tun? Je länger der Abend, umso breiter wurde ihr Sächsisch. Sie konnten es je nach Bedarf dimmen oder aufdrehen. Um auf bodenständig, begriffsstutzig oder bauernschlau zu machen, je nachdem. Aber das störte nicht. Nur die Abkürzungen gingen ihr auf die Nerven. FDJ war klar. MfS auch. Stasi natürlich. Aber DRF? FDGB? Die ganze DDR hatte offenbar nur aus Abkürzungen bestanden. In den Anekdoten der anderen breiteten sie sich zu blinden Flecken aus. Da sie nicht jedes Mal nachfragen wollte, blieb ihr nichts anderes übrig, als unwissend zu lächeln. Das tat nicht weh und ihrer guten Laune keinen Abbruch, aber es trennte sie von den anderen, nährte die Ahnung, dass es dauern würde, anzukommen, wenn überhaupt.

Als die ersten gingen, machte Leo Feuer. Merbitz stellte ihm bei der Verabschiedung unter plumpen Lobhudeleien städtische Aufträge in Aussicht. Image-Fotos für die Website, vielleicht sogar eine Ausstellung im Rathaus. Natürlich nur, wenn es sein Job bei den Freien Nachrichten zulasse. Liebbrehna könne einen wie ihn gebrauchen und hier im Ort greife man sich noch unter die Arme. Christliche Nächstenliebe sei hier mehr als ein Lippenbekenntnis. Nächstenliebe, unter die Arme greifen. Sie fragte sich, ob nur sie die Doppeldeutigkeit bemerkte.

Am Ende saßen sie mit dem harten Kern ums Feuer. Andrea ging das Herz auf, als sie Milan neben einem Jungen auf einem Strohballen sitzen sah. Die schwarzen Haare fielen dem schmächtigen Jungen wie ein Vorhang vors Gesicht, ein allgegenwärtiges Versteck, sie musste an ein Schneckenhaus denken, aber unter dem Vorhang bewegten sich ab und an die Lippen. Sie redeten, starrten ins Feuer und redeten. Der Junge war anders als die anderen Jungs, die da waren. Keine Cargo-Hose, kein Kurzhaarschnitt, keine Muskeln, dafür mehrere Ohrringe und ein blauer Farbklecks in den schwarzen Haaren. Als habe ihm aus Versehen ein Maler den Pinsel über den Kopf gezogen. Sie sah den beiden zu, das Feuer mit seinem Knistern und flackerndem Schein machte versöhnlich und träge. Nach einer Weile bemerkte Andrea auf der anderen Seite die rothaarige Frau und meinte sich zu erinnern, sie in ihrer Praxis eingeladen zu haben. Das Licht des Feuers ließ deren Haut so erbleichen, dass die Adern im Dekolletee durchschienen. Andrea fiel auf, dass die Frau die beiden Jungs nicht aus den eindringlichen, grünen Augen ließ. Warmherzig sah die Frau aus. Und besorgt.

3.

Sie redeten nicht viel auf ihrem Weg durch rasierte Felder, vorbei an Gehöften, die auf Bauernidyll machten, obwohl nur noch ihre beiden Bio-Nachbarn eine Landwirtschaft betrieben. Milan hatte es sich nicht ausdrücklich verbeten – und es wäre bescheuert gewesen, nacheinander zu starten, nur um nicht zusammen zu gehen. Je näher sie dem Ort kamen, umso mehr gingen die Felder in farblose Ödnis über. Als habe jemand Staub über dem Unkraut ausgeschüttet. Sie waren sich einig, dass dieser ausgewaschene Farbton zwischen Grün, Grau und Beige rund um Hamburg nicht existierte, wo die Wiesen so grün waren, dass man nicht zögerte, sie saftig zu nennen. Wieder ein erster Schultag, dachte Leo. In Hamburg waren sie umgezogen, um ihr Leben zu optimieren. Von Harburg nach Altona nach Eppendorf, von einer schönen Wohnung in eine noch schönere. Was zur Folge hatte, dass Milan in der Schule nicht mehr wie ein Klugscheißersohn behandelt wurde, sondern wie ein Kind armer Leute. Milan war zu feinfühlig gewesen, um als Neuer ungeschoren davonzukommen. Sie hatten ihm einiges zugemutet mit ihren Umzügen. Leo konnte sich an keinen einzigen ersten Schultag erinnern. Weil er in Vietnam oder Kapstadt fotografiert hatte. Oder war es Ruanda? Er wusste es nicht mehr.

„Milan, also ich wollte dir noch sagen, ich rechne dir hoch an, dass du das hier mit uns durchziehst."

„Gab ja nicht so viel, was ich dagegen machen konnte, oder? War eure Entscheidung, nicht meine."

„Du hättest dich querlegen können. Und das hätte es uns schwer gemacht. Wir mussten das machen, Mama und ich. Der Job in der Klinik, der permanente Stress, das ging so nicht weiter. Und mein ständiges von der Hand in den Mund mit den Aufträgen, kommt was, kommt nix, das ging auch nicht so weiter."

„Bisschen spät für Erklärungen, findest du nicht? Ist jetzt eh nicht mehr zu ändern."

„Ich weiß nur nicht, ob du verstanden hast, dass wir es uns nicht leicht gemacht haben."

„Aha."

Er wusste selbst nicht, was er sich davon versprach. Euphorie war jedenfalls nicht zu erwarten. Mehr als widerwilliges Sich-Fügen nicht zu haben. Vor ihnen wuchsen Lidl und Aldi als schmucklose Skyline aus dem Gestrüpp. Hässliche Wahrzeichen billigen Konsums. Liebbrehna war einer dieser Orte, die aus nicht viel mehr als einer langen Hauptstraße bestehen. In dem es alles nur einmal gibt. Sie machten ein Spiel draus, zählten abwechselnd lokale Unikate auf. Ein Friseur, eine Bäckerei, eine Apotheke, ein Schuhgeschäft, eine Drogerie, die hier Rossmann hieß, nicht Budnikowsky. Am Marktplatz mit seinem Ensemble aus pastellfarbenen Mittelalterfassaden bestand Leo darauf, ihn auch noch die letzten Meter bis zur Schule zu begleiten. Auf die paar Minuten komme es nicht an.

„Bisschen spät, damit anzufangen, oder?"

Leo registrierte die Schärfe in seiner Ironie, ging aber nicht drauf ein. Milan hatte ja Recht, er war oft nicht da gewesen. Konnte nicht mal mit der Wichtigkeit und Relevanz seiner Geschichten argumentieren. Nie hatte er Völkermorde, Kriege oder Hungerkatastrophen dokumentiert. Er war gekommen, wenn die Trümmer schon lagen, das Feuer längst verraucht war und die äußeren Verletzungen verheilt. Um unsichtbaren Verwundungen nachzuspüren, von denen er nicht wusste, ob es gelungen war, sie sichtbar zu machen. Er fragte sich, ob Milan ihm auch das vorwarf oder ob es egal war. Er war nicht da gewesen. Darauf kam es an. Vielleicht war es nicht wiedergutzumachen. Aber es ist nie zu spät. Er wollte es wenigstens versuchen. Leicht würde Milan es ihm nicht machen, so viel stand fest. Vor der Schule war Milan bemüht, sich schnell abzusetzen, im Strom ankommender Schüler unterzugehen. Leo sah ihm nach, bis der Pauli-Totenkopf auf seinem Sweatshirt im Eingang verschwunden war, machte sich ein Bild von den eintreffenden Lehrern. Erkannte Milans Klassenlehrerin wieder, mit der sie vor Wochen gesprochen hatten. Sie erinnerte ihn immer noch an irgendeine Schauspielerin von früher. Demi Moore oder Patsy Kensit, nur älter. Eine von denen, die damals nur den Kopf schräg legen und durch ihren Haarvorhang gucken mussten, um ihm einen Ständer und Sehnsucht nach romantischer Liebe zu verschaffen. Das hatte für ihn immer zusammengehört. Ihre Mundwinkel erkannten ihn, aber sie blieb nicht stehen.

Bei den *Freien Nachrichten* begrüßte ihn Thieme mit großer Geste.

„Ah, da ist ja mein neuer Mitarbeiter".

Der Kaffee sei frisch gekocht. Schnäuzer und Körperumfang machten aus allem, was er sagte, gemütliche Freundlichkeiten. Leo würde gut mit ihm auskommen. Wieder fielen ihm die harten Kontraste auf. Die sauber renovierten Altbauzimmer mit dem hellen Parkett und der Sperrmülleinrichtung aus alten Holzregalen und Küchenschränken. Drei Schreibtische, von denen keiner zum anderen passte, mit einheitlichen, überdimensionalen Flachbildschirmen drauf. Thieme fragte, ob sie sich gut eingelebt hätten und unterbrach Leos Antwort sofort, als das Telefon klingelte. Kann losgehen, ja, machen wir, ist notiert. Eilfertiger, beflissener Tonfall.

„Die Chefredaktion?", fragte Leo, nachdem Thieme aufgelegt hatte.

„Könnte man so ausdrücken. Nee, war der Bürgermeister. Sind kurze Wege hier. Wir besprechen morgens immer, was so ansteht."

„Mit dem Bürgermeister?"

„Um das ma ganz klar zu sagen: Wir sind nischt die *New York Times* hier."

Thieme war angefressen, das sah man, traute man ihm gar nicht zu, aber er beruhigte sich schnell wieder. Er sollte ihn nicht unter gutmütiger Teddybär verbuchen, dachte Leo, das wäre ein Fehler, er konnte auch anders. Von der Bärchenpose durfte er sich nicht täuschen lassen. Er nahm sich vor, besser achtzugeben, was er sagte. Thieme war schon wieder um Ausgleich bemüht.

„Hat keinen Sinn, gegen den Strom zu schwimmen. Das ging früher nich, und heute ist das nich anders. Hol dir ma nen Kaffee, dann gehen wir die Termine durch. Kannst dir eenen von den Schreibtischen aussuchen, der dritte is für Praktikanten. Wenn ma eener da is."

Er holte sich einen Kaffee und fragte, was es zu fotografieren gebe. Thieme grinste breit und legte sich in seinem rollenden Bürostuhl zurück, dass sein Bauch wie ein Ball vorwölbte.

„Foto alleene nützt ma nüscht. Wir haben eine Baustelle und die Eröffnung vom Klotzsche-Rundweg. Ich brauche zwei Bilder und zwei Texte. Für die Baustelle reichen 40 Zeilen. Der Rundweg is ne große Sache. Da kannste ma ruhig 120 Zeilen schreiben."

„Du, Bernd, vielleicht hab ich das damals nicht ausdrücklich dazu gesagt, aber ich kann gar nicht schreiben. Ich bin Fotograf."

„Hier biste alles. Schreiber, Knipser, bei uns macht jeder alles. Ihr hattet doch wohl Deutsch drüben?"

„Du meinst in der Schule? Klar."

„Na siehste, dann kannste ooch schreiben."

Auf dem Weg zur Baustelle war er hin und her gerissen zwischen Fassungslosigkeit und trotzigem Sarkasmus. Er und Schreiben. Auf was hatte er sich da eingelassen? Am Ortsausgang hatten sie eine Fahrspur aufgerissen, was morgens und abends lange Staus produzierte. Er turnte um den Bagger rum, prüfte diverse Perspektiven, stellte fest, dass er es drehen und wenden konnte, wie er wollte. Mehr als Autos vor einer Baustellenampel mit Bagger im Hintergrund war nicht drin. In der Redaktion saß er lange vor dem leeren Bildschirm, bis Thieme fragte, ob er eingeschlafen sei. Er brauche zwanzig Zeilen, keinen Pulitzer-Preis. „Am Ortsausgang führt eine Baustelle zu langen Staus", schrieb Leo und löschte es gleich wieder, so miserabel fand er seinen Einstieg. Er dokterte eine ganze Stunde dran rum, bis Thieme ihn aufforderte, endlich den Text rüberzuschieben. Er solle losmachen zur Klotzsche. Leo war schon an der Tür, als ihm sein neuer Chef nachrief, das würde schon werden.

Der Klotzsche-See war ein monströses Loch mit Wasser drin. An den Ufern wuchsen Disteln und Butterblumen aus dem Kies. Was als Promenade gedacht war, sah aus wie eine Landebahn auf dem Mond. Der zukünftige Hafen war eine Sammlung von roten und blauen Holzbuden. Als habe man eine skandinavische Siedlung in die ostdeutsche Provinz verpflanzt. Flatterband über schwarzem Asphalt. An der Seite eine blau uniformierte Blaskapelle. Schützenfestmusik. Die Freiwillige Feuerwehr.

In einem weißen, vom örtlichen Autohaus gesponserten Zelt fand Leo dürre Hostessen in Miniröcken und dicke Anzugträger, die sich aus glänzenden Edelstahltöpfen bedienten wie ausgehungert. Er nahm sich eine Suppe und balancierte zwischen kauenden Gesichtern, bis er vor der traurigen Demi Moore stand. Frau Breuer, Milans Klassenlehrerin.

„Guten Tag, Sie sind Fotograf, richtig?“

Sie deutete auf seine Kamera und legte sich die schwarz gefärbte Haarsträhne hinters Ohr, weil sie unsicher war oder auf Mädchen machen wollte, eins von beidem.

„Mein erster Tag heute, genau wie für Milan.“

„Ja, er hat in der Klasse ein bisschen von Hamburg erzählt. Hamburg ist sicher eine aufregende Stadt. Wollte ich auch immer hin. Alleine der Hafen. Und da ziehen sie nach Liebbrehna.“

„Wir haben uns für das Abenteuer Provinz entschieden. Trubel hatten wir genug.“

„Na, ganz so langweilig ist es hier ja auch nicht.“

Sie begann, vom Erzgebirge und der Sächsischen Schweiz zu schwärmen. Er hatte gemeint, vergrabene Sehnsucht rauszuhören, die nun von angestacheltem Lokalpatriotismus eilig zur Seite gewischt wurde. Sie hielten sich an ihre Suppen. Unbehagen, was Falsches gesagt zu haben. Ankommen war ein Parcours aus Fettnäpfchen. Frau Breuer beeilte sich mit dem Essen. Sie müsse wieder raus zu ihren Schülern. Der Lauf um den See starte gleich. Sie wandte sich noch mal um, hielt kurz inne, als sei es ihr unangenehm. Wieder legte sie die Strähne hinters Ohr. Bat darum, Milan möge doch vielleicht etwas Neutraleres anziehen in der Schule. Etwas Neutraleres, was immer das auch meinte. Eine Hand auf seiner Schulter hielt Leo davon ab, nachzufragen. Der Bürgermeister begrüßte ihn herzlich und ließ ihn die Hände von Geschäftsleuten und Vereinspräsidenten schütteln. Wie ein Vater den Schwiegersohn in die Familie einführt. Nebenbei beauftragte er Leo mit einer Fotoserie für die Stadt.

„Liebreizendes Liebbrehna. Ist mir gestern beim Einschlafen eingefallen. Da hat man manchmal die besten Ideen. Wie finden Sie das? Lieb und Lieb, verstehn Se, wie isch meene?“

Leos Einwand, ob es dafür nicht ein offizielles Bewerbungsverfahren brauche, wischte Merbitz mit einer Handbewegung weg.

„Da brauch ich kein Politbüro und keinen Debattierclub. Das machen wir und gut is."

Der Bürgermeister schob ihn vor sich her aus dem Zelt, raunte ihm zu, er solle seinen Jungen ruhig mal zur Freiwilligen Feuerwehr schicken. Patente Kerle könnten die immer gebrauchen. Draußen nahm er sich ein Mikrofon. Die Bläser hörten auf zu blasen. Merbitz pustete ein paar Mal ins Mikrofon und begann seine Rede. Er sprach von einer Sünde, die es zu korrigieren gelte. Von der Versündigung an der Schöpfung durch die Kommunisten und dass nunmehr für dieses geschundene Land eine neue Ära beginne. Er erinnerte an das Dorf, das einst der Kohle weichen musste, senkte den Kopf wie zum Gebet. Sprach von Hoffnung und beschwor eine Zeit herauf, in der Boote segelten und Gäste herkämen, um diese neue Wasserwelt zu entdecken. Das war dick aufgetragen, zu dick vielleicht, aber glaubwürdig vorgetragen. Die Anwesenden zog es in den Bann. Sie lauschten beinahe andächtig den christlich getränkten Metaphern. Leo besah sich staunend die Wirkung der Erweckungsgeschichte, bevor es ihm zu viel wurde und er sich umdrehte. Wo das perfekte Bild lag. Der schwarze Asphaltstreifen, der sich an der Wasserkante schnurgerade ins Nichts verlor, die harten Kontraste aus weiß strahlendem Kies und einem Himmel, dem alle Vögel entflogen waren. Symmetrische Einsamkeit, radikal von allem Leben verlassen, harte, erbarmungslose Schönheit. Auch wenn er bezweifelte, dass Merbitz das zu schätzen wusste. Oder Thieme.

Das war dann nicht das Problem. In der Redaktion klickte Thieme hektisch durch seine Fotos. Feuerwehrkapelle, laufende Schüler, Impressionen vom See.

„Wo ist der Bürgermeister?"

Leo hatte kein einziges Bild von ihm gemacht. Nichts Langweiligeres als Männer vor Mikrofonen. Dachte er. Thieme fiel aus allen Wolken. Den Moment, als Merbitz das Flatterband durchschnitt, hatte Leo verpasst. Thieme schnaufte, als habe er von einem großen Unglück erfahren. Die träge Körpermasse in Wallung. „Das ist nicht gut", brummte er, „gar nicht gut." Kriegte sich gar nicht mehr ein. Er bläute Leo ein, den Bürgermeister ab jetzt immer zu fotografieren, komme was wolle. Und immer meinte wirklich immer. Es gebe hier nur wenige Regeln. Das sei die wichtigste. Wenn er im Übrigen Kunst haben wolle, würde er ins Museum gehen. Über den holprigen Text dagegen kein Wort.

Leo freute sich auf Andrea und Milan. Auf dem Rückweg versuchte er, das Unbehagen abzuschütteln. Er hatte sich eingebildet, seinen neuen Job auf der linken Arschbacke absitzen zu können. Die Arroganz des Großstädters. Nach dem ersten Tag war er zum Praktikanten zusammengestutzt. Was er war und konnte, war hier nichts wert. Und was er brauchte, musste er lernen. Mühsam neu lernen. Vielleicht verstand sich das von selbst. Aber es war nicht vorgesehen. Er hatte sich getäuscht. Es war kein Selbstläufer. Nur ein Abstieg mit Hindernissen. Warme Spätsommerschwaden zogen über die Felder und legten sich über seine trüben Gedanken. Zuhause hatte sich der Ärger schon wieder fast in Kleckerkram aufgelöst. Er war fest entschlossen, dem Tag eine angenehme Wendung zu geben. Aus dem Keller holte er die Inlineskates und wedelte damit vor Milan rum, der mit Kopfhörern im Ohr auf seinem Bett lag. Leo forderte ihn zu einem Rennen um die Klotzsche heraus. Nur sie beide. Ein großer Teil des neuen Rundweges war asphaltiert. Andrea war noch nicht da. Milan zog den Stecker aus dem rechten Ohr, mit dem anderen hörte er weiter.

„Um die Alster sind wir auch nie gefahren."

Nein, waren sie nicht. In den ganzen Jahren nicht. Das musste er zugeben. So sehr er auch warb und trommelte und lockte. Milan blieb stur. Er habe noch was vor, sagte er. Leo setzte sich eine Weile zu ihm aufs Bett. Als Milan keine Anstalten machte, die Knöpfe aus dem Ohr zu ziehen, gab er es auf und ging nach unten.

4.

Der Duft einer mediterranen Taverne. Als Andrea reinkam, löschte Leo gerade Knoblauch mit Rotwein ab. Es roch nach Urlaub, zumindest nach Ausgehen. Sie blieb in der Tür stehen, so ungewohnt war der Anblick. In Hamburg hatten sie nur im Rhythmus der Stadt mitschwingen müssen, um sich lebendig zu fühlen, von einem exotischen Bistro zum nächsten Programmkino. Obwohl sie ihre Eppendorfer Altbauwohnung durchdesignt und auf Hochglanz getrimmt hatte, war sie nie mehr als eine dauerprovisorische Versorgungsstation für die Grundbedürfnisse geworden. Essen, Schlafen, Brote schmieren. Dreck wegmachen, Kühlschrank füllen. Wechselweise nicht mehr als ein Lieferservice, der die Illusion lebendig hielt, nicht zu verspießen. Nach ihren Schichten hatte sich Andrea in ihre ästhetisch perfekte, aber unterkühlte Wohnung geschleppt. Wo Glück war, in Ruhe gelassen zu werden. Wo sie beinahe froh war, wenn Leo mit den Jungs unterwegs war. Nicht immer, aber zu oft. Leo hatte ihr die Nacht gezeigt und wie man darin rumtreibt. In ihrer frühen Zeit hatten sie nachts manchmal einfach nur stundenlang auf einer Mauer am Hafen gesessen. Sie hatten zugesehen, wie die Farben hinter den hell erleuchteten Kränen in konturlose Nachtschatten krochen. Nicht als Vorspiel, ganz ohne Hintergedanken. Sie wusste damals nicht, was sie lieber tat, reden oder zuhören. Von der Wahrhaftigkeit in den Gesichtern jener Nachtgestalten zu hören, die er in der Berliner U-Bahn fotografiert hatte. Oder ihm zu gestehen, wie sehr die Klinik von der Vorstellung abwich, die sie sich in den ersten Semestern gemacht hatte. Bei Leo stand ihr Ehrgeiz still. Er konnte ihn ausschalten. Dass sie beinahe vergaß, wieder zurück zu müssen. Um Menschen aufzuschneiden, zuzunähen, an Schläuche zu hängen, zu verabschieden oder aufzugeben. Später, als er sie auf dem Fischmarkt durch das Gebrüll der Händler gelotst hatte, kam es ihr vor, als lege er ihr einen orientalischen Basar zu Füßen. Sie konnte gar nicht genug davon kriegen. War so stolz auf ihren Rumtreiber, um den sie die anderen beneideten. Aber das Leben besteht nicht aus endlosen Nächten, sondern aus nächsten Tagen. Für diese Erkenntnis brauchte es nicht mal Kinder.

Andrea legte ihr Zeug ab, umarmte ihn von hinten, drehte ihn zu sich und küsste ihn länger als gewohnt. Sie machte mit, würfelte Zucchini und Auberginen aus dem Bio-Korb ihrer Nachbarn. Sie bewegten sich eng um einander herum. Andrea genoss seine zufälligen Berührungen, konnte sich nicht erinnern, wann sie zuletzt zusammen gekocht hatten. War nie nötig gewesen, weil sich im Zweifel immer irgendwas to go fand oder to take away. Sie lief rasch hoch, Milan begrüßen, beeilte sich aber zurückzukommen. Als Milan nach einer Weile vorbeischaute, forderten sie ihn noch mal halbherzig auf, mitzumachen, aber das harmonische Schnippeln und Würfeln war ihm sichtlich suspekt.

„Macht ihr jetzt auf bescheuerte Koch-Show, oder was?"

„Aber du isst doch wenigstens mit, oder?"

Milans Grobheiten schüchterten sie ein.

„Mal sehen."

Sie hatten ihren ersten Arbeitstag eine Weile erfolgreich ausgespart. Als es aufgrund gegenseitiger Neugier nicht mehr zu vermeiden war, versuchten sie, ihre Anekdoten mit Selbstironie aufzumotzen. Seine Verzagtheit und das wundgelegte Selbstbewusstsein entgingen ihr nicht. Sie hatte keine Lust, darauf einzugehen. Wollte nicht den Selbstzweifel nähren, den sie nur zu gut kannte. Der am Ende in Selbstmitleid zerfiel, unerträgliches Selbstmitleid. Ihr eigener Tag hatte sich wie klebrige Masse gezogen. Das endlose Palaver der Patienten, die Geschichten von den Söhnen und Enkelinnen, die nach Dresden oder gleich nach Bayern ziehen mussten, der Arbeit hinterher, ging ja nicht anders, die immer gleichen Geschichten mit wechselnden Namen. Die alte Hektik hatte sie zermürbt und ausgelaugt, der träge neue Rhythmus sie müde gemacht. Sie nahm einen kräftigen Schluck Rotwein und musste über Leo lachen, der völlig überfordert verschiedene Töpfe bediente und jeden Arbeitsschritt mit deutsch-italienischem Kauderwelsch kommentierte. Si, si, Seniora, nune Pormidori, smekke perfetto, tutto bene. Als es klingelte, sahen sie sich erstaunt an, Andrea ging aufmachen. Vor der Tür stand der Junge vom Lagerfeuer. Sah sie an, sagte kein Wort.

Sie wartete auf eine Begrüßung, die nicht kam, bis ihr Blick an seinem Mund hängen blieb, der sich verformte, die Lippen zusammengekniffen. Reglos starrten sie einander an. Es dauerte, bis sie begriff, dass er sich quälte, überhaupt ein Wort rauszubringen. Ein Stotterer, dachte sie, ausgerechnet ein Stotterer, schon wieder ein Außenseiter, konnte den Impuls nicht einfangen, schämte sich sofort dafür. In seinen Augen sammelte sich die Anstrengung, die Qual. Unangenehm, das zu sehen.

„I ... I ... Ist d d d der Mimimimimilan d d d d da?"

Sie merkte, wie sie ihn mit besonderer Freundlichkeit begrüßte, wie um etwas wiedergutzumachen, hoffte, er würde ihre Befangenheit nicht bemerken. Sie fragte, ob er nicht zum Essen bleiben wolle, leckere Pasta mit Sauce, aber der Junge lehnte ab, wollte auch nicht reinkommen. Nach der überwundenen Anstrengung träufelten die Wortbrocken nun etwas flüssiger. Sie meinte zu verstehen, dass sie noch in die *Rote Zora* wollten. Oder so ähnlich. Milan schlüpfte an ihr vorbei nach draußen, eine Jacke in der einen Hand, ein Brot in der anderen. Sie rief ihm nach, ob nicht wenigstens er mitessen wolle und er solle spätestens um zehn zuhause sein. Bekam keine Antwort, schaute den beiden lange nach, bevor sie die Tür schloss.

Sie aßen bei Kerzenlicht und tranken Rotwein. Noch ein Moment, der wie ein erstes Mal daherkam. Sie lachten, redeten, flirteten sogar. Nach dem Essen war Andrea erschöpft von dem neu ausgebrochenen Miteinander. Ihr stand der Sinn nach einer Dosis Fernsehmüll, nach verschuldeten Unterschichtspaaren, fettleibigen Arbeitslosen und schwer erziehbaren Kita-Terroristen, aber sie sagte nichts. Meinte, ihm das schuldig zu sein. Und sich selbst. Die volle Aufmerksamkeit ohne billige Ablenkung. Sie waren nicht hergezogen, um einfach so weiterzumachen. Stattdessen fütterten sie wechselseitig ihre Neugier.

„Bist du glücklich?"

Sie sagte so schnell *ja*, dass keine Zeit für Zweifel und kein Raum für Zwischentöne blieben. Jede Einschränkung hätte die Zustimmung vergiftet. Eine Frage, die nur stellt, wer belogen werden will. Auch wenn sie uneingeschränkter Zustimmung schon lange nicht mehr so nah war wie an diesem Abend. Sie waren raus aus dem Hamsterrad. Strampelten nicht mehr, um am Ende doch nicht mithalten zu können.

Wenn sie es schon nicht an die Außenalster geschafft hatten wie ihre Kollegen. Mit denen es immer seltener für Einladungen gereicht hatte, weil die Kluft zwischen freistehender Villa und geschmackvoll aufgemotzter Mietbude immer unüberwindbarer klaffte. Trotzdem war es ihr schwer gefallen, das zurückzulassen. Aber es ging nicht anders. Es blieb nur die Rückkehr zu einer Art Urzustand. Von dem sie nicht wusste, ob er sie trug und ob sie ihn ertrug.

Bereitwillig ließ sie sich am Laptop unbekannte Lieder vorspielen. Er kannte sich immer noch aus, konnte Perlen ausgraben und vergessene Schätze. Sie ließ es sich sogar gefallen, als er ihre Hand nahm und langsam zu tanzen begann. Erst fand sie es affig, um den Esstisch zu tanzen, aber das verlor sich. Nur sie und er, es funktionierte noch, da war noch was oder wieder. Vielleicht hatten sie den Weg gehen müssen. Genau diesen.

Sie begannen, Pläne zu machen. Zu ihrer Überraschung sperrte sich Leo nicht dagegen, auch wenn das bedeutete, dass er demnächst ran musste. Als Handwerker war er ein Totalausfall, zwei linke Hände, der Aufbau eines Ikea-Regals konnte ihn an seine Grenzen bringen. Oder drüber hinaus. Aber egal, ob es ums Streichen oder Möbel-Abbeizen ging, er versprach mit ungespielter Begeisterung, dabei zu sein. Nicht mal vor dem versprochenen Einbau der Sauna in die Abstellkammer versuchte er, sich zu drücken. Sie würde ihn drauf festnageln. Sie gingen rüber ins Nebengebäude. Sie erklärte, in dem kleinen Raum hinten ihr Atelier einrichten zu wollen. Sobald sie es ausgesprochen hatte, schien ihr das Wort zu hoch gegriffen. Auf peinliche Weise zu hoch. Jedenfalls wollte sie da malen, besser gesagt, versuchen zu malen. Leo versprach, ihr bei der Einrichtung zu helfen. Sie ermunterte ihn, endlich seine Bilder aufzuhängen. War überrascht, wie gut sie waren. Wie nah er den Menschen gekommen war, wie genau er den Moment abgepasst hatte, wenn ein Gesicht mehr ist als zufällige Mimik. Lange hatte sie geglaubt, dass Erfolg hat, wer gut ist. Sie verstand immer noch nicht, warum sie sich nicht verkauft hatten. Konnte nicht sagen, wann sie aufgehört hatte zu glauben, dass es noch passieren wird.

„Und für wen? Wenn sich hier mal einer rein verirrt, dann sicher kein Kulturkenner."

Kurz dachte sie an den Bürgermeister, an die derben Sprüche, seine fleischige Hand.

„Du kannst Workshops am Wochenende machen. Mit Schülern, Fotostudenten, die Form wird sich finden. Mach's einfach. Häng sie auf."

Die Romantik hatte ihn weich geklopft, er protestierte nicht mal. Zusammen bohrten sie Löcher in die Wand und versenkten Dübel darin. Sie gingen nicht eher rüber, bis die ersten Bilder hingen. Ein feierlicher Moment. Erfüllt von heroischem Trotz. Ihr könnt uns alle mal. Sie waren so mit sich beschäftigt, dass sie gar nicht merkten, dass Milan viel zu spät nach Hause kam.

5.

Seit der ersten Sprechstunde hatte sie es mit altem Fleisch zu tun. Das sie abtastete, in das sie rein hörte, das sie drehte und wendete. Anfangs hatte es sie belastet, unter eine Dauerspannung versetzt, die sie nicht verstand, dann aber als unerwünschte Erinnerung an das eigene Altern deutete, das näherkam. In Liebbrehna war sie von morgens bis abends von Patienten umgeben, die bald auf dem Friedhof liegen würden. Keine Hektik, Eitelkeit oder Selbstdarstellung lenkte sie wie gewohnt vom ungeschminkten Blick aufs Leben und seinen Verfall ab. Ihre morbiden Gedanken kamen ihr selbst albern vor, aber sie waren da, was sollte sie machen? Es dauerte, bis ihr Blick versöhnlicher wurde, die Begegnungen während der Sprechstunde sogar beinahe erfüllend. Die Alten, die nichts mehr wollten, nichts erwarteten, es nahmen, wie es kam. Das hatte etwas ungemein Tröstliches, sie kannte das nicht. Andrea ließ von ihrer Berufsroutine ab wie von einer Unsitte. Von ihrer antrainierten Betriebsamkeit, mit der sie gelernt hatte, Menschen rein technisch zu betrachten und durch einen genau vorgeschriebenen Ablauf helfender Verrichtungen zu schleusen. Verfing sich in Gesprächen, in denen sie sich ausruhte, ohne ungeduldig ein schnelles Ende zu forcieren. Hörte zu, wenn die Alten Ratschläge gaben, wie man einen Garten winterfest macht oder vom Tatendrang des Bürgermeisters schwärmten, der obendrein noch aufopferungsvoll seine kranke Frau pflegte. Sie hörte auf, Klinikalltag zu simulieren und Vorgaben zu erfüllen, die gar nicht mehr existierten, nur noch als Restmüll jahrelanger Prägung. Sie schminkte sich noch, aber sie konkurrierte nicht mehr. Eine Leistungssportlerin, die nur noch allein im Wald läuft, keine Wettrennen mehr. Sie begann, ihre Landarztpraxis als selbst verordnete Therapie für das zu betrachten, was diese Klugscheißer in ihren Ratgebern neuerdings Achtsamkeit nannten. Was für sie bedeutete, eben nicht mehr auf alles zu achten.

Mittlerweile genoss sie die Fahrten raus aufs Land, in die Dörfer, zu einsamen Höfen. Ging in Gedanken nicht mehr durch, wie unrentabel das war, wie wenig diese Basiskassenleistungen einbrachten. Sie ließ sich Zeit. Heute hatte sie sich im Altersheim regelrecht festgequatscht. Mit dem jungen Pastor ausgerechnet. Warme Augen, tiefe Stimme. Kleine Dornenvögel-Fantasie. Am Ende hatte er sie sogar in den Kirchenchor eingeladen. Sie und Kirche. Sie und Chor. Andrea hatte abgelehnt, aber auf der Rückfahrt spielte sie mit dem Gedanken, hinzugehen, bevor sie weiterschweifte und sich für den Rest der Fahrt mit ihrem Sohn beschäftigte.

Mit Milan ging das jetzt jeden Abend so. Nach der Schule absolvierte er einen Pflichtbesuch zuhause, warf Essen ein und konnte es nicht erwarten, wieder weg zu sein. Meistens wurde er von seinem stotternden Freund abgeholt. Ihr war sogar schon der Gedanke gekommen, David könnte schwul sein. Und Milan auch. Leo hätte das leicht genommen. Na und, ist er eben so. Hauptsache er wird glücklich. Das konnte sie nicht. So liberal war sie nicht, da brauchte sie sich nichts vorzumachen. Solange sie keinen Beweis hatte, versuchte sie, ihre Befürchtung zu ignorieren und anzunehmen, das sei alles ganz normal. Milan nabelte sich ab, was auch wehtat, ja, aber sie war froh, dass er Anschluss gefunden hatte. Jeder musste erst Fuß fassen, jeder hatte mit sich zu tun. Gut, dass er sich nicht in einen Schmollwinkel verkroch und sie spüren ließ, was sie ihm mit dem Umzug angetan hatten. Auch wenn er Leo ab und zu auflaufen ließ. Sie fand ohnehin, dass Leo übertrieb. Seine jahrelangen Künstlereskapaden. Zeit und Geld hatte er mit brotlosen Ausstellungen und Reportagereisen verschwendet, egal, wie sehr sie ihn zuhause brauchten. Dafür hätte er ganz anderen Liebesentzug verdient gehabt. Nur weil Milan nicht jedes Mal begeistert aufsprang, wenn er mit ihm biken, inlinern oder Lenkdrachen fliegen wollte. Das war so durchsichtig, jeder Idiot konnte das schlechte Gewissen dahinter erkennen. Nur Leo schien nicht zu merken, wie plump er sich an Milan ranwanzte. Was vielleicht mit acht funktioniert hätte, mit sechzehn ganz sicher nicht mehr.

Sie war schon an der Karl-Liebknecht-Straße vorbei, die Milan nur *die Karli* nannte und wo er mittlerweile mehr Zeit verbrachte als zuhause. Sie wendete und fuhr langsam durch die kleine Seitenstraße, auf der Suche nach der 68. Die Häuserzeile endete mit einem Abrisshaus, wo die Fenster mit Brettern vernagelt waren. Eine graue Ruine vor dem endgültigen Infarkt. Andrea setzte zurück, fuhr wieder vor, bis ihr klar wurde, dass sie richtig war. Sie stieg aus und suchte den Eingang, aber die Tür war durch ein fest verschraubtes Gitter verbarrikadiert. Drüber ein Schild, auf dem *Rote Zora e.V.* stand. Übersprüht von der schwarzen Parole *Zecke, verrecke!* Ratlos ging sie um das Haus, im Hof wuchsen Bäume zwischen Betonplatten. Urbane Wildnis. Andrea überlegte, wieder zu gehen, aber aus dem Haus kam diese Musik mit zu wenig Melodie und zu viel Rhythmus, die sie aus Milans Zimmer kannte. Ihr war nicht wohl dabei. Sie schob dann aber doch die Feuertür aus Stahl zur Seite und trat in ein modrig riechendes Halbdunkel. Über abgebröckelten Putz schlich sie eine Treppe hoch, immer der Musik nach.

Hinter einer weiteren Feuertür sprang ihr die Musik entgegen wie eine tobende Bestie. Diverse Augenpaare so überrascht, als hätten sie eine Erscheinung. Alle blieben, wo sie waren. Andrea stand in der Tür und sah auf den ersten Blick nur Kapuzenpullis, Piercings, Tätowierungen und bunte Haarsträhnen. Die meisten mit Bierflaschen oder Zigaretten in der Hand, wobei sie für jede Art von Gift zu jung waren. Auf einem schäbigen Sofa mit verblichenem Blütenmuster knutschte ein Pärchen unbeirrt weiter.

„Können wir Ihnen irgendwie helfen?"

Der Junge mit dem roten Irokesenschnitt, der sich vor ihr aufbaute, war nicht unfreundlich, nur irritiert. Alte Stehlampen warfen fahles

Licht. Die grandiose Abendsonne ausgesperrt von Bretterverschlägen in den Fenstern.

„Ich suche Milan, ich dachte, der wär vielleicht da."

Der Junge sah sie ratlos an, bis ihm ein Mädchen in klobigen Stiefeln auf die Sprünge half.

„Ich glaub, die meint St. Pauli."

Hatte er also schon einen Spitznamen weg. Sie stellte sich als Milans Mutter vor, was Betriebsamkeit unter den lichtscheuen Gestalten auslöste. Sie boten ihr Bier oder Wasser an, aus der Leitung genauer gesagt, mehr gebe es leider nicht. Sie ließ sich schließlich zu einem Leitungswasser überreden und setzte sich zu ihnen auf ein durchgesessenes Sofa, in das sie tief einsank. Sie drehten sogar die Musik für sie leiser.

„Das ist also die Zora. Schön habt ihrs hier. Was macht ihr hier denn so?"

Sie versuchte, der Abbruchbude etwas abzugewinnen, konnte aber nicht über den Dreck hinwegsehen, die abblätternde Farbe und die Sperrmülleinrichtung. Es stank nach Zigaretten und verschüttetem Bier, ein Geruch, der so tief in die alten Polster gekrochen war, dass ihm keine frische Luft mehr was anhaben konnte. Der freundliche Punk erzählte, sie würden Lesungen veranstalten und Filmabende. Am Wochenende Party. Die Befangenheit verlor sich, es war beinahe gemütlich. Erleichtert stellte sie fest, dass die bunten Haare und durchstochenen Augenbrauen ganz normalen Jungs und Mädchen gehörten. Sie fragte nach einer gemeinsamen Kasse und ließ fünfzig Euro als Spende da, bevor sie ging. Konnte sich gerade noch den Rat verkneifen, mal gründlich durchzuwischen. Das Pärchen auf der Couch fummelte immer noch.

Abends erzählte sie Leo davon. Äußerte ihre Bedenken, ob das die richtige Umgebung für Milan sei. Ein Rattenloch mit Kickertisch. Ahnte, damit auf taube Ohren zu stoßen, weil sich Leo im gleichen Milieu rumgetrieben hatte. Zu dem sie nie Zugang gefunden hatte, das ihr fremd war, dessen Gefühl von anarchischer Freiheit aber zu dem gehörte, was sie an Leo angezogen hatte. Natürlich hielt Leo das für ganz normal, ihre Sorgen für unbegründet. Milan habe seine Nische gefunden. Sie solle sich drüber freuen. Es gelang ihr nicht, sich zu freuen, ihr war aber auch nicht danach, zu streiten. Also dachte sie sich ihren Teil. Ging damit ins Bett. Lag lange wach und grübelte. Jeder muss seinen eigenen Weg gehen, Kinder müssen sich von ihren Eltern lösen, bla bla, nichts als Phrasen. Ging alles zu schnell. Ließ sich nicht aufhalten.

6.

Brombeerroter Sprühregen bestäubte sein Gesicht. Das alte T-Shirt von den *Ramones* war schon eingesaut, was aber nichts machte. Vor ihm wurde die weiße Fläche vom Rot verschluckt. Leo stand auf der Leiter und drehte sich nach Andrea um, die sich an der Wand gegenüber abarbeitete. Sie trug eines von seinen alten Hemden, ohne Hose. Angestrengter Atem. Gespielte Empörung, als sie merkte, was ihre Beine mit ihm machten. Sie forcierte das Tempo. Die Rolle schmatzte. Schwere rote Tropfen klatschten auf die Zeitungen am Boden. Ständig blies sie sich dunkle Strähnen aus dem glühenden Gesicht, ganz im Wettkampfmodus, mit dem Ehrgeiz, zu gewinnen, auch wenn es nur darum ging, wer schneller streichen konnte. Leo legte sich wieder ins Zeug. Früher wäre er nie auf die Idee gekommen, so was mit ihr zu machen. Alles, was mit schöner Wohnen zu tun hatte, war eine lästige Pflichtaufgabe gewesen. Renovieren hieß, mit Jörgi einen drauf zu machen. Mit Kruder und Dorfmeister und einem Kasten Bier hatten sie sich in Stimmung gebracht und zugesehen, nicht den ganzen Abend mit dem Quatsch zu vergeuden. Sobald sie ein Zimmer geschafft hatten, waren sie um die Häuser gezogen und hatten in farbverschmierten Arbeitsklamotten die Nächte durchdiskutiert. Zuhause hatte er Andrea dann unter der Bettdecke, die sie sich über den Kopf gezogen hatte, nur noch erahnen können. Gefolgt vom Schweigen am Morgen. Das sie aber nie lange durchhielt. Wenn die neue Wohnung dann nach Andreas Vorstellungen eingerichtet war, hatte er sich darauf beschränkt, ihren Perfektionismus mit kleinen Sabotageakten zu hintertreiben. Mit einer Stehlampe vom Sperrmüll oder einem gerahmten Bild, von dem er wusste, dass es eigentlich nicht passte. Er hatte das immer abgetan. Planen, stöbern, einrichten. Alles Spießerkram. Vor Fahrten zu Möbelhäusern hatte er sich meistens gedrückt. War schließlich ihr Hobby, nicht seins. Irgendwann hatte sie aufgehört, ihn überhaupt zu fragen. Aus Toleranz oder Resignation, schwer zu sagen. Andrea hatte für Beständigkeit gesorgt, er dafür, nicht zu erstarren. Im Nachhinein wunderte er sich, wie ausdauernd sie durchgespielt hatten, auf was sie festgelegt waren. Wie stur er seine Unabhängigkeit durchgezogen hatte. So, wie sie das Interesse daran verloren hatte, mit ihm unterwegs zu sein und durch Ausstellungen zu streifen. Sie brauche ihren Schlaf, hieß es, wenn jemand auf Milan aufpassen konnte und er spontan mit ihr raus wollte. Andrea konnte auf ernüchternde Weise vernünftig sein. Ausgelassen war sie am ehesten noch mit Inga. Dazu brauchten sie nur ein Glas Sekt und den gesammelten Ärger einer Woche. Wenn er dazu kam, war Inga übertrieben freundlich zu ihm. Mit dem gleichen Wohlwollen, das man für Idioten und arme Schweine übrig hat. Als müsste sie damit ihre kleinen Frauen-Geheimnisse kaschieren. Die Beschwerden und ausgebreiteten Unzulänglichkeiten, die Inga nichts angingen, die Andrea aber bei ihr ablud, wie das unter besten Freundinnen offenbar üblich war. Inga zurückzulassen, war kein Verlust.

Sie waren tagelang rumgefahren, bis sie auf einem alten Hof schließlich eine antike Kommode entdeckten. An den folgenden Abenden beizten sie ihren Fund ab und lackierten ihn neu. Es hatte nicht wehgetan, im Gegenteil. Sogar das Brombeerrot hatten sie zusammen ausgesucht, auch wenn Andrea natürlich das letzte Wort hatte. War schließlich ihr Zimmer. Er sah sich um. Sie war fast fertig. Angriff aus dem Hinterhalt. Er stürzte sich auf sie, umklammerte ihre Hüften und hob sie wie ein Ringer hoch, sodass ihre Beine im Leerlauf strampelten. Ein spitzer Schrei, Protest, Betteln. Alles, was ging. Andrea versuchte halbherzig, sich zu befreien. Lachte erschöpft, griff nach hinten und kraulte ihm den Nacken. Er gab auf und ihren Triumph zu. Schlug einen neuen Wettkampf für die Wände vor, die noch weiß waren. Jeder malt, was er sich für das Leben in der neuen Heimat wünscht.

Leo malte ein großes Herz. Schrieb A und L rein und wollte sich schon umdrehen. Setzte noch mal an. Der Frauenkörper, den er in die Mitte schmierte, glich einer Geige. Oben drauf kamen halblange, gewellte Kringel, unten dran charmant verschlankte Strichbeine, zwei große Bälle in die Mitte. Sein Männertorso verunglückte noch mehr. Die Figuren verband er mit Halbkreisen, die sich zu einem Knäuel verwickelten. Arme waren noch schwerer als Körper. Andrea fragte, ob er so weit sei. Sie zählten bis drei und drehten sich um. Leo betrachtete ihr Bild. Eine Frau auf einem Liegestuhl. Andreas Pinselstriche viel filigraner als seine, ineinander fließend, kunstvoll. Über der liegenden Frau zwei Vierecke. Ein aufgeschlagenes Buch. Sonst nichts. Leo fehlte auf dem Bild. Kindisch, das zu denken, aber es fiel auf. Er wollte nichts dazu sagen, ließ sich dann doch zu einer Bemerkung hinreißen.

„Lass mal sehen. Okay, verstehe, du willst dich hier also zur Ruhe setzen. Alleine zur Ruhe setzen."

Der beleidigte Tonfall entging ihr nicht. Genervtes Ausatmen.

„Ach, komm Leo, das ist nur ein Bild. Und ja, zur Ruhe kommen wär nicht so verkehrt. Sonst hätten wir gar nicht aufs Land ziehen müssen. Milan ist schließlich auch nicht drauf. Versteht sich doch von selbst, dass ihr dabei seid."

„Schon in Ordnung. Jeder wünscht sich halt was anderes."

Sie machte einen Schritt zur Seite, um sehen zu können, was er gemalt hatte.

„Na ja, so wirklich schmeichelhaft ist deins ja auch nicht gerade."

„Findest du."

„Sieht n bisschen aus wie ne versaute Kritzelei auf'm Männerklo, findest du nicht?"

„Was weißt du denn bitte schön von versauten Kritzeleien auf Männerklos?"

„Du hast Recht. Da kenne ich mich wirklich nicht aus. Aber genauso stell ich mir die vor."

„Das sind wir beide. Du und ich. Zusammen. Hier."

„Also, ich seh da eher eine Beate-Uhse-Puppe, die von einem Strichmännchen belästigt wird."

Sie sagte es spöttisch, grinste ihm dabei frech ins Gesicht. Aufreizend, aber nicht, was er hören wollte. Statt dummer Sprüche hätte er sich gewünscht, sie würde auf seinen romantischen Kitsch eingehen.

Das plumpe Herz für voll nehmen. Konnte er nicht verlangen. Kein Grund, ein Drama draus zu machen. Andrea bemerkte seine Enttäuschung, hob den Pinsel und tupfte ihm vorsichtig einen roten Punkt auf die Nase. Versuchte, wieder unbeschwert zu werden, indem sie einen Clown aus ihm machte. Er wollte nicht schmollen. Malte ihr lieber eine große rote Zunge auf die Brust, was sie sich gefallen ließ, bevor sie sich rächte. Ein Klecks provozierte den anderen. Fechten mit Farbe. Sie verloren die Hemmungen. Hörten erst auf, als eine Stimme in derbem Sächsisch fragte, was hier denn bitte schön los sei. Thieme stand mit einem Bücherstapel unter dem Arm in der Tür, breit grinsend, dahinter beobachtete Milan neugierig, was seine Eltern da trieben.

Leo perplex. Thieme gehörte in die Redaktion, nicht hierher. Er fragte, was ihn her verschlagen habe. Anstelle einer Antwort hielt Thieme dicke Bildbände hoch. Ihr Gespräch über die DDR und die Ästhetik seiner Jugend. Jetzt fiel es Leo wieder ein. Thieme hatte ihm Fotos versprochen. Das hätte zwar auch Zeit bis morgen gehabt, aber egal. Andrea schlüpfte an ihnen vorbei. Zurück kam sie in Jeans, mit einer Flasche Rotwein und drei Gläsern. Wie leicht sie bereit war, ihren Abend zu opfern. Wie wenig sie darauf gab, mit ihm allein zu sein. Leo hatte versucht, Thieme Richtung Haustür zu schieben, aber der war gegen eindeutige Gesten unempfindlich, sah sich lieber um. Sagte nichts zu dem Herz und der Frau im Liegestuhl. Schmierig war er nicht. Als sie anstießen, ging Milan. Leo bedankte sich artig für die Bücher und begann, Schwarz-Weiß-Akte durchzublättern. Mochte den offenen Blick der jungen Frauen, ihre Natürlichkeit, ohne Inszenierung. Sehr puristisch. Andrea stieß ihn an, zeigte auf eine alte Aufnahme von Liebbrehna. Der Marktplatz umgeben von dunklen, bröckelnden Fassaden, verfallen wie eine Weltkriegskulisse. Männer im Blaumann mit Zigarette im Mund. Frauen in Kitteln vor einem Volkseigenen Betrieb. Unverstellte Gesichter. Starke Persönlichkeiten. Selbst auf den Farbfotos fehlte die Farbe. Beigegraues Land. Alles, was Thieme dazu aus seiner Erinnerung kramte, sprach dafür, dass denen, die hier gelebt hatten, keine Farben gefehlt hatten. Jedenfalls nicht immer, nicht mal hier. Wo er sich in seine spätere Frau verliebt hatte und Vater geworden war. Liebbrehna sei Frontstadt gewesen, das schon. Die letzte Bastion vor der Braunkohlehölle. Andrea staunte über die Verwandlung – der Häuser und Menschen. Wissbegierig wie immer, wenn sie sich für eine unbekannte Kultur interessierte. Sie hatten sich mit Wein und Büchern hingehockt. Andrea fragte nach Arbeit, Familie, Freundschaften. Wie spürbar das System gewesen war. Wie es sich gelebt hatte. Mit einer Neugier, die Leo von ihren Fernreisen kannte. Sie fremdelte nicht mehr. Schön zu sehen.

Von seinem Erfolg ermutigt, begann Thieme einen wahllosen Streifzug durch seine DDR-Biographie. Mehr auf Unterhaltung aus als darauf, wirklich Persönliches preiszugeben. Erzählte vom Gedenklauf für den Top-Spion Richard Sorge. Wer auch immer das gewesen war. Da habe Thieme sich Ärger eingehandelt, weil er spazieren gegangen sei, statt zu rennen. Gut möglich, dass ihm einfach die Puste ausgegangen war. Kaum anzunehmen, dass er damals noch kein tapsiger Bär gewesen war. Aber das sagte Leo natürlich nicht. Andrea grinste Bestätigung. Thieme redete und redete. Beim Agitatorenwettstreit habe er vor den Genossen referiert, dass friedliche Koexistenz mit dem imperialistischen Klassenfeind unmöglich sei, was selbst der linientreuen Jury zu arg war. Feindschaft schön und gut, aber bitte schön friedlich. Thieme mit dem komischen Vokabular aus der sozialistischen Mottenkiste, wie ein Kabarettist mit gutem Gespür für Pointen. Hinter der Brille, die ständig rutschte, zeigte sich ein Verführer, der immer mal Berliner Schnoddrigkeit in sein Sächsisch mischte, je nach beabsichtigter Wirkung.

Andrea kriegte er mit seinen Geschichten, in denen er ein unangepasster Held des sozialistischen Alltags war. Er brachte sie zum Lachen und Zuhören. Süße kleine Falten um ihre Augen. Leo fiel auf, was Thieme nicht sagte. Warum er überhaupt Journalist werden durfte zum Beispiel. Leo stand es nicht zu, über ihn zu urteilen. Wollte er auch gar nicht. Andrea war es, die ihn aus Versehen provozierte, als sie fragte, wie das ging, Journalist sein in der DDR. Wo man doch nicht alles sagen, geschweige denn schreiben durfte. Das war naiv und direkt, aber ohne Unterton. Thieme schnaubte.

„Nee, n Rumbelstilzschen war isch janz sischer nisch."

Er lachte heiser auf und begann, in einem der Bücher zu blättern, ohne reinzusehen. Das konnte alles bedeuten. Ärger, trotziger Stolz auf die eigene Geschichte oder das Eingeständnis, mehr mitgemacht zu haben, als er vor sich selbst rechtfertigen konnte. Andrea beeilte sich, zu sagen, sie hätte an seiner Stelle auch ein ganz normales Leben geführt. Sie wäre sicher keine gewesen, die mit einer Kerze in der Hand in der Kirche gesessen hätte. Womit sie wohl Recht hatte. Politik interessierte sie nicht. Wie oft sie darüber schon gestritten hatten. Weil sie kalt ließ, was ihm naheging. Ihren braunen Augen konnte Thieme nicht lange böse sein. Es habe sich viel verändert. Zum Guten übrigens, das wolle er ausdrücklich festhalten. Obwohl man auch heute nicht alles schreiben könne. So viel anders als früher sei das gar nicht. Dieses komische Lachen zur Bestätigung. Wie Asthma. Sie ließen das so stehen. Hatten sich zu weit vorgewagt und seinem Chef auf die Füße getreten. Vergangenheit ist überall ein Minenfeld, hier erst recht, auch nach all den Jahren noch. Gut, dass Milan mit David reinschneite. Sie hockten sich über die Bücher und staunten über dieses fremde, verschwundene Land. Milan fragte, ob sie Leos Kamera ausleihen könnten. Musste nur kurz betteln, um die Bedenken zu zerstreuen. Das Ding war teuer, aber versichert. Die Jungs wollten noch mal raus. Die Nacht fotografieren, wie sie sagten. Leo bot an, ihnen die Kamera und einige Techniken zu zeigen, was Milan dankend ablehnte. Wie wenig es brauchte, um glücklich zu sein. Für Milan ein bisschen Freiheit. Für Leo das Gefühl, seinem Sohn was Gutes tun zu können. Und den kurzen Moment, wenn er bei der Umarmung sein Haar riechen konnte. Das war Thiemes Verdienst. Leo nahm ihm nicht mehr übel, dass er in ihren Abend geplatzt war. Ließ sich alles nachholen. Ihm gefiel der Gedanke, in einem Haus zu wohnen, wo andere einfach vorbeikommen, ohne sich groß ankündigen zu müssen. Auch Andrea schien es, nichts auszumachen. Obwohl sie überfallen worden waren. Sie hasste so was. Nicht heute. Goss ihrem Überraschungsgast auch noch die letzten Weintropfen ins Glas. War aufgekratzt, gelassen, beides zugleich. Als Thieme sich mühsam aufrappelte, machte ihm sein Knie zu schaffen. Andrea entschuldigte sich dafür, ihn nicht ins Wohnzimmer gebeten zu haben. Er winkte ab. Auferstanden aus Ruinen, stöhnte er, dabei rieb er sein Knie. Sollte ein Witz sein, hörte sich aber wehmütig an. Wie von einem, der hängengeblieben war. In der Vergangenheit und in der Provinz.

„Muss man erstemol druff gommen, sein Glück in Liebbrehna zu suchen. Sischer, aufgehübscht ham se des ordentlisch nach der Wende. Nix mehr mit Mondlandschaft. Nu ham wa beste Seelage. Aber mondän wird das in diesem Leben nisch mehr."

Andrea verschränkte die Arme und versteifte sich. Ihre vollen Lippen konnte sie sehr schmal ziehen.

„Deswegen sind wir ja hier. Mondän brauchen wir nicht. Wir haben uns. Man hat ja selbst in der Hand, was man draus macht. Das hier ist perfekt, um zu sich zu kommen. Wir genießen jeden Moment."

Als müsste sie sich dafür rechtfertigen, hier zu sein. War ihr offenbar ein großes Bedürfnis, sich zu erklären. Ihr Bekenntnis geriet ein wenig zu wuchtig, mit zu viel Nachdruck. Leo war nicht klar, wem das galt. Thieme, ihm oder ihr selbst. Sie fuhr sich durchs Haar. Simulierte Selbstsicherheit. Ihr Lächeln suchte einen Komplizen. Er tat ihr den Gefallen. War von ihr nicht gerade verwöhnt, was große Worte anging. Bevor sie Thieme zur Tür brachten, sahen sich beide noch mal um. Leo nach der Frau im Liegestuhl. Andrea betrachtete das Herz. Morgen würden sie das überstreichen.

7.

Kein Geräusch aus Milans Zimmer. Andrea blieb vor der geschlossenen Tür stehen und horchte. Worauf, wusste sie selbst nicht. Sie hätte gern gewusst, womit er sich beschäftigte, was ihn wirklich interessierte. Viele Gelegenheiten, in ihn rein zu sehen, hatte er ihr nie geboten. Wofür sie ihm zum Teil sogar dankbar war. Poster von Eminem oder Bikiniträgerinnen mit Silikonbrüsten hatte er ihr erspart. Viel mehr als der Totenkopf vom FC St. Pauli fiel ihr nicht ein, wenn sie nach seinem nach außen gekehrten Innenleben forschte. Milan war informiert, das konnte sie sagen, mehr als sie selbst sogar. Er konnte die Konsequenzen irgendeines neuen Welthandelsabkommens runter rattern, von dem sie noch nie gehört hatte. Und ihr haarklein darlegen, wie dadurch die Ungerechtigkeit in der Welt vergrößert wurde. Was den Hang zum weltverbessernden Klugscheißertum anging, stand er seinem Vater in nichts nach. Andrea konnte nicht mal sagen, was sein Hobby war. Wobei in Milans Generation wahrscheinlich nicht mal dieses Wort existierte. Am liebsten saugte er alle möglichen Inhalte aus dem Internet auf. Von wissenschaftlichen Studien über Regierungswechsel bis zu dem Sermon, den irgendwelche Blogger von sich gaben. Daraus setzte er seine kritische Haltung zusammen. Die er neuerdings am liebsten mit David teilte. Sie war drauf und dran, anzuklopfen und mal reinzuschauen. Aus purer Neugier. Konnte sich gerade noch beherrschen. Die genervten Blicke der beiden Jungs konnte sie sich vorstellen. So weit sie sich auf ihre oberflächlichen Kontrollbeobachtungen beim Aufräumen verlassen konnte, brauchte sie sich keine Sorgen zu machen. Die Abwesenheit von harten Drogen, Alkohol, Zigaretten, Pornos oder Ballerspielen beruhigte sie. Wenigstens das. Vielleicht war das schon mehr, als man von Jungs in seinem Alter erwarten konnte. Mütter sind nicht die besten Freunde ihrer Söhne, auch wenn sie es gern wären. Aus dem Bad rief Leo nach ihr. Andrea setzte sich im Halbdunkel in Bewegung, bevor Milan aus seinem Zimmer kommen konnte. Am Ende erwischte er sie noch dabei, wie sie vor seiner Tür stand und lauschte. Das fehlte gerade noch.

Bei Leos Anblick in der Badewanne musste sie grinsen. Feucht glänzender Genießer. Die langen Beine hatte er über den Rand gelegt. Sogar zwei Teelichter hatte er aufgetrieben und angezündet. Auf einmal war Leo da, immer, jeden Tag. Lange war das undenkbar gewesen. Sie hatte sich darauf eingestellt, Milan allein zu wecken und auf den Weg zu bringen. Im Zweifel auch mit dem Klassenlehrer zu erörtern, wie Milan besser mit den Alpha-Tieren in seiner Klasse zurechtkommen könnte. Wenn eine Aufführung von seiner Theater-AG anstand, ging sie besser davon aus, dass Leo ausgeflogen war. Einem Job hinterher. Ging ja nicht anders. Sie kannte es nur so. Trotzdem gut, wieder auf ihn zählen zu können. Dass er angekommen war. Jetzt legte er sich derart ins Zeug, dass sie kaum mitkam. Als wollte er alles, was zu kurz gekommen war, auf einmal nachholen. Sie sah noch seinen spöttisch verzogenen Mundwinkel vor sich, wenn sie mal Duftöl ins Badewasser gegeben hatte. Die mühsam unterdrückte Abschätzigkeit, mit der er abtat, was ihr gut tat. Alles Frauengedöns. Sogar daraus konnte er eine Glaubensfrage machen. Duschen oder Baden. Als wenn man sich entscheiden müsste. Leo forderte sie auf, zu ihm in die Wanne zu kommen. Mit einer Stimme, der man ungern was ausschlägt. Eigentlich musste sie an den Schreibtisch. Excel-Tabellen anlegen und Patienten verwalten. Die Entscheidung fiel nicht schwer. Sie zog sich aus und stand schon mit einem Bein im Wasser, als sie es abrupt wieder raus zog.

„Kannst mir ruhig vertrauen. Ich hab mich nicht in eine ätzende Flüssigkeit gelegt. Verrätst du mir, wo du hin willst?"

„Bleib, wo du bist. Muss nur schnell gucken, ob ich noch ein Leben retten muss."

Sie war jetzt für eine ganze Region zuständig. Für ihre Patienten auf dem Land war sie erste Hilfe und letzte Rettung. Woran sie sich noch nicht gewöhnt hatte. In ein Handtuch gewickelt ging sie rüber ins Arbeitszimmer. Kein Notruf. Nur eine SMS. „Und, kommst du? R." Beschleunigter Puls, Stoßatmen, aufgestellte Härchen. Er konnte es nicht lassen. Und ihr Körper sprang drauf an wie ein dressierter Hund. Sie hatte sich nicht mehr gemeldet, nichts getan, um Kontakt zu halten. Als sie das Handy zurück auf den Schreibtisch legte, hatte sie sich schon wieder beruhigt. Gab Schlimmeres, als nicht vergessen zu werden. Lächelnd ging sie ins Bad zurück und stieg in die Wanne. Genoss den dampfenden Leo und die Wärme, die sich um sie legte. Sie tauchte unter, bis nur noch Augen und Nase über Wasser lagen. Ein selbstgefälliges Reptil. Drei Wörter und ein Fragezeichen. Die sich in ihrem Belohungssystem einnisteten und mit Endorphinen um sich warfen, auch wenn sie die Euphorie zu ertränken versuchte. Sie tauchte auf und vertrieb den Schaum von Bauch und Brüsten, fütterte Leos Erwartung. Sie verglichen Küchen, in die sie für Interviews oder zum Blutdruckmessen gebeten wurden.

Leo wunderte sich, wie vorbehaltlos ihm die Menschen Einblick gewährten. Andrea wunderte das gar nicht. Leo war charmant. Seine Neugier nie aufdringlich. Sie hatten beide schon Mustertapeten, die eigentlich längst ausgestorben waren, und futuristische Einbauküchen bewundert. In Liebbrehna waren DDR und Zukunft Nachbarn. Leo entwickelte eine Theorie. Seine primitive Küchen-Psychologie war eine gute Vorlage.

„Soso, du meinst also, du kannst von der Küche auf den Charakter schließen. Dann sag mir doch bitte mal, was unsere Küche über mich aussagt."

Sie sah ihn herausfordernd an. Er musterte sie. Trommelte mit den Zeigefingern aufs Wasser.

„Anspruchsvolle Perfektionistin."

„Soll das ein Kompliment sein?"

„Musst du selbst entscheiden."

Sie entschied sich, das nicht als Spitze aufzufassen. Das warme Wasser und die leichte Plauderei machten schwerelos. Sie redeten, bis die Haut zu schrumpeln begann. Leos sinnliche Lippen. Die sie am liebsten mochte, wenn sie ironischen Blödsinn absonderten. Außer seinen Küssen natürlich, die waren noch besser. Keine Schichten oder Projekte mehr, die sie voneinander ablenkten. Sie hatte ihn ganz für sich. Das war egoistisch, aber seine Sehnsucht nach der großen Fotokunst hielt sich in Grenzen, soweit sie das beurteilen konnte. Danach fragen wollte sie lieber nicht. Die Sache mit den heilenden Wunden. Beim Haarewaschen war die SMS nur noch eine SMS. Leo reichte ihr ein Handtuch. Zum Arbeiten konnte sie sich nach dem Baden nicht mehr aufraffen. Als Leo das Massageöl aus dem Regal nahm, folgte sie ihm bereitwillig zum Bett, legte sich auf den Bauch und ließ ihn gewähren. Er nahm sich ihre Halswirbel vor. Andrea bestärkte ihn grunzend darin, weiterzumachen. Unter seinen Griffen platzten Erinnerungen auf. Ungehörige Erinnerungen. An den Nachmittag, den sie segelnd auf der Alster verbracht hatte. An das marineblaue Polo-Hemd und die lässige Art, das Boot zu steuern und sie dabei keinen Moment aus den Augen zu lassen. Später die sanfte Bevormundung, als sie sich einen Wein bestellen ließ, der angeblich perfekt zur Brasse passte. Leo hätte sie das nie durchgehen lassen. Pervers, ausgerechnet jetzt daran denken zu müssen. Aber die Gedanken sind frei. Während sie über die Alster glitt, erreichte Leo ihre Schultern. Nahm den leichten Druck weg und züchtete eine Gänsehaut, die sich über den ganzen Rücken legte. Sie hoffte, seine neue Begeisterung für Wellness würde anhalten. Leo fuhr alle Etagen ihrer Wirbelsäule ab und verweilte kreisend, wo es ihm gefiel. Sie hielt still wie eine Katze, die gestreichelt wird. Dabei fuhr sie wieder in dem Fahrstuhl mit der goldfarbenen Schalttafel aus Messing. Dahin, wo sie nicht hingehörte. In die aufgeräumte Sauberkeit des Apartments, in dem sie nichts mehr zu suchen hatte. Auf der cremefarbenen Polstergarnitur seine männliche Gewissheit, dass sie nicht einfach nur so hier war. Überall hatte es nach gepflegtem, frisch rasiertem Mann gerochen. Als habe er sich selbst versprüht. Sie meinte, den Duft noch in der Nase zu haben. Und den Vogelblick über blinzelnde Nachtlichter vor Augen. Sie gab sich Mühe, Leos Hände zu genießen und alles andere wegzuwischen, was den eingebildeten Geruch und die ungebetenen Bilder nur verstärkte. Wie immer, wenn man versucht, nicht an den blauen Elefanten zu denken. Blieb nur hinzunehmen, dass sich unter Leos Händen vermischte, was nicht zusammengehörte. Das Aufbäumen einer unbedeutenden Sequenz. Auf die sie nicht stolz war, die aber auch nicht störte. Die passiert war wie eine unerwartete Aufforderung zum Tanzen und dem hier nichts anhaben konnte. Sie war, wo sie sein wollte. Und vollkommen ist eh nichts. Leo kannte die richtigen Stellen. Er machte das gut, genau richtig. Löste kleinste Verspannungen. Arme, Beine, Kopf, alles wurde schwer. Der Film schlief ein. Andrea auch fast. Die wohlige Bahn, die von den Waden bis zu den Innenseiten ihrer Oberschenkel gezogen wurde, bekam sie noch mit. Hätte ihm den Gefallen tun und die Öffnung legen können, die er sich erhoffte. Brauchte dafür nur leicht die Beine zu spreizen. Aber es war gut so, wie es war. Leo bestand nicht allzu hartnäckig auf seine Belohnung. Andrea wollte sich nur noch vom Schlaf zudecken lassen. Sie hatte die SMS nicht beantwortet. Kein Grund zur Eile. Sie konnte ihm morgen schreiben oder gar nicht. Ganz egal.

8.

Sie waren beide froh, der abendlichen Routine und den guten Vorsätzen, aus denen nichts wurde, entkommen zu können. Die Einladung von Uwe und Patricia kam gerade richtig. Der permanente Ausnahmezustand war nicht lebbar. Sie hatten zusammen gekocht, renoviert und Kerzen zehrend diverse Flaschen Wein geleert. Am Ende hatten sie doch wieder die Glotze angemacht und ihre Facebook-Freunde mit Infos versorgt. Ließ sich nicht vermeiden. Leo hatte versucht, sie zu diesem und jenem zu animieren, bevor auch er aufgegeben hatte. Neben ihnen raschelte ein vergessenes Kornfeld. Andrea schmiegte sich in seinen Arm, was ihren Gang verlangsamte, aber sie hatten es nicht eilig. Die beiden Biobauern erwarteten sie am Tisch unter einem mächtigen Nussbaum. Zwei moderne Hippies in der Kulisse einer Werbung für Camembert. Sie umarmten sich wie gute Freunde, mit einer Vertrautheit, die es nicht gab, aber guttat. Tranken Wein und waren schnell lustig. Patricia zog die Beine unters Kinn. Eine dieser Frauen, die immer Mädchen bleiben. Sie erzählte von ihren wilden Jahren in einer Berliner Wagen-Siedlung. Leo konnte Anekdoten aus seiner Hamburger Anarcho-WG beisteuern. Sie hatten sofort einen Draht zueinander. Andrea schlug sich passabel, war neugierig und versuchte gar nicht erst, so zu tun, als habe sie Ähnliches zu bieten. Sie war sie selbst, Leo und Andrea die Gegensätze, die sich anziehen. Als Patricia fragte, was Leo in Hamburg gemacht habe, kam Andrea ihm zuvor und begann zu schwärmen. Von seiner Beobachtungsgabe und seinem Talent, das Wesen eines Menschen nicht nur erkennen, sondern auch sichtbar machen zu können. Egal, ob in einem afrikanischen Dorf oder in Berlin. Leo habe diesen Blick. Andrea sah ihn an. Die alte Euphorie, die nicht danach fragte, was ein Bild einbringt. Das rührte ihn. Ganz anders als in den Telefonaten mit ihrer Mutter, wo sie jahrelang jeden noch so kleinen Auftrag hochgejubelt hatte. Um die immer gleiche Frage zu entschärfen, ob der Leo denn genug zu tun habe.

Uwe war ein guter Zuhörer. Leo bemerkte, wie er immer wieder gezielte Dosen Ernsthaftigkeit in Richtung Andrea streute, sobald es ihm zu anekdotenhaft wurde. Er fragte nach ihrer Praxis, nach ihrer Entscheidung auszuwandern. Andrea um ehrliche Antworten bemüht. Zum ersten Mal sprach sie aus, wie sehr das hier von dem abwich, was sie für sich gesehen hatte. Nicht, dass es ihn überraschte. Aber sie hatte es nie gesagt, sooft sie auch diskutiert hatten. Das Wichtigste bleibt ungesagt, wenn man es zerredet.

Andrea gab nicht nur bereitwillig Auskunft, sie fragte genauso interessiert zurück. Warum Bio? Warum ausgerechnet hier? Nach ihrer ungeteilten Aufmerksamkeit zu urteilen, gefiel ihr, was sie von Uwe zu hören bekam: In Liebbrehna seien die Menschen so gut und so schlecht wie überall. Er betrachte den Hof als eine Insel. Das Meer drumherum könne mörderisch sein oder friedlich. Gab nicht viele, denen sie solche Weisheiten durchgehen ließ. Sie hatten schon eine Weile um ein kleines Feuer gesessen, als Patricia vorschlug, schwimmen zu gehen. Zur Klotzsche sei es nicht weit. Sie sprang auf, ihre langen Haare hin und her werfend vor Euphorie. Andrea protestierte zaghaft, sie hatten keine Badesachen mit und überhaupt, aber Patricia holte schon Handtücher. Uwe sagte, hier könnten sie nun wirklich nackt schwimmen. Schließlich seien sie jetzt in der DDR. Kam selten vor, dass Andrea so spontan war. Leo erklärte es sich mit dem Lagerfeuer und Uwes langen Haaren, als sie ihren Widerstand aufgab und sich ein Handtuch nahm. Über eine nächtliche Wiese marschierten sie zur Klotzsche. Augenblicklich drang Nässe in die Schuhe. In einem kleinen Waldstück griff Andrea nach Leos Hand und ließ sich von ihm führen. Eine schweigsame, ehrfürchtige Prozession. Sie kamen an einer Kiesböschung raus, unter ihnen glitzerte der See im Mondschein, zu silbrig, um nicht echt zu sein. Sie machten sich an den Abstieg. Auf den letzten Metern streifte Patricia die Klamotten ab und ließ sie fallen, als wollte sie eine Spur zum Wasser legen. Zog sich mit einer Selbstverständlichkeit aus, die keine Scham kannte. Drehte sich tanzend um und feuerte sie an, schneller zu machen. Selten hatte Leo jemanden so unverschämt nackt gesehen. Andrea bemüht, auf dem Weg ins Wasser Brüste und Scham zu verdecken. Im hüfthohen Wasser begrüßten sie die Kälte mit spitzen Schreien, bevor sie sich eine Wasserschlacht lieferten, die jede Hemmung vertrieb. Andrea schwamm in Leos Arme, sie küssten sich, einer dieser Momente, in denen alles passte. Zu viert suchten sie den Himmel nach Sternbildern ab. Beim Großen Wagen waren sie sich nicht sicher. Die Kälte trieb sie zurück ans Ufer. Die Handtücher zu klein, um sich darin einzuwickeln. Patricia reichte Leo das Handtuch und machte keine Anstalten, ihre steifen kleinen Nippel vor ihm zu verbergen. Sie setzten sich nebeneinander und ließen sich trocknen. Andrea gönnte sich beim Abtrocknen einen Blick auf Uwes Schwanz. Das war in Ordnung, machte Leo sogar an. Sie blieben länger nackt, als sie mussten, saßen enger beieinander als nötig. Leos Atem ging schneller. Es fehlte nicht viel. Eine Hand auf einem Oberschenkel. Ein Blick, der sich nicht rechtzeitig löst. Andrea wie zufällig neben Uwe. Patricia neben Leo. Er sah es in den Augen der anderen. Auch in denen von Andrea. Jeder sah es. Jeder wartete, dass es passierte, aber es passierte nicht. Irgendwann war der Moment vorbei, die Gelegenheit verpasst, sie begannen, sich die Sachen über die noch feuchte Haut zu ziehen. Auf dem Rückweg fühlte sich ihr Händedruck an, als sei sie froh, das mit ihm erlebt zu haben. Und das andere nicht. Als sie am Hof ankamen, wollte Uwe noch mal Scheite aufs Feuer legen, aber Andrea drängte darauf, zu gehen, sie sei müde, es war spät. Sie gingen, dankbar und glücklich. Gerade als Liebbrehna sich zu einer Endlosschleife verengte, schien wieder alles möglich.

Sie waren bester Laune, als sie den Hof erreichten. Beinahe hätten sie Milan übersehen, als sie aufschlossen. Er kauerte neben der Tür, die Knie zum Kinn gezogen, das Gesicht in den Armen vergraben. Leo erschrak, als er ihn bemerkte. Milan hatte nicht nur den Schlüssel vergessen, da war noch was anderes. Andrea kniete sich vor ihn, sprach ihn an, um Fassung bemüht, aber ihre Stimme längst alarmiert. Milan hob den Kopf, leerer Blick ins Nichts. Sein Körper vibrierte, das Gesicht unter Strom. Sie fragten durcheinander, was denn los sei, aber Milan wie in Trance. Sie halfen ihm auf und führten ihn rein, setzten sich mit ihm aufs Sofa. Leo holte ein Glas Wasser, das Milan beim Versuch zu trinken verschüttete, so stark zitterte seine Hand. Sie fragten weiter, was passiert sei, kriegten keine Antwort, bis Milan plötzlich zu schreien begann. Unverständliches Zeug, mit schriller Stimme, die sich aus Wut, Zorn, Angst, Schmerz und Verzweiflung speiste, so kam es Leo vor. Ein Ausbruch wie irre. Verstört nahm er seinen Sohn in den Arm, bis er sich beruhigte und tonlos zu weinen begann. Sie waren hergezogen, um wieder die Kontrolle zu haben. Hatten alles wieder in den Griff gekriegt. Bis eben. Es riss ihnen den Boden unter den Füßen weg. Andrea konnte sich nicht länger beherrschen und begann, zu heulen, auch wenn sie sich bemühte, die Tränen zurück zu pressen, was ihr Gesicht in periodischen Krämpfen entstellte. Mehr als einzelne Satzfetzen konnten sie ihm nicht entlocken. Nach und nach reimten sie sich zusammen, was passiert war. Offenbar waren sie von einer Meute durch die Stadt gehetzt worden. Er und David. Die anderen hatten ihnen Schläge auf den Kopf verpasst. Andrea unterbrach ihn, tastete sich durch blutverklebte Haarbüschel zur Kopfhaut vor und schickte Leo los, ihren Arztkoffer holen. Mit routinierten Handgriffen versorgte sie Milans Wunde, was sie ablenkte und zu beruhigen schien. Danach lief sie zum Telefon. Milan blaffte, sie solle das sein lassen. Sie gerieten heftig aneinander. Leo hielt sie schließlich davon ab, die Polizei zu rufen. Es war mitten in der Nacht. Wen wollte sie jetzt schon erreichen?

„Milan, wer waren die anderen?"

Keine Antwort, stierer Blick.

„Milan, bitte sag mir, wer das war. Wer hat das gemacht?"

„Na, die Faschos, wer denn sonst?"

„Wen meinst du bitte mit *den Faschos*?"

Es ging eine Weile hin und her, bis Leo verstand, dass er mit Faschos wirklich Faschos meinte. Ganz wörtlich. Sie brachten Milan ins Bett. Andrea half ihm aus den Sachen, den Verband würde er einige Tage tragen müssen, aber er war nicht schwer verletzt. Sie blieb an seinem Bett sitzen, bis er eingeschlafen war. Leo schlich sich raus. Als sie zu ihm ins Wohnzimmer kam, hatte er ihnen Schnaps eingegossen, den Andrea stehen ließ. Sie fiel Leo um den Hals, umklammerte ihn, gierig nach Trost und Halt, die er so nötig brauchte wie sie. Er kämpfte, dann übermannte es auch ihn. Sie flennten, um ihren Sohn, um ihren jäh abgebrochenen Aufbruch. Sie waren hergekommen, um genau das zurückzulassen. Hatten nicht damit gerechnet, es könnte wieder losgehen. Waren völlig unvorbereitet. Andrea sammelte sich, fixierte seine Schultern, nahm ihn mit einem Blick ins Gebet, der keinen Widerspruch duldete.

„Du musst was unternehmen, Leo, verstehst du. Diesmal musst du was machen."

9.

Andrea brauchte gar nichts zu sagen. Erstickte alles mit wortloser Sorge und Kummer. Ein ganzes Wochenende lang. Dass ihm gar nichts anderes übrig blieb, als zu beschwichtigen. Darauf hinzuweisen, dass es überall Idioten gebe und alles noch mal gut gegangen sei. Er glaubte selbst nicht an das, was er sagte. Wusste, Milan war nicht zufällig überfallen worden. Sie ergingen sich in hilflosen Sofortmaßnahmen, gegen die Milan sofort aufbegehrte. Wenn sie glaubten, er werde ab jetzt zuhause hocken, könnten sie das vergessen. Er lasse sich von keinem Scheißnazi vorschreiben, wo er hinzugehen habe und wo nicht. Leo zwischen den Stühlen. Versuchte, Andreas Strategie rigider Verbote zu entschärfen und zugleich seine eigene Angst einzufangen. Nichts, was er tun konnte. Schon gar nicht Milan beschützen, das nagte, zermürbte.

Beim Frühstück einigten sie sich darauf, ihren Sohn künftig abzuholen, wenn es später werden würde. Beruhigten sich damit, waren froh, überhaupt was zu tun, wussten beide, es würde nicht reichen. Sie konnten ihm keine Sicherheit geben. Und mussten alles vermeiden, was nach Kontrolle und Überwachung aussah.

Leo versprach Andrea, den Vorfall beim Bürgermeister anzusprechen. Der hatte ja offenbar einen Narren an ihm gefressen. Er erkaufte sich damit etwas Aufschub, doch Andrea sah alles andere als überzeugt aus. Ihnen war danach, ihren Milan in den Arm zu nehmen, ihn zu drücken und nicht mehr loszulassen. Ernteten schroffe und genervte Zurückweisung. Leo kam damit besser zurecht als Andrea. Milan konnte es nicht erwarten, aus der Küche zu verschwinden. Er zog es vor, allein zur Schule zu gehen.

Thieme ging einfach drüber weg, als Leo ihm davon erzählte. Eine prügelnde Horde, die nachts Jagd auf Opfer macht – schien ihn nicht zu interessieren. Stattdessen versorgte er Leo mit Terminen, als sei nichts geschehen. Der dritte Geburtstag in einer Woche. Unter normalen Umständen hätte Leo versucht, sich zu drücken. Aber bei einem 95. Geburtstag war die Chance groß, dass Merbitz persönlich den Blumenstrauß überreichte. Er nahm den Wagen und fuhr in Richtung Chemnitz. Die alte Frau Rackwitz wohnte an der Landstraße, in einem grauen Steinwürfel mit kleinen Fenstern. Eine rothaarige Frau, die Leo von irgendwoher zu kennen glaubte, öffnete die Tür und begrüßte ihn freundlich. Offenbar die Altenpflegerin. Drinnen der konservierte Geruch eines Menschen, der nie weg gewesen und mit seinem Heim verschmolzen war. Inmitten von Möbeln, die in Ostberliner Clubs stehen, um gestrigen Charme zu erzeugen, vor vergilbten Tapetenmustern aber nur Zeitzeugen einer ärmlichen DDR-Biographie waren. Frau Rackwitz saß mit gütig gealtertem Faltengesicht in einem Ohrensessel. Die Rothaarige stellte Leo als Reporter von der Zeitung vor. Die Alte freute sich, fragte aber immer wieder, wer der junge Mann sei. Sie tranken ungenießbaren Kaffee, bis es klingelte und Merbitz mit einer jungen Sekretärin reinpolterte, die einen Blumenstrauß trug. Frau Rackwitz hatte begonnen, von der Flucht zu erzählen. War eine schwere Zeit, sagte sie, wieder und wieder, war eine schwere Zeit. Der Bürgermeister übertönte ihre Erinnerungen. Was für eine schöne Heimat sie gefunden habe, sie solle dem Herrgott dafür danken. Eine Rede wie vor Publikum. Ja, ja, sagte Frau Rackwitz. Klang wie: Du mich auch. War eine schwere Zeit, bemerkte sie noch mal, ging aber im verordneten Optimismus unter. Der Bürgermeister nahm seiner Sekretärin den Strauß aus den Händen und reichte ihn weiter. Frau Rackwitz fragte, wer der Mann mit den Blumen sei. Merbitz schüttelte eilig alle verfügbaren Hände. Leo konnte ihn gerade noch vor der Tür abfangen. Merbitz sah auf die Uhr, er habe es eilig, aber na ja, auf ein Wort. Leo raffte den Vorfall, schilderte ihn so eindringlich wie möglich. Merbitz besorgt. Er werde es nicht dulden, dass Chaoten

Liebbrehna in Verruf bringen. Egal, ob rechte oder linke. Dass alle in einen Topf geworfen werden, war nicht, was Leo beabsichtigt hatte. Auf seinen Einwand, Milan sei beschimpft und angegriffen worden und man dürfe die Opfer nicht wie Täter behandeln, erneuerte Merbitz die Aufforderung, er möge seinen Jungen zur Freiwilligen Feuerwehr schicken. Nachts hätten Jugendliche nichts auf der Straße zu suchen. Damit ließ er ihn stehen.

„Daran sollten Sie sich besser gewöhnen."

Die rothaarige Frau stand hinter ihm in der Tür und sah ihm in die Augen wie eine Vertraute, eine Komplizin.

„Yvonne Ankele. Die Mama von David. Wenn Sie möchten, erzähl ich Ihnen ein bisschen was. Ich hab Bemmen und Kaffee mit, wir können uns hinter dem Haus unter den Baum setzen. Haben Sie Lust?"

Unter einem verdörrenden Pflaumenbaum aßen sie diese und tranken Kaffee. Yvonne teilte sogar die wenigen Weintrauben, die sie dabeihatte. Er sollte Yvonne sagen. Und bitte französisch betonen. Auf der Vonne, nicht auf dem I. Sie hasse das. Eine uneitle Frau zum Pferdestehlen, die wirkte, als habe sie zu selten Gelegenheit dazu. Sie sagte, wie sehr sie sich freue, dass David und Milan nun Freunde seien und begann, zu erzählen. Ohne Wut, nur die Fakten. Von nächtlichen Angriffen auf das Vereinsheim, von fliegenden Flaschen und Steinen, zerbrochenen Fensterscheiben und Nasenbeinen. Von einer Polizei, die zu spät oder gar nicht kommt und einem Bürgermeister, der Jungs wie ihren David als Nestbeschmutzer und Provokateure ansieht. Von den Söhnen vom Fleischer, Feuerwehrchef und Friseur, die gern *„Sieg Heil"* brüllen, dafür aber die Haare ordentlich geschnitten haben. Von Hakenkreuzen an Hauswänden und durchwachten und durchheulten Nächten. Leo saß da und hörte der rauen, zermürbten Stimme zu. Nach wenigen Anekdoten war nichts mehr, wie es war. Auf dem Acker nebenan hackten Krähen aufeinander ein. Er sah wieder in ihre schmutzig grünen, von Sommersprossen umzingelten Augen, die seinen Blick gütig erwiderten, als müssten sie ihn trösten, nicht umgekehrt.

„Was sagen denn die anderen? Ich meine, die Polizei, der Bürgermeister, irgendeiner muss doch was machen."

„Die wollen ihre Ruhe. Liebbrehna ist ein guter Ort, um sich zur Ruhe zu setzen. Aber wehe, man möchte Aufbruch. Früher waren alle gleich, nein, das stimmt auch nicht, aber in der Erinnerung lügt man sich das so zurecht. Davon ist nur die Sehnsucht geblieben. Die Sehnsucht, dass dein Nachbar genauso sein soll wie du. Genauso normal und klein und durchschnittlich wie du selbst. Alles andere macht ihnen Angst."

„So furchterregend siehst du gar nicht aus."

Sie lächelte, blieb aber ernst.

„Ich bin ein Freak für die. Mann weggelaufen, bunte Klamotten und ein stotternder Sohn mit blauen Haaren. Wir sind ein gefundenes Fressen für die. Früher haben wir geglaubt, das richtige Leben im falschen zu führen. Heute ist es umgekehrt."

Leo musterte sie. Die lange, wild geblümte Tunika über der Hose. Bisschen öko vielleicht, aber keine Exotin. Sie hatte ihm die Luft rausgelassen. Er musste sich sammeln. Sie merkte das und ließ ihn in Ruhe.

„Yvonne?"

„Ja?"

„Darf ich dich was fragen?"

„Frag."

„Wie hältst du das aus?"

Sie zog eine Schachtel Zigaretten aus der Tasche und zündete sich eine an. Geübte Handgriffe, die ihr Zeit verschafften. Nicht um sich zu drücken, nur um die richtigen Worte zu finden. Sie sah weg, verändert, getroffen.

„Es geht. Irgendwie geht es. Muss ja." Sie machte eine Pause. „Aber es geht nicht gut."

Ihre Lippen außer Kontrolle. Zwei, drei Züge, dann hatte sie sich wieder im Griff.

10.

Sie kam einfach nicht runter. Konnte noch so konzentriert die Asanas üben. Half nichts. Sie bekam den Kopf nicht frei. Andrea probierte es im Liegen. Das machte sie sonst müde, die Gedanken lösten sich auf, diesmal nicht. Der Ärger klammerte sich fest. Eine Endlosschleife von Merbitz, wie er auf einmal im Behandlungsstuhl sitzt und den rechten Ärmel zum Blutdruckmessen hochkrempelt. Wie er ihre schroffe Frage nach einem Termin übergeht und sie mit seiner Wichtigkeit einseift, als sei das Erklärung genug. Beiläufig hatte Merbitz das Gespräch mit Leo erwähnt. Hatte er ihn also wirklich drauf angesprochen, immerhin. Andrea wechselte in den liegenden festgehaltenen Winkel und zerbrach sich den Kopf über den Überfall in der Praxis. Über die plumpe Vertraulichkeit, die wohlmeinenden Ratschläge, auf Milan achtzugeben, über die Warnungen vor der *Roten Zora*. Liebbrehna brauche weder eine *Rote Zora* noch eine Rosa Luxemburg, das hatte er ernsthaft gesagt. Während sie die Manschette um den fleischigen Oberarm aufpumpte, hatte sie klargestellt, dass keine Lenins und Liebknechts in der Zora rumsprangen, sondern Jungs und Mädchen mit bunten Haaren und einem Musikgeschmack, der den Nazis offenbar nicht passte. Da war er aus der Haut gefahren. In Liebbrehna gebe es keine Nazis. Mit so was müsse man vorsichtig sein, sehr vorsichtig. Er hatte nach ihrer Hand gegriffen. Einfach so. Zu dreist für eine zufällige Geste und zu harmlos, um auf der erneuten Grabbelei rumreiten zu können. Egal, unwichtiger Kleinkram. Es ging um Milan. Sie wurde nicht schlau aus Merbitz' Besuch, irgendwas zwischen Einschüchterungsversuch und echter Sorge. Leo schneite zum dritten Mal wie zufällig rein, scherte ihn kein bisschen, dass es ihr Zimmer war. Noch einer, der einfach so reintrampelte. Sie hielt die Stellung, atmete ruhig weiter, tat so, als bemerke sie seinen schmachtenden Blick nicht, bis er wieder weg war. Sie wusste, warum er den festgehaltenen Winkel mochte. Die gespreizten Beine. Danach war ihr nun wirklich nicht. Sie gab es auf und ging zu ihm rüber. Leo lungerte auf der Couch rum und tat so, als sei er in den Spiegel vertieft.

Milan war schon wieder ausgeflogen. Sie ärgerte sich über Leo, auch wenn sie wusste, dass es ungerecht war. Milan ließ sich nichts vorschreiben, aber er konnte es wenigstens versuchen. Sie verschanzte sich hinter dem Laptop und brachte sich mit Facebook auf den neuesten Stand. Inga versorgte sie mit Geschichten aus der Klinik. Degowski vögelte jetzt offenbar die Oberschwester. Alles wie immer. War sehr weit weg. Lange her.

Sie begann, wie zwanghaft auf die Uhr zu sehen, in immer kürzeren Abständen, konnte die Sorgen nicht abwürgen, stand auf, zog sich die Schuhe an und rief Leo zu, sie wolle noch eine Runde ums Haus drehen. Bevor er reagieren konnte, war sie draußen. Die Luft herbstverseucht, schon feucht, schon kalt. Sie ging los, der Ödnis entgegen. Auf dem Nachbarhof brannte Licht, sie war schon vorbei, kehrte um und ging drauf zu. Sie war noch nicht in der Einfahrt, als ein Hund zu kläffen begann, mit der kehligen Inbrunst des Aufpassers, bereit, zu zerfleischen, wen er nicht kennt. Sie beeilte sich, zur Tür zu kommen und klingelte. Ingolf war überrascht, sie zu sehen, aber er freute sich, offenbar gefiel ihm der dünne Trainingsanzug. Der Höllenhund verstummte.

„Ach, Frau Dokter, du willst bestimmt zu Marlene. Die hat Chorprobe heute, kann spät werden, tut mir leid. Vielleicht versuchst du es morgen."

Ihr fiel ein, dass er ihr auf dem Hoffest das *du* angeboten hatte. Ohne Bier geriet es ihm wacklig, aber zurück zum *Sie* ging auch nicht. Wäre zu peinlich.

„Nein, wenn ich ehrlich bin, wollte ich zu dir."

Er trat zur Seite und forderte sie mit ausgestreckten Armen auf, reinzukommen, was sie mit dem Hinweis, laufen zu wollen, ablehnte. Sie erzählte, was Milan passiert war. Brauchte ihn gar nicht an sein Angebot zu erinnern. Wenn es mal ein Problem gibt, du weißt ja, an wen du dich dann, bla bla. Die Freude über den unerwarteten Besuch war schnell weg. Sie hörte seinen schweren Atem, sollte ihn wohl auch hören.

„Hör zu, als Polizist sage ich dir: Klar, ihr könnt eine Anzeige machen. Bedrohung ja, vielleicht auch Körperverletzung, weiß man nicht. Aber als Freund sage ich dir, haltet euch da raus. Die spielen Räuber und Gendarm und schaukeln sich gegenseitig hoch. Wer da was macht, lässt sich am Ende gar nicht sagen."

„Tut mir leid, aber das sehe ich anders. Es kann doch wohl nicht sein, dass mein Sohn von einer Horde durch den Ort gejagt wird. Du hättest mal sehen sollen, wie der Junge gezittert hat."

„Versteh mich bitte nicht falsch. Ich sage nicht, dass das harmlos ist. Im Gegenteil. Wir nehmen das sehr ernst. Willst du einen Rat von mir? Kauf dem Jungen einen Gameboy. Rumtreiben ist nicht gut. Siehst ja, was dabei rauskommt."

„Das ist jetzt nicht dein Ernst, oder?"

Er bot ihr einen Schnaps an, um die Wogen zu glätten. Andrea lehnte ab, bemühte sich aber, die Schärfe rauszunehmen und ging auf seine Versöhnungswitzchen ein. Verabschiedete sich, sobald es möglich war, sich wiederzusehen, ohne im Streit auseinandergegangen zu sein. Sie lief los. Als sie meinte, seinen Blicken entkommen zu sein, setzte sie sich ins feuchte Gras. Ratlos, ausgebremst. Stand nur auf, weil Leo sich sicher schon fragte, wo sie blieb. Leo saß immer noch im Wohnzimmer, hatte aber Vögelvorbereitungen getroffen. Eine Flasche Rotwein und zwei Gläser. Knutschmusik mit Schmirgelstimme. Er erzählte von seinem Gespräch mit Merbitz. Wollte offenbar gelobt werden. Sie unterbrach ihn.

„Merbitz war bei mir in der Praxis."

„Ach nee, und wann?"

„Heute Nachmittag. Ohne Termin. Einfach so."

„In der Praxis? Aha. Und was wollte der?"

„Sagen, dass er den Laden zusammenhalten muss und keine Spalter in seiner Stadt duldet."

„Spalter? So welche wie Milan oder was?"

Leo war beunruhigt, witterte Verrat, weil sie hinter seinem Rücken verhandelt hatte. Als könne sie was für die Dreistigkeit von diesem Kerl. Sie zog es vor, das Gespräch mit Ingolf für sich zu behalten. Wollte nicht illoyal erscheinen. Keine Verschwörungstheorien füttern. Fürchtete, sie würden sich hochschaukeln. Milan hatte sich nicht gemeldet. Sie ließ sich ein Glas Wein einschenken, sie stießen an, Leo mit dem Hinweis auf die sturmfreie Bude. Als sein Mund nach ihr schnappte, drehte sie sich weg.

„Sei mir bitte nicht böse, aber ich kann mich nicht gut entspannen, wenn ich weiß, dass Milan unterwegs ist."

„Und was heißt das bitte? Stellen wir jetzt den Sex ein, bis er 18 ist?"

„Und du, dir ist das jetzt egal, oder was? Bisschen rumvögeln und alles ist gut, ja."

„Was ist denn deine Lösung? Sollen wir aufhören zu leben, damit wir in Ruhe auf ihn warten können? Dass wir vor Angst kirre werden. Ist das der Plan?"

„Stell dir vor, Leo, ich hab keinen Plan. Und du offenbar auch nicht. Aber vielleicht wäre es ja ganz gut, wenn wir einen hätten."

„Oh ja, so, wie du für alles einen Plan hast, hm. Das Leben lässt sich aber nicht planen, Andrea. Das passiert einfach."

„Verschon mich bitte mit deiner Aldi-Philosophie, ja?"

Sie schwiegen. Grimmig, verstockt, angefasst. Als Milan um halb zehn noch nicht da war, rief Andrea auf seinem Handy an. Abgestellt. Leo versuchte, sie zu beruhigen, aber er war auch besorgt, das sah man, brauchte er gar nicht so zu tun. Er protestierte nur halbherzig, dann zog er sich was drüber, zum Auto rannten sie beinahe. Fuhren den Nachhauseweg ab, den Milan nehmen musste, kamen zum Ortseingangsschild. Keiner auf den Straßen, ein von DDR-Straßenlaternen gelblich beschienener Dämmerzustand. Der Marktplatz verlassen. Nur die pakistanische Pizzeria erleuchtet, aber keine Köpfe in den Fenstern. Sie fuhren zur Zora, stiegen aus, kein Licht, das durch Bretterritzen fiel. Sie rüttelten an der verschlossenen Stahltür. Stiegen wieder ein, kurvten systematisch durch ein Netz düsterer Gassen. Kein Milan, keine Nazis. Andrea probierte es noch mal auf dem Handy. Die Sorge ließ sie zusammenrücken. Gegen elf gaben sie es auf und fuhren zurück. Milan saß vor dem Fernseher und beschwerte sich. Wo sie denn gewesen seien? Hätten ja wenigstens ne Nachricht hinterlassen können.

11.

Von Urkunden hatte er genug. Keine Woche ohne irgendein Jubiläum. Vierzigjährige Mitgliedschaft im Fußballverein, fünfundzwanzig Jahre Freiwillige Feuerwehr, fünfzig Jahre Engelschnitzerei. Immer wollte einer seine Urkunde ins Bild halten und dämlich dazu grinsen. Leo platzierte die ehrenamtliche Jubilarin von der Volkssolidarität neben das Krankenbett und ließ sie die Hand der alten Dame halten, die sie betreute. Sie hielten sich, lächelten vertraut, weiches Sonnenlicht auf den Gesichtern. Gutes Bild. Hinter ihm wurde der Geschäftsführer ungeduldig, drängte darauf, endlich seine Urkunde loszuwerden. Überhebliches Chefgehabe, eine richtige Nervensäge. So, Frau Knappke, dann wollen wir mal. Na, kommen Sie doch mal her zu mir. Frau Knappke gehorchte und stellte sich neben den hoffnungslos unmodernen Anzug, wo sie mit ernstem Gesicht eine Lobrede über sich ergehen ließ. Leo wartete, bis er fertig war. Als sie in Erwartung eines Fotos ihre Hände nicht mehr losließen, als seien sie zusammengeklebt, erklärte Leo, das intime Porträt am Bett sei wunderbar geworden, es sei immer besser, Menschen zu zeigen, wenn sie was machen. Das sehe nicht so hingestellt aus. Der Geschäftsführer sah ihn irritiert an und blieb stehen. Frau Knappke auch. Er trotzig. Sie flehend. Leo gab auf. Passte aber den Moment ab, als sie besonders steif dastanden. Billige Rache für ihre kleine Erpressung. Er hatte Sicherheit gewollt. Nicht mehr wochenlang warten, bis ihn irgendwer für ein paar Tage nach Vietnam schickte. Die Intervalle zwischen den Jobs waren immer länger geworden, immer schlechter auszuhalten, die Jobs immer schlechter bezahlt. Andrea hatte nichts gesagt, brauchte sie auch gar nicht. Sie gab ihm auch so zu verstehen, was sie von seinen Auftragslöchern hielt. Konnte sich dann doch nicht verkneifen, ihm zu raten, es mal mit Hochzeiten und Familienfeiern zu probieren. Natürlich nur zwischendurch. Das mit dem Geld kriege sie alleine hin, das schon, aber besser wäre es ja doch, auch für ihn. Er hatte das sattgehabt, das und die Unsicherheit. Krebsen an der Dispogrenze, von der Hand in den Mund. Das musste aufhören. Dann lieber auf Nummer sicher gehen. Jetzt hatte er seine Sicherheit. Die Knappkes und ihre bräsigen Chefs. Ans Schreiben gewöhnte er sich langsam, an diese Fotos nicht. Er sah zu, dass er wegkam.

Zuhause war scheinbar noch keiner da. Erst als er in die Küche ging, sah er Andrea vor dem Fenster, wie sie mit dem Spaten den Boden bearbeitete. In ihren neuen Gummistiefeln und mit einer Kraft, die sie in alles steckte, was ihr wichtig war. Sie blies sich eine dunkle Haarsträhne aus den Augen und ackerte weiter. Ihr Haar glänzte noch immer wie früher. Leo goss sich einen Kaffee ein und beobachtete, wie sie den ganzen Körper einsetzte. So war sie, nur sie. Es wäre damals leicht gewesen, ihr nichts von dem Hof zu erzählen. Von der Recherche über das ostdeutsche Neuland nach Hause zu kommen und zu verschweigen, dass er ihren Traum gesehen hatte. Die Lage in Sachsen war ein Schönheitsfehler, aber nichts ist perfekt. Früher hatten sie sich ausgemalt, in die Provence zu ziehen. Aussteigen, Gemüse anbauen, mit einem Buch im Liegestuhl, den Blick auf Lavendelfelder und ab und zu einen Bildband produzieren. Aus Provence wurde dann Provinz, kommt eben immer anders. Er hatte die Natursteinwände gesehen und die Streuobstwiese und gewusst: Das ist es. Das für sich zu behalten, konnte er ihr nicht antun. Er hätte sich wie ein Verräter gefühlt. Erst recht, als er hörte, was der Hof kosten sollte. Der Traum war bezahlbar und Hamburg abgenutzt und aufgebraucht. Zusammen hatten sie sich da reingesteigert, wenn die Klinik sie müde machte und weit und breit kein Job für ihn in Sicht war. Hatten sich in diesen absurden Plan verbissen. In die Pampa auswandern, zu den Ossis, nach drüben. So lange, bis sich in ihren Gesprächen die Ironie verlor und die Absurdität. Bis aus der Spinnerei eine gute Idee wurde. In der Andrea nicht mehr im Dauerstress war und Leo nicht teilzeitarbeitslos. Andrea war skeptisch gewesen. Bis sie zum ersten Mal mit ihm zwischen den Apfelbäumen saß. Wo sie sich auf ihre Jacken gelegt und an Irland erinnert hatten. Mit Rucksack von einem Dorf zum andern. Mit der Sicherheit, sich selbst zu genügen. Zuhause war das immer weniger geworden. Wenn sie zusammen ausgingen, entfernten sie sich, drifteten voneinander weg, wie sehr sie sich auch bemühten.

Bei Jörgi oder Gonzo, in der Medienmeute, verstummte Andrea. Hielt sich an ihrem Sektglas fest, bis sie endlich nach Hause gehen durfte. Was sollte sie auch zu lange zurückliegenden Kambodscha-Reportagen und unrealisierbaren Buchprojekten sagen? Das war nicht der Rede wert, er konnte sie gut verstehen. *Peter-Pan-Partys* nannte Andrea die immer gleichen Zusammenkünfte zur Versicherung der eigenen Wichtigkeit. Große Jungs, die sich Bier trinkend weigern, das Träumen dranzugeben. Umgekehrt war es nicht besser.

Er musste an die letzte Einladung bei Degowski denken. Fackeln, die raspelkurzen Rasen beleuchten, als Hostessen verkleidete Studentinnen, die Lachs-Häppchen hin und her tragen. Aus dem Lautsprecher verschnarchter Jazz mit einer unvermeidlich verruchten Frauenstimme. Die ganze Veranstaltung eine lächerliche Karikatur klischeegetränkter Fernsehbilder. Andreas Chef hatte auf der Terrasse vor seiner Villa die Elbe in den Blick genommen und ihn gefragt, ob man denn vom Fotografieren leben könne. Degowski war ein Klon seiner männlichen Gäste. Halbglatze und Wohlstandsbauch unter Hemd und Pullunder, dem Dresscode für Spießer, die sich lässig geben wollen. Dazu eine Verächtlichkeit, die gar keine Antwort hören will, nur ein Geständnis: Natürlich kann man längst nicht so gut davon leben. Nicht wie ein Chefarzt. Dass sich Andrea gezwungen sah, von Leos Reportagen zu schwärmen, bis es ihm peinlich war. Später hatten sie schweigend in dem kleinen, dunklen Park in Altona auf der Wiese gesessen und sich mit den Containerschiffen, die aus dem Hafen geschleppt wurden, in die Ferne geträumt. So gesehen konnte ihnen nichts Besseres als Liebbrehna passieren. Einfach leben. Keine Chefärzte und Medienaffen, keine Vergleiche und unerfüllbaren Erwartungen. Eine Freifläche ohne Ansprüche. Niemandsland.

Andrea wusste zu schätzen, dass er mit Spaten und Spitzhacke kam. Ihr Kuss schmeckte köstlich nach Schweiß. Sie grub weiter den Boden für das Gemüsebeet um. Leo sammelte Steine für eine Mauer. Als Milan nach Hause kam, zögerte er kurz, dann half er Leo, Steine auf eine Schubkarre zu wuchten. Sie genossen es, mit den Händen zu arbeiten. Andrea machte Brote, sie setzten sich auf die halbfertige Natursteinmauer und aßen. Zum ersten Mal machten sie, was sie sich vorgestellt hatten, bislang aber verkitschte Auswanderer-Fantasie geblieben war. Bis der lange Glatzkopf in der blauen Polizeiuniform kam und sie mit ernstem Gesicht begrüßte. Leo erkannte seinen Nachbarn nicht sofort. Der andere kratzte sich am Ohr.

„Gut, dass ich Sie und Euch zusammen antreffe. Ich dachte mir, ich mach das lieber persönlich. Unangenehme Sache. Gegen Ihren Sohn liegt eine Anzeige vor. Sachbeschädigung. Wegen Schmierereien auf dem Markplatz. Ihr Junge wurde von Zeugen erkannt. Die Stadt hat die Feuerwehr gerufen und die Schweinerei weggemacht. Das könnte teuer werden. Wie es aussieht, werden Sie den Einsatz bezahlen müssen."

Und zu Milan: „Was habt ihr euch bloß dabei gedacht?"

Sie reagierten konfus. Andrea strafte Milan mit empörten Blicken ab. Leo blaffte den Polizisten an, was der ignorierte. Milan rechtfertigte sich hektisch, fing Sätze an, brach ab, nichts passte zusammen. Leo verstand was von Zeichnungen, Umrissen von Körpern, wie die Polizei sie am Tatort macht, wenn sie eine Leiche findet. War doch nur Kreide, wiederholte Milan, war doch nur Kreide. Nach und nach ergab sich ein Bild. Er hatte mit seinen neuen Freunden die Umrisse menschlicher Körper auf den Marktplatz gemalt. Als Symbol für die Opfer rechter Gewalt, wie Milan erklärte. Keine schlechte Aktion, fand Leo. Bisschen dramatisch vielleicht, aber die Geste zählt. Er verstand nicht, was es daran auszusetzen gab. Sein Nachbar hatte sich breitbeinig vor ihm aufgebaut, lächerliche Bullen-Karikatur, auch Leo stellte sich jetzt hin.

„Darf ich mal ganz dumm fragen, warum bei so einer Lappalie die Feuerwehr gerufen wird? Der nächste Regenschauer hätte es ja wohl auch getan."

„Lassen Sie uns bitte ruhig bleiben."

„Ich bin ruhig."

„Also, die Entscheidung, die Feuerwehr zu rufen, kam von ganz oben. Aus dem Rathaus. Und die Anzeige wegen Sachbeschädigung auch. Ich bin hier, weil ich Ihnen helfen will. Die jungen Leute bauen mal Mist in dem Alter, kann alles vorkommen, aber das ist jetzt hoffentlich ein Warnschuss. Ich weiß nicht, wie das in Hamburg so läuft, aber ich kann Ihnen sagen, so was wird hier nicht gerne gesehen. Da ist Ärger vorprogrammiert."

Ingolf strafte Milan mit dem bösen Blick eines strengen Lehrers, völlig überzogen, bis der das Kinn runter nahm. Mit sechzehn lässt man sich von so was noch beeindrucken. Leo reichte es jetzt.

„Scheiße, rufen Sie eigentlich auch die Feuerwehr, wenn Kleinkinder ein Hüpfspiel auf die Straße kritzeln? Läuft das hier so?"

Andrea stand auf und versicherte, sie würden mit Milan reden, das komme nicht wieder vor, er könne sich auf sie verlassen. Sie duzte den Dorfbullen, der duzte sie zurück. Wie gute Freunde.

Leo hörte, wie Ingolf die angebotene Tasse Kaffee ablehnte und Andrea ihn in vertraulichem Ton verabschiedete. Mit eingeweichter Stimme. Die beiden steckten die Köpfe zusammen, flüsterten beinahe, kamen sich ganz nahe. Andrea kam zurück und wollte auf Milan losgehen. Leo war schneller.

„Sag mal, was läuft da eigentlich zwischen dir und diesem Bullen? Ihr seid ja offenbar ganz dicke miteinander."

„Was? Spinnst du jetzt völlig? Das ist unser Nachbar. Der Mann von Marlene. Die beiden waren auf unserer Party, erinnerst du dich?"

„Da habt ihr euch ja offenbar richtig gut verstanden, ihr zwei. Der kommt hierher und macht einen auf Dorf-Sheriff und du fällst deinem eigenen Sohn in den Rücken, wirklich großartig, muss ich schon sagen."

„Oh, natürlich, jetzt bin ich wieder die Spießerin, weil ich keinen Sinn für diese Revoluzzer-Flausen habe. Ich will hier leben, Leo. Verstehst du? Ich bin drauf angewiesen, dass die Leute in meine Praxis kommen. Wir können hier nicht hinkommen und die Klugscheißer raushängen lassen. Wir sind eh schon die Wessis. Das reicht, findest du nicht? Man sollte nur kämpfen, wenn man auch gewinnen kann, Leo."

„Aha, ich kann also nicht gewinnen, ich bin kein Kämpfer, okay, gegen so einen mächtigen Dorfbullen hab ich keine Chance, willst du das damit sagen?"

„Würdest du bitte aufhören, alles auf dich zu beziehen. Es geht hier überhaupt nicht um dich. Mein Gott noch mal. Aber wenn du das hier so klären willst wie den Überfall mit dem Bürgermeister, dann lass es besser."

„Scheiße, ich bin in Kasachstan und Ruanda zurechtgekommen, du kannst mir also ruhig zutrauen, dass ich es auch in Liebbrehna schaffe."

„Lass jetzt bitte nicht den Kriegsfotografen raushängen, Leo. Wenn ich mich richtig erinnere, war da nämlich gar kein Krieg, wo du warst."

Es ging hin und her. Mama, Papa, sagte Milan abwechselnd, schaffte es aber nicht, dazwischen zu kommen. Andrea winkte ab und ging ins Haus. Leo blieb bei Milan, der kleinlaut war und unglücklich. Er legte seinem Sohn die Hand auf den Oberschenkel, tat beiden gut.

„Du sagst doch immer, man soll Haltung zeigen. Was hab ich denn Schlimmes gemacht? Ey, das war Kreide, Mann."

Unmöglicher Spagat. Leo war auf seiner Seite, gab ihm Recht, bat ihn trotzdem, besser aufzupassen. Nicht mit dem Kopf durch die Wand. Richtige Wischiwaschi-Ratschläge, die er da gab, er merkte es selbst. Milan war nachsichtig, wusste, dass er einen Verbündeten hatte, der Ärger aber noch nicht ausgestanden war. Leo nahm seinen Sohn in die Arme, der brauchte das so wie er selbst. Mit Andrea gelang ihm beim Abendbrot immerhin ein Nichtangriffspakt. Sie aßen schweigend, Milan verkroch sich danach in seinem Zimmer. Andrea verschanzte sich hinter ihrem Laptop und tippte grimmig, keinen Blick für ihn. Als er noch überlegte, ob er auf stur machen oder sich versöhnen sollte, zog sie sich an, kam nur noch mal, um sich zu verabschieden. Teilte ihm mit, dass sie eine Einladung zum Kirchenchor habe und das mal ausprobieren werde. Warum auch nicht. Marlene von nebenan gehe da auch hin. Kirchenchor. Andrea. Dazu fiel ihm nun gar nichts ein.

Sie ging und er fühlte sich sitzen gelassen. Hatte auf nichts Lust. Keiner, der auf ein Bier vorbeikommen konnte. Wie allein er war, wie abhängig von Andrea.

Er machte den Fernseher an, Unwetter in Tschechien, er machte wieder aus. Andreas Laptop war noch eingeschaltet, er setzte sich dran, um Wolle und Jörgi zu schreiben. Andreas Facebook-Seite war offen. Er ging ihre Freundesliste durch. Zu leicht, um es zu lassen. Er entdeckte René, ausgerechnet René, diesen gelackten Arsch. Klickte ihn an. Den Untoten, der immer wieder aus der Versenkung auftauchte. Um sich mit Andrea zu treffen, gemeinsame Erinnerungen aufzufrischen und vor allem, um Leo mächtig auf den Sack zu gehen. Bis zu seinem Umzug nach Berlin hatte er sie umkreist wie ein lästiges Insekt. Am Anfang hatte sich Leo nichts dabei gedacht. Und als er sich was dachte, hatte sich René längst zwischen sie gezeckt und einen Platz beansprucht, der ihm nicht zustand, den Andrea aber für ihn freihielt, bis es Leo zu viel wurde. Er las, was René geschrieben hatte: „Immer schön mit dir, Vollweib." Las es noch mal. Und noch mal. Vollweib, er hätte kotzen können. Konnte es nicht erwarten, ihr das vorzuhalten. Ihren Ex, die Vertraulichkeit, die Heimlichkeit, den Wortbruch. Er holte sich ein Bier aus dem Kühlschrank, wartete, aber sie kam nicht. Er schaute bei Milan rein, ging dann ins Bett. Fragte sich, wo sie bleibt. Verachtete sich für den Trotz, der ihn kleinmachte. Und für das Misstrauen. Dämmerte darüber weg, bis er ihre Schritte auf der Treppe hörte. Als sie aus dem Bad kam und sich über ihn beugte, stellte er sich schlafend.

12.

Noch auf dem Weg tat es ihr leid. Die hässlichen Dinge, die sie sich gern verkniffen hätte. Sie bereute ihre Gehässigkeit. Natürlich hatte Leo Recht. Es war lächerlich, die Feuerwehr zu rufen, um Kreidestriche wegzuspritzen. Aber was nutzte es, auf Kollisionskurs zu gehen? Warum konnte er die Dinge nicht pragmatisch sehen? Sich einfach mal taktisch verhalten? Stattdessen legte er sich mit der ganzen Stadt an. Er hatte nicht mal mitgekriegt, dass Ingolf ihnen eine Brücke bauen wollte. Stur wie er war, meistens liebte sie ihn auch noch dafür. Sein Misstrauen hatte sie so provoziert, dass sie blind ausgeteilt hatte. War nicht mehr ungeschehen zu machen, der Tag nicht mehr zu retten. Es tat gut, auf Abstand zu gehen und den unausgesprochenen Vorwürfen entkommen zu sein. Scheinwerfer ließen die alte Bauernkirche spektakulärer erscheinen, als sie war. Vor der kleinen Pforte an der Seite überlegte Andrea, umzukehren, um sich mit Leo zu vertragen. Aber wo sie nun schon mal da war, sie musste ja nicht lange bleiben. Sie ging rein und hörte Chorgesang, dem sie bis zum Altar folgte. Die

Frauen machten einen sympathischen Eindruck, einige lächelten ihr singend zu, was lustig aussah. Der junge Pastor drehte sich zu ihr um, strahlte und flüsterte ihr ins Ohr, wie sehr er sich freue, sie zu sehen.

„Friedemann. Unter Chorbrüdern und Schwestern sagen wir *du*, ich hoffe, das ist in Ordnung für dich."

Am liebsten hätte sie erst mal nur zugesehen, ließ sich dann doch bereitwillig von ihm in die hintere Reihe führen, seine Hand schob sie neben die Frau vom Blumenladen, die ihr gleich den Liedtext hinhielt. Sie machten es ihr leicht. Friedemann ging wieder dirigieren. Augenzwinkernd ermunterte er sie, mitzusingen. Sie stimmte mit ein, achtete aber darauf, ihre Stimme in denen der anderen zu verstecken. *Kyrie eleison* und *Halleluja* und *Sanctus*, war ihr alles fremd, aber es entspannte sie. Andrea driftete ab, sah den kleinen Milan zum ersten Mal ohne Schwimmflügel auf sie zu schwimmen, so stolz, dass er sich fast verschluckte. Wie nah sie sich da waren, wie sehr er sie gebraucht hatte. Sie ließ sich von Leo in Hinterhöfe führen, in denen sich die Eingänge von Bars verbargen, die sie ohne ihn nie entdeckt hätte, wo sie am Tresen saßen und redeten, stundenlang redeten, ohne zu merken, dass es draußen schon hell wurde, und sie hatte nicht ein einziges Mal ans frühe Aufstehen gedacht und dass sie noch bügeln wollte.

Nach der Probe kletterten sie über eine schmale Stiege in ein Kellergewölbe mit rauen Natursteinwänden wie in einer Burg. Andrea wollte sich verabschieden, aber Mandy, die Blumenfrau, hakte sich einfach unter und ließ nicht mehr los, bis sie in einem holzvertäfelten Raum standen, mit einer Bar wie in den Party-Kellern ihrer Kindheit. Sie setzten sich an einen großen Tisch, wo sie Romy, die Apothekerin, kennenlernte und Anita aus der Metzgerei. Keine dabei, die vor ihrer Freundin Inga bestehen könnte oder als Freundin infrage kam. War nur der erste Gedanke, hatte nichts zu sagen. Auf den Beste-Freundin-Quatsch konnte sie verzichten.

Friedemann servierte Rotwein, die Frauen erzählten, welche Frechheiten sich ihre Jungs rausnahmen und hackten auf den Unzulänglichkeiten ihrer Männer rum. Gemein genug, um lustig zu sein, aber nicht so böse, dass es gehässig wurde. Sie gingen darin auf. Keine chronischen Unzufriedenheiten und unstillbaren Sehnsüchte wie bei ihren Freundinnen. Sie fragten nach Leo. Sogar ihre Neugier war erträglich, weil sie nicht argwöhnisch war, sondern Andrea zu einer von ihnen machen sollte. Milan und Anitas Sohn Tommy gingen in die gleiche Klasse. Die ersten Gemeinsamkeiten. Andrea gefielen die kleinen, uneitlen Anekdoten, die in Reihenhäusern spielten und nicht mehr sein wollten, als sie waren. Geschichten von rustikalen Familienfesten und Grillabenden, wo es gesellig zuging und lustig. Ihr fielen die Geweihe an den Wänden auf. Der urige Kitsch störte sie genauso wenig wie die direkte Art der Frauen. Sie vermisste weder Ironie noch Drama. Friedemann setzte sich zu ihr und lud sie in den Gottesdienst ein. Ein komischer Heiliger war das, ganz sicher ein erfolgreicher Missionar, konnte er noch so harmlos tun. Er rang ihr ab, es sich wenigstens mal zu überlegen. Vielleicht lag es am Rotwein.

Als sie ging, war sie nicht mehr fremd. Die anderen hatten sie verabschiedet wie eine Freundin. Bis zum nächsten Mal, Andrea. Sie selbst hatte sich nur wenige Namen merken können. Als verstehe sich von selbst, dass sie wiederkommen würde. Ungewohnt war das, eigentlich waren ihr plumpe Vertraulichkeiten zuwider. Den Streit mit Leo hatte sie vergessen, er kehrte erst auf dem Nachhauseweg zurück. Sie hatte Lust, sich zu vertragen. Richtig zu vertragen. Sie ging schneller.

Zuhause war es still. Sie ging kurz ins Bad und zog sich aus. Leo hatte sich zur Seite gedreht, schmollte er also immer noch. Er reagierte nicht, als sie sich von hinten an ihn kuschelte. Sie nahm es ihm nicht ab. Wollte sich schon auf ihre Seite drehen, überlegte es sich dann doch anders und kroch unter seine Decke. Es dauerte, bis sie die Boxershorts runter bekam. Sie nahm ihn in den Mund und merkte, wie er den Widerstand aufgab und kapitulierte. Ihr war danach, ihn so lange zu blasen, bis er kam. Die schnelle Lösung. Völlige Kontrolle. Aber vom Spermageschmack wurde ihr meistens schlecht, außerdem hätte es noch mehr nach Entschuldigung ausgesehen. Also setzte sie sich auf ihn. Spürte die gespeicherte Wut, seine und ihre eigene, und wie leid es ihnen tat. Sie reagierten sich ab, kurz und heftig. Danach lagen sie nebeneinander. Sie schwärmte vom Chor und er war aufmerksam, wie Männer nach dem Sex eben sind. Sie erzählte ihm von der Tagung in Berlin und dass sie sich drauf freue, mal ein paar Tage rauszukommen.

Den Streit wärmten sie nicht wieder auf, war besser so. Beim Einschlafen nahm er sie in den Arm.

13.

Sie bestellten sächsischen Schweinebraten, die Sauce dunkel wie Zartbitter-Schokolade. Bemühten sich, das exotisch zu finden. Sie hatten sich für die *Gute Stube* entschieden, viel Auswahl gab es nicht. Im kalten Licht einer Bahnhofshalle saßen sie neben Männern, die abwechselnd tschechisches Bier tranken und in Frikadellen oder Schmalz-Brote bissen, die hier Bemmen hießen. Der Wirt stellte sich ihnen als Stulli vor und fragte nach ihren Vornamen, damit er sie beim nächsten Besuch wie Stammgäste begrüßen konnte. Ein leidenschaftlicher Berufskumpel, der jeden zum Freund machte, der bereit war, genug zu trinken.

Zwischendurch schleppte er Tabletts mit Bieren zu einer fleischfarbenen Trennwand, die vor einem separaten Raum eingezogen war wie eine riesige Ziehharmonika. Die immer wieder junge Männer in schwarzen Kapuzenpullis, Jeans und Turnschuhen auswarf, die das Bier wieder loswerden wollten. Auf jeder Brust ein Spruch in altdeutscher Schrift, irgendwas mit Heimat. Nach dem Pinkeln verschwanden sie wieder hinter dem Sichtschutz. Leo wollte gar nicht wissen, was sie dahinter ausheckten. Im Zweifel nichts Gutes.

Nach dem Essen zeigte Leo ihr auf dem Display die Ausbeute der letzten Tage. Marktfrauen in geblümten Kitteln, einen Rentner im Unterhemd, der sich auf ein Kissen im Fenster stützt, eine tiefrote, im See versinkende Sonne. Zwei rauchende Mütter auf einer Spielplatzbank. Eine scharf rasierte Hecke vor einem brombeerfarbenen Haus. Eine einsame Kornblume in der Ödnis. Andrea fragte, wann er die alle gemacht habe. Klickte weiter, bis sie beim nächsten Motiv hängen blieb. In der ersten Zeit hatte sie nicht genug kriegen können von seinen Bildern. Hatte nachgefragt, sich Techniken erklären lassen. Das war dann weniger geworden. Leo konnte nicht mal sagen, ob es die Gewohnheit war oder der ausbleibende Erfolg.

„Unglaublich, genau so ist Liebbrehna. Die Leute, die Landschaft, die Ruhe, die Langsamkeit, großartig. Aber bist du sicher, der Bürgermeister will das so?"

„Will was so?"

„Na ja, ich meine, das ist toll beobachtet, aber das hat auch was von Tristesse ab und zu, findest du nicht?"

„Das sind sicher nicht die Bilder für sein liebreizendes Liebbrehna, das ist mir auch klar, Andrea. Für die Ausstellung und die Website kriegt er schon noch die volle Dröhnung Liebreiz."

„Leo?"

„Was?"

„Ich bin froh, mit dir hier zu sein."

„In der *Guten Stube*?"

„Ich mein überhaupt, dass wir es gemacht haben. Ich bin gern mit dir hier. Wollt ich dir nur sagen."

„Geht mir auch so."

Die Jungs an den Nachbartischen tranken Bier und gafften. Sollten sie ruhig. Andrea sah umwerfend aus, hatte sogar Lippenstift benutzt und nur Augen für ihn. Beugte sich rüber, um ihn zu küssen, machte sich nichts draus, dass sie dabei beobachtet wurden. Kam nicht oft vor. Nichts lenkte sie voneinander ab, keine Kostümchen und Designer-Anzüge auf Barhockern, keine rot oder blau ausgeleuchtete Bar, wo man voreinander sitzt und mit den Augen und den Gedanken ganz woanders ist. An diesem Abend vermisste er weder das Rumtreiben noch die Rudelbildung mit Freunden. Das immer gleiche Blabla. Projekte, Deals, Erfolge, brauchte er nicht. Die Entzugserscheinungen ließen nach. Kein Ort, wo er jetzt lieber wäre. Sie machten Pläne, versprachen sich gegenseitig, die Terrasse herzurichten und die Sauna in Angriff zu nehmen. Andrea erzählte von intensiven Gesprächen mit redseligen Patienten, was ihr nichts mehr ausmachte, im Gegenteil.

„Und du, hast du dich ans Schreiben gewöhnt?"

„Ist schon ok. Das Schreiben ist nicht das Problem."

„Dir fehlen die großen Reportagen, stimmt's?"

„Ich hab mir angewöhnt, an die Kohle zu denken, wenn sie sich mit ihren Urkunden vor mir aufbauen, das hilft. Nur komisch, dass man für den täglichen Schwarzweiß-Schrott besser bezahlt wird als für gute Arbeit."

„Du hast jedenfalls nichts verlernt."

Sie sah aus, als meinte sie es ernst. Jetzt hätten sie reden können. Über Milan, ihren Streit, wie es weitergehen soll, sogar über die dämliche Facebook-Sache mit René. Aber sie hatten sich vertragen, mehr oder weniger, und er wollte nicht wieder von vorn anfangen. Wenn sie stritten, so richtig stritten, dann über Milan. Er wollte nichts riskieren, keine Wunden aufreißen. Hatte weder Lust auf Problemgespräche noch auf Grundsatzdiskussionen. Wie das ausging, war absehbar. Andrea würde ihn als Traumtänzer abtun und er sie als Spießerin. Milan war damit nicht geholfen. Leo mochte Andreas Art, sich den Bierbart abzulecken. Wie eine, die gern Lederjacken trägt und Fußball mag. Die Skatspieler von nebenan gaben eine Runde Schnaps aus. Prosteten ihnen zu, waren überschwänglich freundlich, aber nicht zu verstehen. Wie am Lagerfeuer eines Naturvolks. Trotzdem schön, die offenen Arme. Auch wenn es nichts mit dem zu tun hatte, was sie vorher gehabt hatten oder gerade deshalb. Es ging. War in Ordnung. Sie standen auf, um mit den anderen anzustoßen. An intime Gespräche war nicht mehr zu denken. Egal. Die nächste Runde übernahm Leo. In einer Ecke begann ein einsamer junger Mann, *Griechischer Wein* in sein Glas zu singen, als wäre es ein Mikrofon, bis Stulli ihm das Glas aus der Hand nahm und durch ein volles ersetzte.

Sie zahlten und gingen, der Marktplatz war schon leer. Drumherum ein bunter Würfel in Pastelltönen. Dämmerndes Freilichtmuseum. Ein verwirrter Specht hackte auf eine Wand in Altrosa ein, als wäre sie eine widerspenstige Eiche. Hand in Hand schlenderten sie zum Brunnen, der ausnahmsweise nicht von jungen Männern belagert wurde. Vorbei an einer schwarzen, eilig gesprühten Parole. *NS jetzt!* Romantische Rituale hatten sich Leo und Andrea nie angewöhnt, um nicht zu verkleben, um keins von diesen symbiotischen, voneinander abhängigen Doppelpackpaaren zu werden. Leo setzte die Kamera an. Verlegen strich sie sich eine Strähne aus dem Gesicht, begann aber, in die Kamera zu flirten. Wenn sie wollte, konnte sie ein großes Mädchen sein. Bereitwillig ließ sie sich auf den Rand des Brunnens setzen, auf seine Anweisungen hob sie die Schulter, reckte das Kinn, legte den Kopf schief. Suchte Halt in seinen Vorgaben, bis sie sich davon löste und machte, was sie wollte. War jedes Mal faszinierend, wie sie sich veränderte, bis er glaubte, sie so erkennen zu können, wie sie war. Erst reserviert, abwartend, zurückhaltend. Bis sie sich lässig aufstützte und unverblümt in die Kamera sah – stolz, selbstsicher, stark, sogar ein wenig lasziv. Die ganze Andrea im Zeitraffer. Leo nahm die Kamera runter und sah sie an. Konnte nicht genug kriegen. Die besten Augenblicke seit langem.

14.

Andrea schreckte hoch, mit wummerndem Puls, das grelle Kunstlicht verstärkte die Kopfschmerzen. Verschämt sah sie sich um. Nur die wenigen Streber heuchelten noch Interesse. Die Jäger hielten schon Ausschau nach Beute, aber es waren kaum Frauen da. Die meisten anderen hingen nach dem langen Konferenztag auch durch. Am Pult schwadronierte der Referent immer noch mit einer Hand in der Hosentasche, typisches Gockelgehabe. Er verkaufte seine Banalitäten als wissenschaftliche Sensation, obwohl kaum was Neues dabei war. Es reichte offenbar aus, Patienten zwei Fragen zu stellen, um mit an Sicherheit grenzender Wahrscheinlichkeit eine Depression diagnostizieren zu können. Wenigstens das. Sie nahm sich vor, das demnächst in der Praxis auszuprobieren. Musste sich zwingen, bis zum Ende des Vortrags wach zu bleiben, danach sah sie zu, dass sie rauskam. Blieb unverbindlich, wenn Kollegen im Vorbeigehen fragten, ob man sich beim Abendbuffet sehe. Andrea fuhr noch mal hoch in ihr Zimmer, fehlte nicht viel und sie hätte sich aufs Bett gelegt, wo sie sofort eingeschlafen wäre. Sie ging dann doch duschen, fönte, bis sie mit der Frisur zufrieden war, cremte sich mit Lotion ein und nahm Parfum. Zu viel Aufwand, um egal zu sein. Noch konnte sie sich dafür entscheiden, einfach im Hotel zu bleiben und mit den Kollegen zu fachsimpeln. Mit genug Rotwein wäre das zu ertragen. Und deutlich harmloser. Alles

Blödsinn. Sie würde ihn treffen, das stand längst fest. Sie achtete darauf, in der Lobby keinem Tagungsteilnehmer in die Arme zu laufen und machte sich auf den Weg zur U-Bahn. Mischte sich unter die Passanten, musterte Anzugträger, Schnorrer, Geschäftsfrauen, Verwirrte und Touristen und freute sich, mal wieder in Berlin zu sein. Sie hatte ein schlechtes Gewissen, aber nicht allzu schlimm. Leo würde ausrasten, wenn er es wüsste. Aber er musste es ja nicht wissen. Sie hatte René eine Ewigkeit nicht gesehen, sie hatte Lust, ihn zu treffen, und mein Gott, was war schon dabei? Sie fuhr mit der U-Bahn zum Westkreuz. Die typischen Großstadtgestalten mit Knöpfen im Ohr und Mützen auf den Köpfen. Am Westkreuz stieg sie in die S-Bahn um, beobachtete, wie Ströme den Waggon füllten und wieder entleerten, und ja, sie freute sich auf René.

An den Hackeschen Höfen musste sie raus, ein junges Pärchen kannte den Weg. Sie hatte eine Schwäche für solche Läden. Leo würde von einer Arschlochbar sprechen, aber sie mochte das indirekte Licht, den beleuchteten Tresen, die gelackten Gäste, die sich gut fühlten und mit sich im Reinen waren, jedenfalls taten sie überzeugend so. Gehobenes Ambiente eben, ein Arschlochbegriff, egal. Sie entdeckte René an einem Tisch am Fenster. Er stand auf, sie umarmten sich. Den schwarzen Anzug mit dem weißen Hemd hatte sie sofort registriert, er war gebräunter als sonst, roch gut. Die wenigen Falten störten nicht. Sie hoffte, er würde ihre Nervosität nicht bemerken. Bestellte einen Rotwein, rief den Kellner aber noch mal zurück, weil sie doch lieber einen Daiquiri wollte. Die Uhr war neu. Sah nach Omega aus, bisschen protzig, stand ihm aber gut. Er fragte nach dem Haus auf dem Land, ganz unverfänglich, ohne Unterton. Sie hörte trotzdem raus, wie sehr er sich wunderte. Wie weit weg das für ihn war. Undenkbar. Sie stießen an, sahen sich in die Augen. Andrea wartete, dass er was sagte. Wie gut sie aussieht, irgendein Kompliment, eigentlich lächerlich. Er tat ihr den Gefallen nicht, wusste immer noch, wie er es machen muss.

Das Kapitel Liebbrehna kürzte sie ab, ließ alles aus, was mit Ärger zu tun hatte. Sie schwärmte regelrecht, trug zu dick auf, auch wenn es nicht völlig aus der Luft gegriffen war. Merkte, dass sie sich keine Blöße geben wollte. René war keiner zum Rumjammern. Er erzählte von einigen Fernreisen, die Praxis kam nur am Rand vor. Dass sie eine Goldgrube war, musste er nicht erwähnen. Sie achtete auf Frauennamen, die eine Rolle spielten, aber er ließ sich nicht in die Karten gucken und sie wollte nicht danach fragen. Hätte es aber schon gern gewusst. Nach dem Cocktail wollte sie zu einer Weinschorle übergehen, ließ sich aber ohne große Gegenwehr einen weiteren Cocktail bestellen. Sie aßen Fisch und Pasta, tranken Rotwein dazu. Erzählten sich, was so passiert war, wobei Andrea darauf achtete, Leo weitgehend außen vor zu lassen. Ein großer Erzähler war René immer noch nicht. Seinen Geschichten fehlten die Pointen, was aber nichts machte. Die Typen, die sich mit ihren dürren Begleiterinnen an ihrem Tisch vorbeischoben, musterten sie kurz, schien alles zu passen, sie gaben ein perfektes Paar ab. So wäre es gekommen, wenn sie bei ihm geblieben wäre. Ein Leben in gehobenem Ambiente. In Berlin, möglicherweise kinderlos, auf jeden Fall sorgenfrei. Ungehöriger Gedanke, aber kein schlechter. Was wäre wenn. Das alte Spiel.

Auf dem Weg zur Toilette merkte sie den Alkohol und ihren Aufruhr. Auf den hohen Absätzen fiel es ihr schwer, geradeaus zu gehen. Auf dem Klo holte sie ihr Handy raus und sah, dass Leo versucht hatte, sie anzurufen. Sie schrieb ihm eine SMS, dass die Konferenz anstrengend gewesen war und sie müde gemacht hatte. Schickte ihm einen Kuss und schaltete das Telefon aus. Beeilte sich, wieder hochzukommen, wo René einen weiteren Daiquiri für sie bestellt hatte. Sie hob eine Augenbraue, ließ ihn zappeln, als er mit ihr anstoßen wollte.

„Ich weiß genau, was du vorhast."

Er sagte nichts dazu, grinste nur, sah gut aus und wusste das. Andrea nahm einen Schluck und genoss sogar seinen unverschämten Blick auf ihren Busen.

15.

Die ganz große Freiheit, zu tun und zu lassen, was man will und schon immer wollte. In Hamburg ergab sich eins aus dem anderen, ohne groß nachdenken zu müssen. Brunch bei Jörgi, mit dem Bike um die Alster, später zum Portugiesen oder auf die Schanze. Ein Fluss von Selbstverständlichkeiten. Hier tat sich das Wochenende wie ein schwarzes Loch vor ihm auf und wollte befüllt werden. Enttarnte jede laue Leidenschaft als träge Gewohnheit. Leo hatte für Milan mit gedeckt, auch wenn er nicht damit rechnete, ihn vor Mittag zu Gesicht zu bekommen. Er setzte sich mit der Wochenendausgabe der *Süddeutschen* unter den großen Kirschbaum, trank Kaffee und ging seine Optionen durch. Auf Rollerblades um die Klotzsche, das Gartenhaus weiterbauen, mit der Sauna anfangen, Holzhacken. Was mehr Sinn machte, wenn er sich von Andrea dafür bewundern lassen konnte. Er überlegte sogar, allein einen Spaziergang durch die Felder zu machen, aber so tief war er denn doch noch nicht gesunken. Er würde es langsam angehen, Bundesliga hören und am Abend dann die unvermeidlichen Bierzeltimpressionen für die Montagsausgabe einsammeln. Milan wankte in Shorts und T-Shirt mit verquollenen Augen nach draußen, wo er seinem Vater eine Freude machte, indem er sich Eier mit Speck braten ließ. Leo fragte, ob sie sich nachher auf dem Stadtfest treffen würden.

Milan sah ihn an, als sei er total bekloppt, beherrschte sich aber, ihn auszulachen.

„Wir treffen uns nachher und entwickeln eine Strategie."

„Eine Strategie? Für was?"

„Papa, wir können nicht einfach in das Festzelt marschieren. Wir müssen uns überlegen, wer alles mitgeht und wie wir da wieder rauskommen."

Leo sah ihn so verständnislos an, dass Milan es kaum schaffte, die Häme zu unterdrücken. Leo beließ es dabei, wollte den seltenen Vater-Sohn-Moment nicht kaputtmachen, indem er Milan für paranoid erklärte, konnte ihn sogar überreden, noch ein paar Bälle zu schießen. Abwechselnd schossen sie Elfmeter zwischen Apfelbaum-Pfosten, warfen sich auf die Spätsommerwiese, dazu gaben sie Kommentare ab wie Sportreporter. Milans Schüsse waren erbärmlich, für Fußball hatte er ihn genauso wenig begeistern können wie fürs Fotografieren. Er hätte ihm gern etwas mitgegeben, eine Leidenschaft, eine besondere Begabung. Vielleicht hatte seine eigene Begeisterung nicht ausgereicht oder sein Talent oder beides. Milan legte sich richtig ins Zeug. Zwei große Jungs unter sich. Sie legten sich ins Gras, teilten den ausufernd blauen Himmel, die Erschöpfung und die Gewissheit, sich zu haben.

„Milan?"

„Was?"

„Wenn du was brauchst, ich mein …"

„Alles gut, Papa."

„Wirklich? Du kannst es mir sagen. Ich werd sehen, was ich, also so weit ich es kann."

„Nein, ehrlich, alles gut."

Leo musterte seinen Sohn, suchte nach Anzeichen für Beschwichtigung und Ironie, konnte keine entdecken, meinte ihn glücklich zu sehen, endlich glücklich. Hätte gern gewusst, ob es da jemanden für ihn gab, was ihn beschäftigte, aber er fragte nicht nach. Über ihnen verwandelte sich ein weißer Elefant in ein lachendes Schaf.

„Papa?"

„Ja?"

„Ich weiß, also keine Ahnung, aber du musst mir nicht mein Leben schön machen oder so."

„Ich glaub, ich versteh nicht ganz."

„Na ja, ich merke doch, du versuchst das. Aber ich erwarte das gar nicht. Ich hab meine Freunde, das ist mir wichtig, wir machen unser Ding, weißt du, das ist gut so, wie es ist. Ich will nichts anders oder so."

Milan wirkte erleichtert. Kam alles in Ordnung, brauchte nur Zeit. Leo machte das Radio an. Die größten Hits der 80er, 90er und das Beste von heute. Dazwischen Sachsen-News, Sachsen-Verkehr, sogar Sachsen-Wetter, bis er endlich fand, was er suchte. Milan blieb noch eine Weile bei ihm, bevor er sich auf den Weg machte, obwohl er sich einen Scheiß für Fußball interessierte. Nach der Bundesligakonferenz fiel es Leo schwer, sich aufzuraffen, aber er musste. Die Frauen an den Bierständen hatten noch nichts zu tun, posierten bereitwillig für Fotos und boten ihm Freibier an. Um den Autoscooter scharten sich Jugendliche, Jungs mit Bierglas in der Hand lachten männlicher, als sie waren.

Um sechs begann im Zelt eine Blaskapelle mit Liedern zum Saufen, Klatschen und Mitgrölen. Um acht war das Festzelt ein lauter, stampfender, schwitzender Schlund, in den sich immer mehr Leute drängten. Leo variierte das immer gleiche Motiv sich in den Armen liegender Freunde und Freundinnen. Neben der Bühne stieß ihn jemand an. Als er sich umdrehte, hielt ihm eine Frau einen Becher Bier hin. Er musste länger hinsehen, um Yvonne zu erkennen. Die roten Haare zu einem Pferdeschwanz zusammengebunden, sie trug schwarze Stiefel und Reiterhose. Eine stolze Kriegerin. Um sich zu verstehen, mussten sie sich abwechselnd ins Ohr schreien. Er wunderte sich, dass sie da war und brauchte drei Anläufe, ihr das mitzuteilen. Zur Sicherheit, gab sie zurück, nur zur Sicherheit.

Sie blieb bei ihm, gemeinsam betrachteten sie die anschwellende Fröhlichkeit, die zusehends entstellten Gesichter, kapitulierten vor dem Lärm und schwiegen. Die Bläser sonderten unablässig gute Laune ab. Yvonne und Leo wie gestrandet. Zwei Fremdkörper in einer verschmelzenden Masse. Wortlos versicherten sie sich ihrer Komplizenschaft. Kurz gesellten sich David, Milan und drei andere zu ihnen, sie waren nervös, gleich wieder auf dem Sprung. Leo bemerkte die Blicke der anderen, die ihnen zu verstehen gaben, dass sie nicht hierher gehörten. Spießrutenlaufen der Außenseiter. Er bot an, sie nach Hause zu bringen, aber Milan lehnte das ab. Sie hätten das Recht, hier zu sein. Yvonne sah Leo an, verzweifelt, flehend, aber er konnte sie schließlich nicht zwingen. Um sie rum wurde geschubst, die Gruppe geriet ins Taumeln, eine bedrohlich schwappende Menschenwelle. Leo versuchte, nah genug an Milan ranzukommen, um ihn doch noch zu überreden, aber Milan schob sich mit seinen Freunden schon wieder durch die Menge. Für einen Moment verlor Leo sie aus den Augen, weil er bemerkte, wie angefasst Yvonne war. Als er wieder zum Ausgang sah, verschwammen Köpfe und Körper. Ein Tumult wie zuvor, nur stärker. Er zog Yvonne mit sich, zusammen bahnten sie sich einen Weg durch klatschende Hände und Sänger. Die Hände zum Himmel und Fröhlichkeit und keiner, der allein bleibt. Sie blieben stecken, mussten einen Umweg nehmen wie Wasser, das sich seinen Weg entlang des geringsten Widerstands bahnt. Endlich erreichten sie den Ausgang, wo ein Menschenauflauf einen geschlossenen Ring bildete. Leo zog an Körpern, drängte sich dazwischen, bis er was sehen konnte. Auf dem Boden kniete ein junger Mann mit Rastafrisur, der gerade noch mit Milan unterwegs gewesen war. Sein Gesicht blutig, auf dem Boden eine dunkle Pfütze. Eine junge Frau beugte sich über ihn und heulte. „Sauerei!", rief jemand, mehr verstand Leo nicht. Sie halfen dem Mädchen, ihren Freund vors Zelt zu bringen. Papiertaschentücher, die Yvonne ihm reichte, tränkten sich bedrohlich schnell rot. Aus den Augenwinkeln sah Leo Biertrinker lachen und singen. Sie brachten den jungen Mann zu den Sanitätern, die in der offenen Tür eines Krankenwagens saßen. „Wo sind die anderen?", fragte Yvonne. „Manja, Ivo, wo sind die anderen?" Keine Antwort. Manja heulte und zitterte, Ivo knurrte wie eine gequälte Kreatur, während ein Sanitäter seine Wunden versorgte. Leo sah die Panik bei Yvonne, ließ sich anstecken, konfus rannten sie los und suchten den Marktplatz ab, die Bierstände, den Autoscooter. Ihre Kinder waren weg. Am Eingang zum Festzelt blieben sie stehen. Yvonne zündete sich eine Zigarette an und trat von einem Bein aufs andere, starrte auf die Fahrgeräte, die gegeneinander stießen, als hätten die Maschinen eine aggressive Seele. Yvonne unansprechbar. Sie suchten eine Polizeistreife, nichts. Leo holte zwei Bier. Sie überlegten, was sie tun sollten. Er versuchte, sie zu beruhigen. Die haben es sicher in die Zora geschafft, sagte er, glaubte selbst nicht recht dran. Zog sein Telefon raus, weil es vibrierte. „Hilfe Papa", stand da. Mehr nicht.

16.

Die schmierigen Schlager über Betrug und klebriges Verzeihen verfolgten sie bis in die kleinen Gassen. Überall kleine Gruppen junger Männer, die saufend und grölend durch den Ort zogen. Ihre rauen Stimmen ragten aus der süßlichen Musik. „Zeckenjagd, Zeckenjagd." Bedrohlicher Chor. Sie sahen sich an und gingen schneller. Die *Rote Zora* wurde von einem Mob schwarz gekleideter Gestalten belagert, schon von weitem hörten sie dumpfe Erschütterungen. Als sie näher kamen, regneten abprallende Steine von der Hauswand auf den Boden. Bierflaschen barsten unter dem Jubel ihrer Werfer. Arme wurden gereckt. Leo wählte den Notruf. Eine stark sächselnde Männerstimme forderte ihn auf, ruhig zu bleiben und eins nach dem anderen zu erzählen. Was denn genau passiert sei? Ob Menschen zu Schaden gekommen seien? Leo wurde wütend, zügelte sich aber, als der Beamte drohte, ihn für Missbrauch des Notrufs zur Rechenschaft zu ziehen. Leo flehte ihn an, eine Streife zu schicken. Hier ist Bürgerkrieg, sagte er. Nun mal ganz langsam, sagte sein Gesprächspartner, das könne dauern. Er müsse die Bereitschaftspolizei aus Chemnitz anfordern. So lange solle er Ruhe bewahren. Die beschwichtigenden Phrasen eines Geisteskranken. Leo nahm die Kamera und drückte auf den Auslöser. Als die ersten Flaschen und Steine vor ihren Füßen detonierten, rannten sie weg. Yvonne führte ihn um den Häuserblock herum in eine Parallelstraße. Vor einem Abbruchhaus kroch sie durch einen Zaun und forderte ihn auf, hinterherzukommen. Sie schlichen zu dem türlosen Hausskelett. Leo machte die Taschenlampe an seinem Smartphone an, Yvonne zischte, er solle das lassen. Schritt für Schritt tasteten sie sich durch die Finsternis eine Treppe hoch, bis zu einem Raum, der nach feuchtem Gemäuer roch und voller Geröll war. Vom Fenster aus konnten sie die Zora auf der anderen Straßenseite sehen, unten tobten die schwarzen Gestalten ihre Pogromlaune aus. Yvonne flüsterte.

„Zum Glück kommen sie nicht rein. Sonst wären sie schon längst drin."

Im fahlen Licht der Straßenlaterne waren ihre Lippen blau und zuckten vor Kälte und Sorge. Sie hockten nebeneinander, unschlüssig, was zu tun sei. Lauschten auf ein Martinshorn, das nicht kam. Die Kälte fraß sich durch die Klamotten. Leo nahm ihre Hände und rieb sie. Als er fotografieren wollte, zerrte sie die Kamera runter, mit wutverzerrtem Gesicht. Oder war es Angst? Draußen war Kristallnacht und Leo verkroch sich wie eine Ratte. Machte nichts, gar nichts. Schämte sich. Es dauerte über eine Stunde, bis blaues Licht die Straße erhellte. Ein Mannschaftswagen rollte vor die Zora. Polizisten in Kampfanzügen stiegen aus, von hämischen und aggressiven Tiraden begrüßt. Sie wagten es, runterzugehen. Der Polizist in seinem Astronautenanzug, den sie ansprachen, forderte sie barsch auf, zu verschwinden. Aber Yvonne ließ sich nicht abwimmeln und redete unablässig auf ihn ein. Schließlich landeten sie in dem Wagen und durften bleiben, bis die Beamten mit einer Handvoll verstörter Jugendlicher aus dem Haus kamen. Die Jungs und Mädchen wurden abgeführt wie Kriminelle. David und Milan waren nicht dabei. Leo war ruhig geblieben. So lange er sich um Yvonne kümmern musste, hatte er seine Angst nicht bemerkt. Jetzt packte sie zu und ließ nicht wieder los. Yvonne ging von einem zum anderen, fragte nach David und Milan, keiner hatte sie gesehen. Sie waren den ganzen Abend nicht in der Zora gewesen. Leo wählte ein weiteres Mal Milans Nummer, wieder sprang sofort der Anrufbeantworter an, bei Andrea auch. Die Belagerer konnten nur mit Mühe auf Abstand gehalten werden, die Beamten hatten die Schlagstöcke gezogen, immer wieder kam es zu Rangeleien. Leo sprach im Vorbeigehen eine junge Polizistin an, aber sie hatte kein Ohr für verschwundene Rumtreiber, die Situation drohte außer Kontrolle zu geraten. Die Polizisten pferchten die jungen Leute aus der Zora in den Wagen und rollten los. Fassungslos sah Leo, wie die erhoffte Hilfe verschwand. Sie beeilten sich, Schritt zu halten, suchten Schutz hinter dem Transporter. Eine Bierflasche zerschellte am Heck. Grölen, Tiraden. Der nationale Widerstand feierte seinen Sieg.

Am Festplatz setzten sich Leo und Yvonne erschöpft an den Rand des Autoscooters, dessen Lichter längst erloschen waren. Das Zelt spuckte die letzten Bierleichen aus. Ein alter Mann rülpste im Vorbeigehen. Leo bot an, Yvonne nach Hause zu bringen. Es wurde schon hell. Der Ort eine verlassene Grauzone. Er brachte sie bis zur Tür. Vor Müdigkeit war ihm schlecht, er konnte seinen eigenen Schweißgestank riechen. Yvonne sah zerfurcht aus, die Augen verquollen. Ihm fiel kein passender Spruch zum Abschied ein. Sie kam ihm zuvor und bat ihn, sie nicht allein zu lassen. Sie halte das nicht aus. Sie setzten sich ins dunkle Wohnzimmer auf die Couch. Yvonne fragte, ob er seine Frau anrufen müsse, was er erfolglos versuchte. Yvonne bot ihm an, eine Decke zu holen, Kaffee zu kochen. Oder doch lieber ein Bier? War bemüht, alles zu tun, damit er nur blieb. Was unnötig war, er wollte genauso wenig allein sein wie sie. Sie schalteten den Fernseher ein, verfolgten, wie Homer Simpson von seinen Kindern fertig gemacht wurde, mussten sogar lachen, was ihnen so unangenehm war, dass Yvonne ausmachte. Sie warteten. Auf ein Klingeln an der Tür oder auf einem der Handys, aber es blieb still. Es roch nach Duftkerze, überall hellgraue Schemen von Schalen und Gefäßen mit Steinen oder Muscheln. Symbole weiblicher Einsamkeit. Sie starrten in die Dunkelheit, dämmerten vor sich hin, jeder für sich mit bösen Vorahnungen. Sein linkes Bein war eingeschlafen und kribbelte entsetzlich, aber er wagte nicht, sich zu rühren, weil ihr Kopf gegen seinen Oberschenkel gelehnt war. Ihr leises Schnarchen beruhigte ihn.

17.

Sie versuchte, es als Kurzurlaub anzusehen. Als egoistische, aber durchaus verdiente Auszeit. Aber der bittere Geschmack im Mund und der anhaltende Schwindel machten es schwer, daran zu glauben. Sie fragte sich, ob sie zu weit gegangen war. Nicht nur aus Sicht von Leo, sondern auch aus ihrer eigenen. Wälzte sich aus dem Bett und ging duschen. Konnte den Abend nicht abwaschen, fühlte sich danach aber besser. Sie fuhr runter zum Frühstücksraum, meinte ihre Kollegen an der blasierten Art zu erkennen, mit der sie sich über Brötchen und Eier hermachten. Eine Kollegin bot ihr einen Platz an, den sie dankbar annahm. Alleine zu frühstücken hatte etwas Trauriges, auch wenn sie keine Lust auf Gespräche hatte. Die banale Freundlichkeit tat gut, sie unterhielten sich über leckeres Müsli und perfektes Rührei. Mit ihr wäre es gestern sicher nett geworden. Der ungehörige Abend entfernte sich immer mehr. Ihr fiel ein, dass ihr Handy immer noch ausgeschaltet war, holte sich aber vorher noch einen Joghurt. Als sie das Telefon eingeschaltet hatte, prasselten die Nachrichten ein. Leo, wer sonst. Meld dich mal. Wo bist du? Bist du noch wach? Augenblicklich stand sie unter Strom. Entschuldigte sich bei ihrer Frühstückspartnerin, die sie erwartungsvoll ansah und offenbar die Antwort auf eine gestellte Frage erwartete.

Andrea stand auf, ging in die Lobby und hörte den Anrufbeantworter ab. Drei neue Nachrichten von Leo. Alle aus der Nacht. Er bat sie, ihn umgehend anzurufen. Er klang besorgt. Sie hörte die zweite und die dritte Nachricht ab. Wieder bat er um einen Rückruf, wunderte sich, dass sie nicht ans Telefon ging. Die letzte Nachricht war von viertel nach fünf, da war er um Fassung bemüht, seine Stimme belegt. Beim ersten Anruf hatte sie noch den Eindruck, er spioniere hinter ihr her. Weil er einen Verdacht hatte oder eine Ahnung. Nachdem sie die Anrufe noch mal abgehört hatte, war sie sicher, da war was anderes. Es war was passiert. Ein Unglück. Sie rief zuhause an, ließ es endlos klingeln, aber keiner ging ran. Sonntagmorgen. Wo steckten die beiden? Sie versuchte es auf dem Handy.

„Andrea. Endlich."

„Was ist passiert?"

„Wo bist du? Ich hab versucht, dich anzurufen."

„Im Hotel. Beim Frühstück. Das Handy war aus. Alles in Ordnung?"

„Milan ist weg."

„Was heißt weg? Seit wann? Leo, was ist los?"

„Er ist nicht vom Stadtfest nach Hause gekommen."

„Mein Gott. Warst du bei der Polizei?"

„Was denkst du denn? Die sagen, ich soll wiederkommen, wenn er im Laufe des Tages nicht auftaucht. Das sei nicht ungewöhnlich."

„Damit hast du dich doch hoffentlich nicht abspeisen lassen! Die müssen doch was tun. Hast du ihn gesucht? Was ist mit seinem Freund David? Vielleicht weiß der ja was."

„Scheiße, ich bin die ganze Nacht rumgerannt, Andrea. David ist auch weg. Ich hab die beiden auf dem Fest gesehen, dann gab es Zoff und die beiden sind weg."

„Zoff? Was heißt das, es gab Zoff? Kannst du bitte mal aufhören, in Rätseln zu sprechen, Leo, ich versteh kein Wort."

„Tu mir einen Gefallen, Andrea, und sieh zu, dass du herkommst. Ich hab jetzt keine Zeit für große Erklärungen. Ich muss Milan suchen."

Sie rannte zu ihrem Zimmer und warf ihre Sachen in den Koffer, kriegte den Verschluss kaum zu, so fahrig war sie. Draußen merkte sie, dass sie wieder die Schuhe mit den hohen Absätzen angezogen hatte. Ständig knickte sie um. Es dauerte eine Ewigkeit, bis sie völlig verschwitzt den S-Bahnhof erreichte.

18.

Sie war fast gestorben vor Angst. Hatte sich nicht zügeln können und immer mehr reingesteigert. Bis sich die befürchtete Katastrophe als Gewissheit eingenistet hatte. Die schlimmste Zugfahrt ihres Lebens. Was sie jetzt hörte, war so absurd, dass ihr nichts mehr einfiel. Offenbar hatte sich Milan mit seinen Freunden unter der Bühne vom Festzelt versteckt und das Handy ausgeschaltet, um nicht entdeckt zu werden. Da hatten sie gehockt, bis die Musik zu spielen aufhörte. Später hatten sie sich zu einem Freund geschlichen und vergessen, Entwarnung zu geben. Irgendwann war es dann so spät gewesen, dass er sich nicht mehr getraut hatte, anzurufen. Leo und Milan hatten sich angeblafft, bevor Milan ins Bett geflohen war. Beide sahen fürchterlich aus. Sie ging ihren Trolley auspacken. Das Bett war unberührt. Andrea ging runter. Leo stand am Küchenfenster und rauchte, die Kaffeemaschine gluckste.

„Seit wann rauchst du in der Wohnung?"

„Ab sofort." Schneidender Ton. Er drehte sich nicht um.

„Hast du gar nicht geschlafen?"

„Ich hab unseren Sohn gesucht, Andrea."

„Milan hat gesagt, du warst nicht da, als er nach Hause kam."
„Nein, ich war bei Yvonne."
„Bei Yvonne?"
„Davids Mutter."
„Aha."
„Was aha? Was meinst du mit aha?"
„Ich wunder mich nur."
„Du wunderst dich? Ich wunder mich auch, das kannst du mir glauben."

Irgendwas lag in der Luft. Vielleicht nur Anspannung, die sich entlud. Sie goss sich einen Kaffee ein, sah ihn an, aber er stand nur da. Sie goss eine zweite Tasse ein und stellte sich neben ihn ans Fenster. Er nahm einen grimmigen Schluck.

„Und, hattest du einen schönen Abend?"
„Du weißt ja, wie Mediziner sind."
„Wie sind Mediziner denn?"
„Leo, ich weiß, du hattest eine harte Nacht, aber lass das jetzt bitte nicht an mir aus."

Die Sorge hatte sich fest gefressen und machte sie dünnhäutig. Wut kam hoch. Darüber, dass sie die beiden keinen Moment allein lassen konnte, ohne dass alles im Chaos versank. War nicht fair, das so zu sehen, aber so sah sie das eben. Leo starrte immer noch auf die Streuobstwiese, als gebe es ein Ballett blauer Schafe zu sehen.

„Hast du René getroffen?"
„René? Wie kommst du denn darauf? Was soll denn das jetzt, bitte?"
„Hast du oder hast du nicht?"
„Nein, hab ich nicht."

War nur ein Reflex, aber damit hatte sie sich festgelegt. Sie war dermaßen aus der Haut gefahren, dass sie nicht zurück konnte. Überrumpelt von seinem Frontalangriff. Sie hätte es einfach zugeben können. Ja, sie hatte versprochen, ihn nicht zu treffen, aber was war schon dabei? Zu spät. Wie ein Zug, der die Weiche falsch nimmt und weiterfahren muss. Immer weiter. Leo sah sie herausfordernd an, sie hielt seinem Blick stand. Grimmig zog er an der Zigarette, blies ihr den Rauch ins Gesicht. Sie stellte die Tasse ab und ging aus der Küche.

Er konnte es nicht wissen. Verdammte Eifersucht. Eine Übersprungshandlung, das Ergebnis von Schlaflosigkeit und Ohnmacht. Sie zog sich ihren Trainingsanzug an und legte sich auf die Matte, auch wenn sie wusste, dass es sinnlos war. Sie lag auf dem Rücken, ihr Atem gehorchte nicht, sie sprang abrupt auf und spähte durch die Küchentür. Leo hackte Holz vor dem Fenster. Drosch wie ein Irrer auf die Scheite ein, dass sie fürchtete, er werde sich verletzen. Sie holte ihr Handy aus der Handtasche und fand die SMS. „War schön mit dir. Bald wieder?" Leo musste sie gelesen haben. War die einzige Erklärung. Sie konnte ihm die Schnüffelei nicht mal unter die Nase reiben, ohne selbst als Lügnerin dazustehen. Sie ging raus und wartete, bis er sich keuchend über die Axt beugte. Umschlang ihn von hinten. Er stand stocksteif da, schüttelte sie aber nicht ab.

Als sie sich später Milan vornahmen und ihm ins Gewissen redeten, gab sie sich unbefangen, aber es gelang ihr nicht. Leo schärfte Milan ein, künftig erreichbar zu sein. Erzählte von dem Horror, den er durchgemacht habe. Milan kleinlaut und einsichtig. Nur bei Andreas Ansage, er solle dem Ärger künftig aus dem Weg gehen, begehrte er auf. Sofort hatte sie eine geschlossene Front gegen sich. Sie versuchte, zu argumentieren. Stand auf verlorenem Posten.

„Ich hör immer Nazis, Nazis. Das sind Dorfjungs, Milan. Irgendwie musst du versuchen, mit denen klarzukommen."

Milan lief raus und kam mit seinem Laptop wieder. Auf Facebook zeigte er ihnen, wer hinter ihm her gewesen war. *Heimatwächter* nannten sie sich. Ein Jurastudent mit dem lächerlichen Pseudonym *Professor*, der lange Pamphlete über die Vermischung der Kulturen verbreitete, die im Genozid des deutschen Volkes ende, wenn nicht endlich gehandelt würde. Ein KFZ-Mechatroniker, der sich nicht weniger peinlich *Treter* nannte, weil er alles *Artfremde* aus Liebbrehna rausprügeln wollte. Als Hassobjekte gab er Juden, Zecken und Fremdrassige an. Lehrlinge und Azubis, die Fotos von Gewehrkugeln posteten als Warnung für Kinderschänder. Milan zeigte ihnen auch Schüler aus seiner Klasse, die Demokraten verfluchten und *Zecken* mit der Vernichtung drohten. Darunter der Sohn vom Metzger und aufgebrezelte Mädchen in Lolitapose mit einer Vorliebe für Leonardo DiCaprio und Hitler-

Stellvertreter Rudolf Hess. Alle machten auf stolze Deutsche, als Interessen gaben sie Auschwitz und die Heimat an. Andrea sagte nichts mehr. Fühlte sich unbehaglich. Leo hörte nicht auf, sie zu beobachten.

19.

Sie hatte ihn angelogen, frech ins Gesicht. Das erschütterte ihn. Wann noch, fragte er sich. Die langen Nächte, wenn sie mit Inga um die Häuser gezogen war. Das Freundinnen-Wochenende, das sie sich einmal im Jahr gönnte. Die Reisen nach Prag, München und ja, nach Berlin. Wie oft hatte sie die Gelegenheit genutzt und ihn getroffen? Fraglich, ob Inga überhaupt dabei gewesen war. Er konnte nicht sicher sein, gar nicht sicher. Kein Zucken der Mundwinkel, keine verräterische Augenbraue. Sie war wie immer. Ihr Lügengesicht war das, das er kannte – und liebte. Das machte ihn so fertig, dass er alles für möglich hielt. Ein eifersüchtiger Zombie, aber nicht grundlos. So waren sie nie gewesen, hatten sich nie kontrolliert, immer vertraut. Er war davon ausgegangen, dass sie keine Geheimnisse voreinander hatten, keine bedeutenden jedenfalls. Er konnte sich nicht erinnern, sie jemals beim Lügen erwischt zu haben. Hatte sie gar nicht nötig, war sie viel zu stark dafür. Sie verschonte ihn nicht mit unangenehmen Wahrheiten. Hatte er geglaubt. Nicht mal in Betracht gezogen, es könnte anders sein. Alles geriet ins Wanken. Thieme klickte sich durch die Bilder, kroch fast in den Bildschirm rein.

„Also, ick seh da nüscht. Paar schwatte Kapuzenpullis inner schwatten Straße, beschissen fotografiert, ganz ehrlisch. Tut ma leid, geht gar nisch dit."

Sein Sächsisch mit Berliner Zungenschlag nervte. Nicht mal für einen beschissenen Dialekt konnte er sich entscheiden. Leo betete noch mal seine Geschichte von den fliegenden Steinen und Flaschen runter. Von der Polizei im Rückwärtsgang und der Kapitulation des Rechtsstaats und dem gefallenen Gewaltmonopol. Er redete sich in Rage.

„Nu mach ma halblang, Leo. Ick versteh disch ja. Aber mein Gott, es war Stadtfest, paar dumme Jungs ham bisschen viel getrunken und die Muckis spielen lassen. Aber ganz ehrlich. Is doch nix passiert. Zum Glück, dat will ich ausdrücklisch sagen. Hab ick Rescht oder hab ick Rescht? Sach ma selber. Hier, so mach mer dit und jut is."

Er schob Leo ein Blatt rüber. Leo überflog die Pressemitteilung der Polizei. Da stand in dürren Worten, dass eine Einheit in der Liebknecht-Straße am Rande des Stadtfests einen Einsatz gehabt hätte wegen Ruhestörung. Nach kurzer Zeit sei die öffentliche Ordnung erfolgreich wieder hergestellt worden. Thieme fragte, ob Leo das übernehme oder ob er die Meldung selbst schreiben solle. Als Leo nicht reagierte, nahm er die Pressemitteilung und ging zurück zu seinem Schreibtisch, wo er sich wieder zwischen den gerahmten Fotos seiner grinsenden Kinder und seiner Frau einnistete. Leo baute Fotos von Autoscooter, Blaskapelle und Festzeltkrakeelern ein und schmiss seinen Kram in die Tasche. Thieme hatte offenbar ein schlechtes Gewissen und bemühte sich, die Wogen zu glätten.

„Hör mal, dat is schlimm mit deinem Jungen, keene Frage. Aber wenn wir das bringen wollen, müssen wir mehr haben als ein unscharfes Schattenspiel."

„Scheiße, ich hab gesehen, wie die versucht haben, das Haus zu stürmen. Was glaubst du, was passiert, wenn die da reinkommen? Hä? Irgendwann erwischen die mal einen so, dass der liegen bleibt. Dann haben wir hier ganz andere Probleme."

„Mensch Leo, die schaukeln sich doch ständig gegenseitig hoch. Wir müssen aufpassen, dit wa nisch noch Öl ins Feuer jießen, weeste, wie isch meene?"

„Nee, Thieme, ehrlich gesagt versteh ich nicht, was du mir sagen willst. Lass gut sein, mir reicht's für heute."

Thieme beugte sich vor und stützte seinen runden Körper auf die Knie wie ein Trainer bei einer beschwörenden Halbzeitansprache.

„Ick will dir ma was über de Kleinstadt erzählen. Dit is anders hier, Leo. Wenn de hier eenem vors Schienbein trittst, den siehste am nächsten Tag wieder. Und der hat im Zweifel n Vatter, der ne dicke Anzeige bei uns schaltet oder mit Gott persönlisch Skat spielt. Also musst de dir da janz sicher sein. Da musste den richtschen Moment abpassen und n wasserdischten Fall haben. So is dit. Kapiert?"

Leo sagte nichts mehr und sah zu, dass er rauskam. Die Runde um die Klotzsche tat gut. Ein paar Spaziergänger sprangen schimpfend zur Seite, danach wollte er immer noch nicht nach Hause. Er fuhr durch den Ort, am Marktplatz luden sie die Stangen und Planen vom Festzelt auf einen Sattelschlepper und kehrten Scherben zusammen. Das Stadtfest war schon Geschichte. Er kurvte ziellos rum, bis er vor dem Haus von Yvonne stand, wo er, ohne zu überlegen, abstieg und das Rad an den Zaun lehnte. Sie war überrascht, ihn zu sehen, trug nur ein langes T-Shirt, das sie runterzog, um ihr Höschen zu bedecken. Sie sah verschlafen aus, aber nicht mehr gequält. Die roten Haare rebellierten.

„Hey."

„Ich war grad in der Nähe und wollt mal nach dir sehen."

„Komm doch rein."

„Ich wollt wirklich nicht stören."

„Na los."

Sie trat zur Seite, gab ihm zu verstehen, wie blödsinnig es war, sich zu zieren. Als verstünde es sich von selbst, reinzugehen.

Sie setzten sich auf die Couch, wo sie vor Stunden in Angststarre verharrt hatten. Yvonne im Schneidersitz, machte keine Anstalten, sich was drüber zu ziehen. Sogar auf den Armen wuselten Sommersprossen.

David schlief oben, wie sie sagte. Sie konnte wieder lächeln, war erleichtert, beinahe gelöst. Strich sich durchs Haar, ohne es bändigen zu können, und bot ihm einen Kaffee an, legte grinsend den Kopf schief, weil er keine Umstände machen wollte. War ihr egal, nicht hergerichtet zu sein.

„Dir geht's immer noch nicht gut, oder?"

Sie hielt sich nicht mit Floskeln auf, sondern an das, was sie sah. Alles gut, sagte er, jetzt, wo die Jungs wieder da waren. Erzählte, wie er erfolglos versucht hatte, den Angriff auf die Zora in die Zeitung zu bringen, brach ab, weil es nicht das war, was ihn beschäftigte.

„Und sonst?"

Sie kniete vor ihm, ihre grünen Katzenaugen nicht bereit, ihn mit Ausflüchten davonkommen zu lassen.

„Andrea hat ihren Ex getroffen. In Berlin. Tut mir leid, ich bin etwas daneben. Keine Ahnung, warum ich dir das erzähle."

„Weil du jemanden zum Reden brauchst? Wenigstens hat sie es dir erzählt, oder?“

„Hat sie gar nicht.“

„Scheiße.“

„Ja.“

Sie stand auf, kam zurück und reichte ihm wortlos eine Flasche Bier. Sie stießen an. Yvonne wartete, dass er erzählte. Aber er hatte schon zu viel gesagt. Fragte sich, warum er nicht Jörgi angerufen hatte. Kam gar nicht infrage. Als wäre ihre Freundschaft mit dem Umzug entsorgt, alle Drähte gekappt. Yvonne verkniff sich jede kluge Bemerkung. Konnte aus der Flasche trinken wie ein Kerl. Saß nur da, als hätte sie nichts anderes zu tun, als schweigend mit ihm Bier zu trinken. Hexe mit Herz, an die er da geraten war. Er hatte sich auf eine Insel gerettet, auf der er nicht bleiben konnte. Musste zurück in die kalte, stinkende Brühe.

20.

Ein Kätzchentag. An dem sie gern die Decke über sich gezogen hätte und Streicheleinheiten brauchte. Angst, Alkohol und Müdigkeit hatten sie dünnhäutig und melancholisch gemacht. Empfänglich für Nähe und empfindlich für Nadelstiche. Mit Milan unter einem Dach war, wie allein zu sein. Er schottete sich ab, verließ seine Höhle nur, um die Grundversorgung sicherzustellen. Essen, Trinken, Toilette, bevor er sich wieder verzog. Als läge vor seiner Zimmertür radioaktiv verseuchtes Gebiet. Nicht lange her, dass er sie ständig in Beschlag genommen hatte, so kam es ihr vor. Er hatte es geliebt, sich zu verkleiden. Mit einer Decke, einem Tuch, als Pirat oder König, immer hatte er ihre Aufmerksamkeit gebraucht, um Lob gebettelt, Bewunderung eingefordert. Nichts hatte sie tun können, ohne sich um ihn kümmern zu müssen, nicht lesen, nicht kochen. Er hatte sie vereinnahmt, fremdbestimmt, aber auch ausgefüllt. Stand nicht gut um sie, wenn sie diese ferngesteuerte Zeit vermisste. Was für eine grausame Erfindung

Mütter doch waren. Als Schulkind hatte sich die Anhänglichkeit verloren. Sie konnte nicht sagen, wann es ganz aufgehört hatte. Wann sie verstummt waren, weil sie nicht mehr die gleiche Sprache sprachen. Sie würfelte Möhren und Sellerie und hoffte, Leo würde bald kommen. Die Spaghetti Bolognese waren für ihn. Die weiße Fahne, die sie zu schwenken bereit war.

Leo kam spät, sie fragte sich, was er so lange gemacht hatte. Sein Haar verschwitzt wie nach dem Sport. Sie traute sich nicht, zu fragen, wollte kein Öl ins Feuer gießen, merkte sofort: Nichts war gut. Dann rief auch noch Inga an und fragte, wie Berlin gewesen war und ob er noch so gut aussehe und ob es da was gebe, was sie ihr zu sagen habe. Andrea solle nichts auslassen. Wie eine Mücke, die nach frischem Blut giert. Das alles unter Leos Habichtsblicken, die genau registrierten, wie kurz angebunden sie war. Beim Essen hörten sie die Kaugeräusche des anderen, das Klappern von Besteck auf Tellern. Die Melodie von Vereinsamten. Abwechselnd bemühten sie sich um Milan, der einsilbig antwortete und den der Schlafmangel noch mürrischer machte als sonst. Andrea schlug vor, was zu spielen. Würfel, Karten, irgendwas. Milan erklärte, David wolle noch vorbeikommen, um mit ihm Mathe zu machen. Dagegen konnte sie schlecht was sagen. Leo räumte mit heroischer Disziplin das Geschirr in die Spülmaschine. Er wollte sich nichts vorwerfen lassen, würdigte sie dabei aber keines Blickes. Sie versuchte, einen Moment abzupassen, wo er ihr in die Arme lief, aber er war auf der Hut, verzog sich mit einem Buch auf die Couch, wo er sich demonstrativ selbst genügte. Andrea ging duschen. So, wie es stand, konnte sie nicht mal ausschließen, dass er heute lieber auf der Couch schlief. Das kam vor, war manchmal sogar besser, als nebeneinander zu liegen und von falscher Nähe erstickt zu werden, aber nicht heute. Sie duschte, bis ihre Haut dampfte, ölte sich am ganzen Körper ein und zog den weißen Bademantel drüber. Sie war heute ganz sicher kein Vamp, aber wenn es sein musste, musste es sein. Leo hielt sein Buch immer noch vors Gesicht wie ein Schutzschild. Sie setzte sich neben ihn, lockerte den Gürtel und legte eine Brust frei. Er ließ sie zappeln, ignorierte sie weiter, als wäre sie gar nicht da. Sie entblößte auch die andere Brust, hielt ihm die fröstelnden Nippel unter die

Nase und nahm ihm das Buch weg. Ignorieren konnte er sie nicht mehr, aber noch wollte er sich nicht geschlagen geben, auch wenn es ihm schwerfiel, sie kannte ihn. War trotzdem überrascht, dass er seine Hände bei sich ließ und ihr ernst in die Augen sah, ohne den kleinsten Anflug von Erregung.

„Ficke ich dich eigentlich richtig?"

„Bitte was? Ich versteh nicht, Leo. Was meinst du denn damit?"

„Ich mein das so, wie ich es sage. Ob ich dich gut ficke, so, wie du es brauchst."

Was sollte sie darauf antworten? Sollte sie ihm sagen, dass er manchmal zu vorsichtig war, zu tastend, wenn sie genommen werden wollte? Und zu plump und erwartbar, wenn ihr danach war, umworben zu werden? Was erwartete er sich davon? Es war mal gut und mal weniger, sie konnte ihn immer noch riechen und war vertraut mit seinem sehnigen Körper. Sie erwartete nicht mehr das ganz große Feuerwerk und konnte damit leben, wenn sie mal nicht kam. Sie liebten einander, wie sie miteinander redeten und aßen. Zwei aufeinander abgestimmte Teile, rund geschliffen in langen Jahren der Anpassung und Gewöhnung. Im Bett verfielen sie in die sicheren Bahnen, die Vertrautheit gegraben hatte und aus denen sie nicht ausbrechen konnten. Wollte sie auch gar nicht. Es war in Ordnung, wie es war. Sie hatte weder Lust, drüber nachzudenken, noch eine Diskussion darüber anzuzetteln.

„Keine Ahnung, Leo, vielleicht sollten wir es einfach machen."

„Ich will wissen, ob ich dich so ficke, wie du es brauchst."

„Wie brauche ich es denn? Ich bin doch keine Maschine, an der man nur richtig rumschrauben muss, damit sie reibungslos funktioniert."

„Vielleicht brauchst du es ja so, wie René es dir besorgt."

„Okay, jetzt verstehe ich, worauf du hinaus willst. Du spinnst ja total! Ganz ehrlich: Ich weiß nicht mehr, wie René es macht, Leo, das ist ewig her und das weißt du auch."

„Ach ja, weiß ich das? Du hast René also nicht getroffen? Nein? Ihr habt nicht gefickt?"

Eilig zog sie den Bademantel zu, als fege plötzlich eine eisige Windböe durchs Wohnzimmer. Sie war drauf und dran, auf ihn loszugehen. Seine Augen flackerten, zitternde Lippen. Die Wut nahm sie in den

Würgegriff. Ein Schritt nur zum Gemetzel.

„Stell dir vor, ich habe nicht mit René gevögelt. Ich möchte mal wissen, wie du auf so einen Schwachsinn kommst. Als wenn wir nicht ganz andere Sorgen hätten. Ich hab keine Lust auf deine durchgeknallten Fantasien."

In der Küche drehte sie den Wasserhahn auf, um sich ein Glas einzugießen, spritzte sich dabei den Ärmel nass, der sich kalt um ihr Gelenk legte wie eine fremde Hand. Es wurde immer aussichtsloser. Vorher hätte sie es ihm noch sagen können. Es hätte gerappelt, aber sie hätte es hinbekommen. Jetzt war es undenkbar. Er würde ihr kein Wort glauben. Tat er eh nicht. Tiefe Sehnsucht nach Harmonie überkam sie, wickelte sie ein und legte sie lahm. Gab kein Vor und kein Zurück. Unschlüssig stand sie in der dunklen Küche. Konnte sich nicht den ganzen Abend verkriechen. Das Trommelfeuer platzender Regentropfen am Küchenfenster wie ein nervöser Pulsschlag. Als sie ins Wohnzimmer zurückkam, saßen Milan und David bei Leo auf der Couch. Das erste, was sie sah, waren die Farbkleckse. Vielmehr den roten Fleck auf Milans Kopf. Davids blaue Haarsträhne kannte sie ja. Die von Milan war neu. Sie setzte sich neben Leo. Den das gar nicht zu stören schien. Sie hörte eine Weile zu, es ging um eine angesagte Band oder ein Konzert. Wie in einem absurden Sketch, wo alle einen Haufen Scheiße auf dem Kopf haben und so tun, als sei das ganz normal. Ihr reichte es. Die beiden sahen völlig bescheuert aus. Zwei Witzfiguren. Als hätten sie noch nicht genug. Sie bettelten ja geradezu darum.

„Sag mal Milan, kannst du mir mal erklären, was das soll?"

„Was was soll?"

„Erspar mir bitte das Theater. Du weißt genau, was ich meine. Musst du es jetzt drauf anlegen, ja?"

„Mama, ist ja wohl meine Sache, wie ich aussehe."

„Ach ja, und die Nächte, wo wir wach liegen und auf dich warten und hoffen, dass sie dich nicht kaputt schlagen, ist das auch deine Sache?"

„Soll ich mir jetzt die Haare abrasieren und einen auf Hitlerjunge machen, oder was?"

„Nicht jede schlaflose Nacht solltest du Milan in die Schuhe schieben, Andrea."

Sie versuchte, draußen zu sein, bevor sie losheulte.

„Ihr könnt mich alle beide mal."

Als Leo sich neben sie legte, hoffte sie inständig, er würde sich doch noch auf die Couch im Wohnzimmer verziehen.

21.

Mit Blumenfrauen konnte sie einfach nicht. War schon immer so gewesen. Yvonne kroch die Natürlichkeit aus jeder Pore. Die Sommersprossen wie ein explodiertes Sonnensystem, keine Farbe auf den blassen Lippen. Die Tunika über der Hose, als ginge es gleich ab nach Woodstock. Andrea kriegte Beklemmungen zwischen all den Duftkerzen und Steinen und Schalen mit Sand und Muscheln. Requisiten für ein Befindlichkeitstheater, das ihr völlig fremd war. Sie hatte gar nicht erst mitgehen wollen, aber Leo war darüber hinweggegangen und sie hatte sich gefügt. Außer ihnen waren nur zwei andere Eltern der Einladung gefolgt, Falk und Katharina, die verschämt nebeneinander hockten wie beim ersten Besuch bei den Anonymen Alkoholikern. Überhaupt erinnerte das ganze an eine Selbsthilfegruppe. Fehlte nur noch, dass sie sich ein Wollknäuel zuwarfen, um sich vorzustellen. Mein Name ist Andrea und ich weiß gar nicht, was ich hier eigentlich soll.

Yvonne goss den Frauen Tee ein, was sonst, Falk und Leo bekamen ein Bier. Sie setzte zu einer Rede an, die irgendwo begann und sich wacklig weitertastete. Das gehe ja nun schon eine ganze Weile so und könne so nicht weitergehen. Und nach dem Angriff auf Ivo beim Stadtfest, dazu zeigte sie auf Falk und Katharina, die jetzt die Hand des anderen umklammerten wie Ertrinkende. Der Satz versandete im Nirgendwo. Jedenfalls habe sie sich mit Leo überlegt, dass die Eltern der Zora-Kinder etwas unternehmen müssten. Man könne dem Treiben der Nazis im Ort nicht länger tatenlos zusehen. Was genau zu tun sei und wie, das wisse sie selbst nicht, aber es sei wichtig, einen Anfang zu machen, die Form werde sich schon finden. Hörte sich nach dem endlosen Geseier in einer Bürgerinitiative an. Kleine Feierabend-Revolutionärin, die rote Zora von Liebbrehna, kein Wunder, dass sie sich prächtig mit Leo verstand. Nachdem sie sich noch mal alle ihrer schlaflosen Nächte und Ängste um ihre Kinder versichert hatten, überlegten sie, was sie tun könnten. Yvonne brachte eine Demo vor dem Rathaus ins Spiel, was Andrea für absurd hielt, aber sie sagte lieber nichts. Falk und Katharina zuckten bei dem Wort Demo zusammen und rissen die Augen auf, als hätte ihnen jemand einen Stromschlag verpasst. Falk stammelte was von Eskalation und Finger verbrennen und ob es nicht eine Alternative gebe, etwas weniger Drastisches. Schließlich einigten sie sich darauf, einen Brief an den Bürgermeister zu verfassen. Mit ihren Sorgen und Befürchtungen. Yvonne begann, Satz für Satz aufzuschreiben, abwechselnd diktiert von den ängstlichen Einflüsterern. Als sie darüber diskutierten, ob sie ihrer tiefen Besorgnis oder doch lieber ihrer unerträglichen Angst Ausdruck verleihen sollten, stand Andrea auf.

„Tut mir leid, ich kann das nicht. Leo, du kannst mir ja sagen, was rausgekommen ist. Ich hab Chor."

Sie war froh, dem händchenhaltenden Selbstmitleid entkommen zu sein. Es musste andere Wege geben, das zu regeln. Sie war die einzige Ärztin im Ort. Liebbrehna brauchte sie mehr als umgekehrt. Sie würde ihren Einfluss nutzen, notfalls durch alle Institutionen marschieren, sich den Bürgermeister und den Polizistennachbarn vornehmen. Die Frauen in der Kirche begrüßten sie freundlich, auch wenn sie schon wieder zu spät kam. Der vielstimmige Chor lullte die Grübeleien ein. Diesmal freute sie sich sogar auf ein Glas danach. Es gab keinen Grund, kam einfach so über sie. Mit irgendwem musste sie drüber sprechen und hier waren ja Mütter unter sich. Wenn man von Friedemann absah. Als sie von der Hetzjagd auf Milan zu erzählen begann, verstummten die Gespräche. Als wäre sie in ein unerhörtes Fettnäpfchen getreten. Sie hatte sich Zuspruch erhofft, Beistand auch, stattdessen schauten die meisten betreten auf ihre Gläser und ließen ihre Weinpfützen kreisen, als hätte sie ihre Mütter beleidigt. Ihre Nachbarin Marlene versuchte auf plumpe Weise, das Thema zu wechseln, aber das Schweigen breitete sich aus wie eine ansteckende Krankheit. Andrea fragte, was los sei.

Ob sie was Falsches gesagt habe. Die anderen warfen sich vielsagende Blicke zu und schwiegen. Schließlich standen Mandy, die Frau aus dem Blumenladen, und Anita aus der Fleischerei auf und setzten sich neben sie. Mandy war eine warmherzige Person, bei der sie schon ein paar Mal Blumen gekauft hatte und die jeden Strauß mit Hingabe verpackte wie eine Kostbarkeit. Von Anita wusste sie, dass sie ihrem Mann falsche Preise nannte, wenn sie vom Shoppen kam. Um keine schlafenden Hunde zu wecken, wie sie es ausdrückte. Ein gerissenes Alphatier, das sowohl zuhause als auch im Chor das Wort führte. Sie kam gleich zur Sache.

„Hör mal, ich weiß, dass dein Junge jetzt auch wie ein Punker rumläuft. Das mit den Haaren muss jeder selbst entscheiden, auch wenn ich meinem gehörig den Kopf waschen würde, wenn er wie ein Teletubbie rumlaufen würde. Aber na ja. Ich weiß auch, dass mein Junge kein Waisenknabe ist, weiß Gott nicht. Aber wenn er Mist baut, dann rappelt's im Karton. Da kannst du sicher sein."

Andrea fragte sich, worauf sie hinauswollte. Die beiden nahmen sie ins Gebet, so viel stand fest. Anita atmete schwer, bevor sie nachsetzte. Miserable Schauspielerin mit billigen Effekten.

„Aber die Bunthaarigen sind auch keine Engel, das solltest du wissen. Wusstest du, dass die Drogen nehmen in der Zora? Die wissen schon, warum die sich so verrammeln. Soll keiner mitkriegen, was die sich da so alles reinpfeifen."

Anita sah Andrea eindringlich an, als erwarte sie ein Geständnis. Andrea wartete ab. Auch wenn es sie juckte, die gefärbten Haare ihres Sohnes zu verteidigen. Ausgerechnet sie. Aber sie kam gar nicht zu Wort.

„Ja, es gibt immer mal wieder Bambule, will ich gar nicht bestreiten. Aber hat dir dein Sohn auch erzählt, dass die ach so friedfertigen Herrschaften mit Böllern und Raketen auf die anderen losgehen?"

„Hör zu, Anita. Ich weiß nicht, was da im Einzelnen vorgefallen ist. Aber ich frage mich schon, was eine Horde Steinewerfer nachts vor einem Jugendclub zu suchen hat. Und ich kann dir auch sagen, was die da suchen: Streit suchen die. Und das muss aufhören. Mein Sohn ist kein Freiwild, das man durch die Straßen jagen kann."

Ihre Stimme schrill und zu hoch. Ein Piepsen, das sich hysterischer anhörte, als ihr lieb sein konnte. Die anderen beäugten sie pikiert. Sie hatte sich hinreißen lassen, schob ein Lächeln hinterher, das die Peinlichkeit nicht vertreiben konnte. Anitas Gesicht hart wie gemeißelt, der kumpelhafte Schalk weggewischt.

„Da gehören immer zwei Seiten dazu, wenn du mich fragst. Ich lasse jedenfalls nicht zu, dass mein Junge in eine kriminelle Ecke gestellt wird. Da werd ich zur Furie, das kannst du mir glauben."

Da hatte Andrea keinen Zweifel. Sie ließ die Drohung unbeantwortet und nippte an ihrem Weinglas. Anita und Mandy blieben neben ihr sitzen, wandten sich aber anderen zu. Stellten demonstrativ gute Laune zur Schau. Der Liebesentzug der Schweinehälften-Zerlegerin konnte ihr herzlich egal sein, war es aber nicht. Eine Hand legte sich auf Andreas Schulter. Friedemann kam, um Frieden zu stiften. Er beugte sich zu ihr und bot an, mal über alles zu sprechen. Ganz in Ruhe, aber nicht hier und jetzt, das sei nicht der passende Rahmen. Sie verabredeten sich auf ein Mittagessen. Als sie mit Marlene aufbrach, lächelten die Frauen frostig. Sie hatte das Richtige getan. Was es nicht besser machte. Marlene begann augenblicklich, sie mit ihren Sorgen um Paulchen einzuwickeln. Paulchen hatte keinen Hunger, schlief nicht und schrie in der Nacht. Zwischendurch versagte ihr die Stimme vor Kummer. Er brauche viel Zuwendung jetzt. Andrea brauchte den halben Nachhauseweg, um zu verstehen, dass Paulchen kein Kind, sondern ein Hund war. Der kläffende Höllenhund von nebenan. Ermuntert von ausbleibender Gegenwehr, legte Marlene nach. Nicht auszudenken, wenn sie immer noch Engel verpacken müsste. Wenn der Arzt sie nicht arbeitsunfähig geschrieben hätte. Mit gerade mal 48. Dann gäbe es jetzt niemanden, der sich um Paulchen kümmern könnte. Im Nachhinein habe sich ihre Hautallergie geradezu als Glücksfall erwiesen. Sie rieb sich die Hände wie unter Wasser. Auch wenn es sich im ersten Moment ganz und gar nicht so angefühlt habe. Sie redete sich ihre Arbeitslosigkeit auf absurde Weise schön. Ihre Probleme nahmen sie ganz ein, rührten sie, ohne bedrohlich zu sein. Übergangslos gab Marlene Tipps für Haus und Garten, während sie nebeneinanderher tippelten, damit beide unter den Schirm passten.

Wenn es um das richtige Saatgut und selbst genähte Vorhänge ging, konnte Andrea auf Marlene zählen. Als sie sich endlich trennten, war Andrea durcheinander. Neidisch auf die kleinen Katastrophen und die große Ordnung im Leben ihrer Nachbarin. Der Befreiungsschlag im Chor war nach hinten losgegangen. Und zuhause war Eiszeit. Geht alles vorbei, dachte sie, geht alles vorbei.

22.

Sie beugten sich über die drei Haufen, als hätten sie noch nie Scheiße gesehen. Der Bürgermeister mit hochrotem Kopf wie Uli Hoeneß, wenn die Bayern ein Spiel vergurkten, die Hände in die Hüften gestemmt. Der Dorfbulle neben ihm ging in die Hocke, als hätte er es mit einer Rohrbombe zu tun, die es zu entschärfen gilt. Spielte sich schon wieder auf, konnte offenbar nicht anders. Leo inspizierte die Haufen, die tatsächlich eher menschlich als nach Hund aussahen. Auf den Stufen vor dem Rathausportal gaben sie eine eklige Kunstinstallation ab. Beuys in Liebbrehna. Leo musste sich ein Grinsen verkneifen, fragte sich aber schon, was er hier sollte. Merbitz stammelte ein grimmiges Stoßgebet. Leo verstand was von Kommunisten, die buchstäblich auf alles scheißen, denen nichts heilig ist, von kleinen Terroristen und einer Kriegserklärung. Na wartet, wartet's nur ab, werdet schon sehen.

Leo fotografierte die Haufen, offenbar erwarteten sie das von ihm. Als er fragte, ob man schon wisse, wer hier nicht an sich halten konnte, fuhr Merbitz ihn an, das sei alles andere als ein Scherz und er werde die Autonomen schon dafür drankriegen. Leo fragte sich, wie er sich so sicher sein konnte. Ob Merbitz ernsthaft meinte, dass Linke besonders große Haufen machen. Ein Bekennerschreiben hatten die Rathausscheißer ja wohl nicht hinterlassen. Sein Nachbar, von dem er nur den Vornamen wusste, weil Andrea ihn auf dem Hof geduzt hatte, richtete sich auf und gab eine dieser nichtssagenden Bullenphrasen ab, mit denen er gewohnt war, Presseleute abzuspeisen. Er gab sich förmlich, was lächerlich war, immerhin hatte er einen Abend lang ihre Biervorräte vernichtet. Ermittlungen in alle Richtungen, mit größtem Nachdruck, das Übliche. Nicht gerade das, was Merbitz hören wollte. Er unterbrach ihn rüde, um festzustellen, es sei doch wohl sonnenklar, wo der Dreck herkomme. Aus der Zora nämlich, aber damit sei bald Schluss. Er hob drohend den Finger, richtete ihn auf Leo, der das für ein gutes Motiv hielt. Merbitz sagte, er solle sich unterstehen, ihn mit einem Haufen Scheiße abzulichten.

Während er auf dem Marktplatz ein Fischbrötchen aß, spielte Leo Überschriften durch. *Bürgermeister: Alles Scheiße! Beschissenes Rathaus.* Oder einfach: *Drauf geschissen.* Wenn es nach ihm ging, würde er gar nichts darüber bringen, aber es ging nicht nach ihm. Er machte sich auf den Weg zur Redaktion, vorbei an der pakistanischen Pizzeria. Erst auf den zweiten Blick erkannte er sie. Andrea saß am Fenster und sie war nicht allein. Sie saß einem Mann gegenüber, beide Körper nach vorn gebeugt, in ein Gespräch vertieft. Leo blieb stehen. Die beiden bemerkten ihn nicht. Sie schienen sehr vertraut miteinander. Ihre Unbeschwertheit erschütterte ihn. Leo überlegte, wo er den anderen schon mal gesehen hatte. Brauchte eine Weile, bis er den Pastor erkannte. Er hatte ihm bei einem Termin in der Gemeinde mal die Hand geschüttelt. Er wollte schon reingehen, blieb dann aber doch, wo er war, ließ die beiden nicht aus den Augen. Es war Mittag, Andrea war essen, schön und gut, aber warum mit dem Pastor? Er leitete den Chor, trotzdem. Der Pastor war in Zivil, trug einen blauen Strickpulli, die schwarzen Haare zu einem spießigen Seitenscheitel gekämmt. Machte einen auf smarten Feingeist. Es war nichts, hatte nichts zu bedeuten. Oder doch? Er sollte einfach reingehen und sich dazusetzen, dann würde sich alles in Luft auflösen. Andrea strich sich übertrieben weiblich durchs Haar. Zwei große Teller wurden abgestellt. Leo sah sie ihren mit affektierter Zufriedenheit mustern. Der Zweifel nagte. Alles Balzrituale. Leo drückte sich unschlüssig vor der Pizzeria rum, fürchtete, ertappt zu werden, wie er vor dem Fenster rumlungerte, hielt dann auf den Eingang zu, riss die Tür auf, überlegte es sich im letzten Moment doch wieder anders, wie ein hospitalisierendes Zootier, drehte sich um und ging, ohne sich noch mal umzusehen.

Die Zeit vor dem Computer zog sich, bis er endlich los konnte. Er war unschlüssig, ob er sie auf ihre Verabredung ansprechen sollte. Als er nach Hause kam, fand er Andrea in ihrem Zimmer zwischen Fotoalben auf dem Boden, sie badete in Erinnerungen. Zur Begrüßung küssten sie sich mit harten Lippen, die sich erinnerten, dass es anders sein sollte, aber nicht durfte. Neben ihr stand ein Glas Rotwein, früher als üblich. Andrea zog einzelne Bilder raus, in die sie sich vertiefte, als könne sie so die Vergangenheit wiederbeleben. Eine wehmütige Hypnose. Der erste Schultag, ein Geburtstag, Tage im Zelt an einem norwegischen Fjord. Da war viel Fröhlichkeit, sie hatten oft gelacht. Schweigend setzte er sich zu ihr und sah zu, wie Milan im Zeitraffer alterte. Baby, Kindergartenkind, Schüler, die verflogenen Jahre. Leo sah ihre Melancholie, den Kummer, das stimmte ihn versöhnlich, auch wenn sein Verdacht gärte wie verscharrter Sondermüll. Andrea betrachtete weiter Fotos, gab sich schließlich einen Ruck.

„Weiß du, das ist ganz schön verletzend, dass du mir so was unterstellst. Wenn du mich verdächtigst, dich zu betrügen, musst du schon sagen, wie du auf so was kommst."

Sie wollte es wissen, das schon, aber es war kein Verhör. Sie schien ernsthaft getroffen, die Lippen bebten. Er war empfänglich für Signale zur Versöhnung, wollte aber nicht klein beigeben. Als die Tür aufging, zuckten sie zusammen. Milan erfasste auf den ersten Blick die Situation und machte sofort wieder kehrt. Die Spannung war offensichtlich. Leo hoffte, Milan habe die feuchten Augen seiner Mutter nicht gesehen. Sie rief ihm nach, er könne ruhig bleiben und was es denn gebe, aber das wollte er sich verständlicherweise nicht antun. Andrea stand auf und ging zur Tür, aber Milan war schon außer Sichtweite. Sie kam zurück und setzte sich unvermittelt auf Leos Schoß. Nahm seinen Kopf in die Hände und verkeilte sich in seinem Blick. Mit einer Überzeugung, die er als Aufrichtigkeit deutete und der er sich nicht entziehen konnte. Die er einer Betrügerin nicht zutraute. Er ließ sich auf einen Zungenkuss ein, merkte, wie er nach Versöhnung gierte und wie gern er bereit war, zu glauben, dass es eine Erklärung gab, er die Anzeichen falsch gedeutet hatte, so verständlich und logisch und folgerichtig seine Schlüsse auch waren.

Beim Abendbrot wurden sie von Milan nicht aus den Augen gelassen. Der plötzliche Stimmungsumschwung war ihm nicht entgangen und auch nicht geheuer. Milan regte an, doch mal wieder was zusammen zu machen. Zelten oder so. Leo kam es so vor, als wolle er damit nur seiner Mutter einen Gefallen tun. Andrea nahm das Angebot dankbar an, ausgedurstet, wie sie war. In ihrer Euphorie ließ sie sich dazu hinreißen, Milan zu bitten, eine Weile lang nicht mehr in die Zora zu gehen. Ihr zuliebe.

„Mama", sagte er nur.

Es klang mitleidig. Ihr Wunsch war jenseits dessen, was er auch nur ansatzweise bereit war, in Erwägung zu ziehen. Andrea versuchte, sich ihre Enttäuschung nicht anmerken zu lassen. Vater und Sohn sahen, wie sie sich um Haltung bemühte. Leo nahm ihre Hand.

„Die verstehen mich, da kann ich so sein, wie ich bin. Keine Ahnung, denen kannst du sogar von einem Gedicht erzählen, ohne verarscht zu werden. Die gucken mich an und wissen, wie es in mir aussieht. So was eben. Die sind wie eine Familie für mich, Mama."

Andrea lächelte so tapfer, wie sie gar nicht war. Das mit der Familie hätte er sich ruhig verkneifen können. Leo gelang es, sie zum Lachen zu bringen, indem er von dem geheimnisvollen Rathausscheißer erzählte. Konnte sich nicht sattsehen an ihrer unerwarteten Unbeschwertheit. Auch Milan lachte. Vor ihrem inneren Auge ließen sie den Kopf des Bürgermeisters rot anlaufen, stellten sich vor, wie dunkle Gestalten mit Kapuzen über den Köpfen nachts vor dem Rathaus hockten und auf Kommando zu drücken begannen. Flüchtige Dreisamkeit. Den Verdacht des Bürgermeisters erwähnte Leo nicht. Kein Anzeichen, dass Milan was über die Sache wusste. Wenn doch, verstand er es gut, sich zu verstellen. Leo hatte kein Interesse nachzubohren, was nur Misstrauen bei Andrea geweckt hätte. Nach dem Essen strandeten sie vor dem Fernseher. Wärmten sich an bunten Bildern von bräsigen Versagereltern, Köchen mit Aufmerksamkeitsdefizitsyndrom und übel spielendem Fernsehkrimipersonal vor bayrischer Klischeekulisse. Milan harrte aus, bis er meinte, seine Schuldigkeit getan zu haben. Die Tage hatten Kraft gekostet. Bei der zähen Mördersuche döste Leo ein. Kam wieder zu sich und fing ihr Lächeln über dem

Laptop ein. Nur ein Zucken der Mundwinkel, ein unwillkürlicher Reflex, aber voller Zuneigung. Als sei sie nicht allein. Heimlicher Flirt mit einem Unsichtbaren. Er fragte sich, mit wem sie sich schrieb, wer sie so gut unterhalten konnte, musste an René denken und an den Pastor. Er konnte sich nicht mehr auf den Krimi konzentrieren. Jetzt, wo er wieder wach war, klappte Andrea den Laptop zu. Im Bad kam sie von sich aus auf den Pastor zu sprechen, erzählte von ihrem Gespräch über die DDR. Wie die SED-Diktatur bei vielen nachwirke. Dass sie allergisch auf alles reagierten, was auch nur den Anschein erwecke, rot zu sein. Und seien es auch nur gefärbte Haare. Grober Unfug, den er eigentlich nicht so stehen lassen konnte.

„Wann hast du denn mit dem Pastor gesprochen?“

„Na gestern, beim Chor.“

„Gestern?“

„Gestern war doch Chor, Leo.“

„Ach ja.“

Gestern. Sie zog sich aus. Leo sah ihren schwarzen Slip. Er war sich sicher, sie hatte morgens einen weißen angezogen. Verwarf den Gedanken wieder. Er war überreizt, nichts weiter, brauchte Schlaf, einfach nur Schlaf. Andrea gab ihm einen Gutenachtkuss und drehte sich auf die Seite. Sie schien versöhnt. Leo lag mit offenen Augen auf dem Rücken. In Hamburg hatte sie René häufiger getroffen, bevor er nach Berlin umgezogen war. Manchmal war sie spät nach Hause gekommen, sehr spät. Leo hatte sich nichts dabei gedacht, sie waren schließlich freie, selbständige Individuen und dem anderen keine Rechenschaft schuldig. Seine libertäre Toleranz, die er vor sich her getragen hatte, kam ihm gehirngewaschen vor. Unglaublich naiv. Sein Glaubensbekenntnis hatte ihn arglos gemacht. Aber das war nur die halbe Wahrheit. Er hatte sich keinen Kopf gemacht, weil er genug mit sich zu tun gehabt hatte, keinen Nerv für Beziehungskram. Das perfekte Bild, ein unbekanntes Land, neue Ferne. Er war dauernd in Bewegung gewesen, viel zu abgelenkt, um innezuhalten. Sie hatte einen weißen angezogen, keinen schwarzen.

Andrea hatte schnellen Schlaf gefunden. Er stand auf und ging ins Badezimmer, nahm den Deckel von der Wäschetruhe und wühlte in schmutzigen Socken und Unterhosen. Vielleicht hatte sie ihn nach der Arbeit einfach gewechselt. Kein weißer Slip. Er kniete auf den kalten Fliesen. Es musste nichts bedeuten, er konnte sich irren. Und wenn doch? Ihm war durchaus bewusst, was er da tat. Rumschleichen, im Schmutz wühlen. Er schluckte an bitterem Schleim, kam nicht zur Ruhe, wusste nicht, was er glauben sollte. Leise bewegte er sich durch das Haus mit seinen Nachtschatten, die aus grauen Vierecken und schwarzen Pfützen Fremdheit formten und jede Vertrautheit schluckten. Auf der Kommode lag Andreas Handy. Er durchsuchte ihre Kontaktliste. Ein kaltblau ausgeleuchteter Zombie ohne Gefühl. Fand Mobilnummern, die nicht unter Namen gespeichert waren, sondern unter Buchstaben. Symbole der Heimlichkeit. Die nur benutzt, wer vertuschen will und was zu verbergen hat. Der Posteingang war leer. Die SMS von René war gelöscht.

23.

Sie sträubte sich so gut es ging, aber Anita, Mandy und Marlene ließen nicht locker und bearbeiteten sie so lange, bis sie schließlich ihr Rad aus dem Schuppen holte. Eigentlich wollte sie den freien Tag mit ihren Männern verbringen, aber Milan war schon verabredet und Leo machte keine Anstalten, sie von dem Ausflug abzuhalten, redete ihr im Gegenteil sogar noch zu. Die Frauen zogen mit Verschwörermine Prosecco-Flaschen aus ihren Rucksäcken, als hätte sie dann keine Wahl mehr. Dieser Frauenquatsch war ihr zuwider und sie hoffte, es würde nicht auf primitive Witze über Männer hinauslaufen. Andererseits freute sie sich, dass die Frauen an sie gedacht hatten, war erleichtert, dass sie ihr den Streit beim Chor offenbar nicht übel nahmen. Ihr hatte schon vor der nächsten Probe gegraut. Jetzt tat Anita so, als wäre nichts gewesen. Nachtragend war sie nicht.

Sie fuhren auf Feldwegen, die Andrea nicht kannte, obwohl ihr Hof ganz in der Nähe war. Der Boden vom Dauerregen matschig. Wenn sie durch die großen Pfützen fuhren, spritzte es, sie mussten aufpassen, nicht reinzufallen. Der Saum ihrer Jeans war längst eingesaut. Anita und Marlene zogen Mandy damit auf, dass ihr Mann mal wieder auf Montage war. Machten Andeutungen, dass er öfter mal einen Zwischenstopp an einem rot beleuchteten Wohnwagen machte. Derbe Frotzeleien von Frauen, die sich gut kennen und kein Blatt vor den Mund nehmen. Mandy gab sich sarkastisch, aber hinter ihrem ausgestellten Humor deuteten sich tiefe Kränkung und anhaltende Traurigkeit an, die sie wegzulachen versuchte, weil sie sonst wohl nicht zu ertragen waren. Sie konnte sich auch irren, dafür kannte sie Mandy nicht gut genug, auch wenn sie meinte, einen romantischen Sehnsuchtsmenschen zu erkennen. Mandy erinnerte sie an Leo.

Nach wenigen Minuten war Andrea außer Atem. Sie war nicht in Form, glücklicherweise ging es den anderen nicht besser. Marlene war zwar schlank wie nur wenige, die auf die Fünfzig zugehen, aber eher unterernährt als austrainiert. Anita war ein Typ wie sie selbst, mit einer Weiblichkeit, die dazu neigte, auseinanderzugehen, was obenrum und hinten in Ordnung war, während sich das Gewebe an Armen und Beinen hängen ließ, was nicht schönzureden war, nur alt machte. Anita kompensierte den unaufhaltsamen Verfall mit einer Vollweib-Attitüde, die sicher nicht ohne Wirkung bei den Männern blieb. Auf Umwegen fuhren sie zur Klotzsche, wo sie eine Decke im feuchten Kies ausbreiteten und augenblicklich den ersten Prosecco in die Gläser kippten, bevor die Decke von unten durchweichen konnte. Mehr Klischee ging nicht, was sie wahrscheinlich nicht mal merkten.

Sie hielten nichts zurück, erzählten von ihren Männern und Kindern, sofern sie welche hatten, als sei Andrea schon ewig ihre beste Freundin. Machten sie zur Mitwisserin und Komplizin. Andrea wusste nicht, ob sie das gut oder schlecht finden, ob sie stolz oder verärgert sein sollte. Sie hätte lieber nicht gewusst, dass Anitas Mann nach Feierabend schwarz bei den Nachbarn malerte, um sich mal was leisten zu können. Marlene redete über die Kinder, die sie nie bekommen hatte. Eine offene Wunde, die offenbar nie verheilt war und für die sie insgeheim Jörg verantwortlich machte, auch wenn Andrea nicht erfuhr, warum es nicht geklappt hatte. Mandy fragte, warum Andrea so still sei, ob sie Probleme habe. Feines Gespür, wacher Blick. Es rutschte Andrea raus, sie antwortete zu schnell, ärgerte sich sofort darüber. Gab zu, Stress mit Leo zu haben, den sie ihren Mann nannte, was sie sonst nie tat. Nichts Ernstes, sei schon wieder alles gut. Kam ja überall mal vor. Sie kam sich wie eine von denen vor, die sich um Kopf und Kragen reden, sobald man ihnen ein Glas reichte. Nicht, dass sie mit Inga irgendwas aussparen würde. Aber das war Inga, die sie kannte und die alles von ihr wusste. Die klug, entwaffnend und sarkastisch war. Da lagen die Dinge vollkommen anders. Diese Nähe kam zu schnell, war zu aufdringlich. Trotzdem tat sie sich schwer, sich der Dauerumarmung zu entziehen. Sie nahm die stümperhaft blond und schwarz gefärbten Haare, das deftige Vokabular und die vereinfachenden, schablonenhaften Weltdeutungen durchaus noch wahr. Beobachtete, wie sie ihr Gedächtnis nach dem Namen von Günther Jauch durchforsteten, als wäre er ein nahezu unbekannter Künstler aus einem weit zurückliegenden Jahrhundert. Trotzdem tat es gut, dabei zu sein. Warum auch immer.

Die unvermeidlichen Männergeschichten. Je länger sie den anderen zuhörte, umso mehr vermisste sie Leo. Seine charmante Lässigkeit, wie er war, wofür er stand. Ein Sinnsucher mit Tiefgang. Die Männer von Mandy, Anita und Marlene erschienen in den Anekdoten dagegen wie Mängelwesen mit unterentwickelten sprachlichen und kognitiven Fähigkeiten, zu hohem Alkoholkonsum und ungezügeltem oder eingeschlafenem Geschlechtstrieb. Was davon weinselige Übertreibung und was Wahrheit war, ließ sich nicht ohne weiteres ausmachen. Anita nahm dankbar den Faden vom Ehestreit auf und gab Andrea ungefragt den Rat, das Heft in der Hand zu behalten, das aber bloß nicht an die große Glocke zu hängen. Ihre schiefen Bilder. Sie beschrieb unverhohlen, wie sie ihren Mann momentan mit Liebesentzug zu einem Urlaub erpresste, den sie sich gar nicht leisten konnten. Versiegelte ihre Lippen mit dem Zeigefinger, öffnete sie danach auf obszöne Weise und bewegte dazu den Kopf vor und zurück, um die Art ihrer Erpressung zu veranschaulichen. Sie sprach es nicht aus, deutete aber an, dass sie bisweilen sogar Fremdgehen für legitim hielt, wobei sie offenließ, wann genau das erlaubt sein sollte und ob das nur Theorie oder erprobte Praxis war. Marlene und Mandy waren es offenbar gewohnt, ihr mit unverhohlener Bewunderung zuzuhören. Andrea wunderte sich über die überfallartige Offenheit, der sie sich ausgeliefert hatte, bemühte sich aber, sich nichts anmerken zu lassen. Mandy mit ihrer Fürsorglichkeit und verletzlichen Hingabe war ihr deutlich sympathischer, aber um ehrlich zu sein, war sie Andrea, dieser geübten Marionettenspielerin, ähnlicher, als ihr lieb war. Vielleicht war sie selbst subtiler und weniger radikal. Bestimmt sogar. Aber bei Anitas Beschreibungen, wie sie die Strippen zog, um die Kontrolle zu haben, fühlte sie sich ertappt. Nicht mal kalkuliertes Blasen war ihr fremd. Sie hatte sich das nie eingestanden. Der Gedanke gefiel ihr nicht. Sie tröstete sich damit, nicht so berechnend und manipulativ zu sein wie Anita. Sie ließ sich noch mal nachschenken und von der unverhofften Intimität hinreißen.

„Du, Anita, ich mach mir Sorgen, große Sorgen."

„Was denn los, Kleene?"

Andrea machte sich klein und wurde kleingemacht. Es war ihr egal. Mandy schnitt den selbstgebackenen Kuchen auf, den sie mitgebracht hatte.

„Es ist wegen Milan. Er und dein Sohn gehen doch in die gleiche Klasse."

„Nu ma raus mit der Sprache. Wo drückt der Schuh?"

„Das soll kein Vorwurf sein, bitte versteh mich nicht falsch. Was ich dir jetzt sage, weiß ich natürlich nur von Milan. Aber es ist wohl so, dass sie ihm und dem David mit Kreide Judensterne auf die Taschen gemalt haben."

„Und da war mein Tommy wohl dabei oder was?"

„Nach dem, was ich weiß … Aber wie gesagt, das ist natürlich nur, was ich von Milan gehört habe. Vor der Schule werden die beiden morgens mit *Heil Hitler* begrüßt, sobald sie die Schule betreten, jeden Tag. Tut mir leid, aber ich weiß nicht mehr, was ich machen soll. Ich dachte, vielleicht könntest du ja mal, ich meine, du als Mutter."

Sie machte sich auf eine Abreibung gefasst. Stattdessen beugte sich Anita vor und nahm sie in den Arm, drückte ihre großen weichen Brüste gegen Andrea und ließ nicht mehr los.

„Mach dir ma keene Sorgen, Kleene. Den Tommy werd isch mir ma zur Brust nehmen. Dem treib isch de Flausen schon aus."

Wieder dieses aufgeblasene Sächsisch. Diesmal, um sich über sie zu erheben. Andrea war erleichtert, keinen Streit provoziert zu haben. Sie war vor Anita gekrochen, aber das machte nichts. Es musste aufhören. Nur darauf kam es an. Die zweite Flasche Prosecco half, den ernsten Ton in unverfänglichen Themen aufzulösen. Die anderen waren sich einig, dass Leo eine Sahneschnitte war, wogegen im Prinzip nichts einzuwenden war. Mandy holte immer neue Delikatessen aus ihrem Rucksack, reichte kleine Tupperdosen herum, musste für diesen Ausflug stundenlang in der Küche gestanden haben. Sie versuchte, den Aufbruch so lange wie möglich rauszuzögern, um nicht nach Hause zu müssen, wo keiner wartete, nur wieder sie. Die Kälte trieb sie zurück. Auf der Rückfahrt musste Andrea noch mehr aufpassen, nicht zu stürzen, angeschickert wie sie war. Leo hing im Wohnzimmer am Computer. Früher hatte er immer was zu tun gehabt. Bilder bearbeiten, Serien zusammenstellen, Projekte anschieben. Künstler eben. Jetzt, wo er Zeit dafür hatte, hing er nur rum. Seit Wochen war er nicht mehr drüben im Atelier gewesen, von der versprochenen Sauna ganz zu schweigen. Milan und David kochten zusammen in der Küche. Sie hockte sich zu Leo auf die Couch, er klappte den Laptop zu. Sie fragte sich, was er den ganzen Tag gemacht hatte.

„Die sind so anders. Kann gar nicht genau sagen, warum. Ist gar nicht der Dialekt. Mehr, was sie so erzählen. Totale Belanglosigkeiten."

„Alles etwas bodenständiger hier."

„Ich weiß auch nicht. Mit Inga kann ich auch übers *Dschungelcamp* sprechen, aber die kennen gar keine Ironie. Die nehmen alles eins zu eins."

„Und, werden wir uns daran gewöhnen?"

„Ich weiß nicht. Ich mein, es war völlig in Ordnung. Muss ja nicht gleich jede meine beste Freundin werden. Ist ja vielleicht auch zu viel verlangt. Ist halt anders hier."

Draußen war es fremd gewesen, mit Leo war es vertraut. Sie umarmte ihn, der Alkohol machte sie leicht und schwärmerisch. Er ließ es angespannt über sich ergehen. Sie fragte sich, ob er sauer war, dass sie ihn allein gelassen hatte. War froh, als Milan zum Essen rief. Die Suppe der beiden schmeckte merkwürdig, aber Andrea und Leo hörten nicht auf, die Köche zu loben, bis Milan die Lobhudelei mit dem Hinweis beendete, es sei doch nur eine Suppe. Milan und David unterhielten sich über ein Gedicht von Hermann Hesse, formulierten ernsthafte Gedanken, erstaunliche Interpretationen. Davids Stimme leise und brüchig, aber mit einem Redefluss, den sie ihm nicht zugetraut hätte. So wenig wie seinen scharfen Verstand. Von seinem Stottern hatte sie darauf geschlossen, dass er geistig zurückgeblieben war. Sprach nicht gerade für sie. Primitives Vorurteil, beschämender Kurzschluss. Sie sah die beiden an. Zwei junge Sinnsucher, die sich trauten, ernst miteinander zu sein und unverstellt. Nach dem Essen gingen sie hoch, einen Lyrikabend in der Zora vorbereiten. Leo blieb kurz angebunden, sie strengte sich den ganzen Abend an, ihn aufzutauen. Sie feilten ohne großen Elan an den brachliegenden Ausbauplänen. Der anfängliche Schwung war ins Stocken geraten, egal ob es die Sauna betraf oder den Garten. Nach dem Zähneputzen zog sie sich nichts drüber und kroch zu ihm ins Bett. Sie wollte heute kein ellenlanges Streicheln ihrer Brüste, kein kalkuliertes Rumreiben an der Möse. Hatte nichts dagegen, dass Leo sie fester nahm als sonst. Was sie störte, war die Wut in seinen Stößen, wie um zu zeigen, dass sie ihm gehörte. Er zog das durch, nur für sich. Es war unangenehm und tat weh. Sie war froh, als es vorbei war.

24.

Noch bevor ihr Besuch da war, waren sie wieder ein eingespieltes Team und arbeiteten Hand in Hand. Andrea rührte in der Aioli und ließ ihn den kleinen Löffel ablecken. Leo stand am Herd, rüttelte an der Pfanne mit den Knoblauchchampignons und zog sich nebenbei Clubsounds auf den Laptop. Die vertrauten Hamburger Sachen, die ihn entspannten und zu denen er sich lässig bewegte. Er war wieder der, den er kannte und der er sein wollte. Es machte nichts, dass sie mit ihren Vorbereitungen noch nicht fertig waren, als ihre Nachbarn kamen.

Uwe und Patricia streiften die Schuhe ab, um barfuß zu sein, griffen sich, ohne groß zu fragen, ein Messer, und begannen, Paprika und Tomaten zu schneiden. Zusammen waren sie wie diese unerträglich gut gelaunten Fernsehkochfreunde. Leo wäre nicht auf die Idee gekommen, sich mit einem von ihnen allein zu verabreden. Es ging nur zu viert. Eine Pärchenfreundschaft, aber keine peinliche, sondern eine, wo es nicht komisch war, mit einem Messer in der Hand durch die Küche zu tanzen. Die ihre guten Eigenschaften rauskitzelte, sie wieder funktionieren ließ, was er sich kaum noch vorstellen konnte, wenn sie sich belauerten oder zum x-ten Mal durchkauten, wie es mit Milan weitergehen sollte. Sobald sie da waren, war es nicht mehr eng und nicht mehr schwierig. Sie sprangen von Martin Scorsese zu Julian Assange, von Juliette Lewis zu Robert Rodriguez, von Filmen zu Büchern, mussten nichts erklären, um sich zu verstehen. In ihrer Gegenwart hörten sich Andrea und Leo zu, waren aufmerksam, neugierig, hingerissen. Bevor Andrea Patricia hinter sich her zog, um ihr Yoga-Stellungen beizubringen, drückte sie Leo einen Kuss auf den Mund, den er zurückgab wie selbstverständlich. Was den Krampf der letzten Tage erst richtig spürbar machte.

Die Frauen verzogen sich nicht in Andreas Zimmer, wie sie es gern machte, wenn sie ihre Ruhe haben wollte, sondern legten sich vor den Kamin. Andrea machte es nichts aus, beobachtet zu werden, wie sich ihr großer runder Busen bei jedem Atemzug aufblies, während sich neben ihr Patricias kleine Spitzen aufbäumten. Das vor Augen diskutierten die Männer wortreich die Vor- und Nachteile totaler Internetfreiheit, aber als Leo von der Elterninitiative für die *Rote Zora* erzählte, kam von Uwe nichts. Nur der Hinweis, man könne die Menschen nicht ändern. Müsse lernen, ihre Paranoia zu akzeptieren und ihre Ängste ernst zu nehmen. Er hatte was von einem resignierten Gandhi. Eine Kapitulation, nahe an der Gleichgültigkeit. Mit folgenloser Solidarität hätte Leo sich zufriedengegeben, aber nicht mal das. Wenigstens machte Uwe ihm nichts vor. Er war keiner, der einem nach dem Mund redet. Auch wenn Leo seine Öko-Philosophie jetzt in einem anderen Licht sah. Als Verbündeter schied er aus. Leo konnte nicht sagen, auf welcher Seite er stand. Im Zweifel auf gar keiner. Die Attitüde des Alt-68ers stand für nichts. Was erklärbar war. 68 hatte in der DDR gar nicht stattgefunden. Uwe kam aus Kamenz, nicht aus Kreuzberg.

Patricia forderte sie auf, mitzumachen. Leo sträubte sich, aber als Uwe sein Bier abstellte und zu den Frauen ging, gab er auf. Sie imitierten Andreas Bewegungen. Standen auf einem Bein, kauerten wie eine Katze, reckten auf Zehenspitzen stehend die Fingerspitzen. Leo hatte es nie ausprobiert, es war anstrengender, als es aussah, er kam ins Schwitzen. Sie machten sich zum Affen, lachten sich an und aus, ein großer Spaß. Milan schaute vorbei, suchte aber das Weite, als er die durchgeknallten Erwachsenen bei der kollektiven Selbstfindung vorfand. Erschöpft blieben sie im Kreis sitzen. Versicherten sich, eine richtig spießige Pärchenfreundschaft auf die Beine gestellt zu haben. Wo es schon mal um Pärchen ging, war es nicht weit zu der Frage, was Paare glücklich macht. Wann sie zusammenbleiben, wann sie sich trennen. Uwe mit der Theorie, dass es für Liebende keine Zukunft gebe, nur Gegenwart, und jeder Versuch, Zukunft festzulegen, in der Katastrophe ende. Sein Bekenntnis bettete er in einen Blick, den Patricia harmonisch aufnahm. Ein eingeschliffenes Ritual der Selbstvergewisserung. Das war ihr Evangelium. Sich nichts versprechen, alles für möglich halten, jederzeit bereit sein, zu gehen oder den anderen gehen zu lassen.

„Es gibt keine Gewissheit."

„Nur Freiheit."

Die beiden waren sich auf klebrige Weise einig. Sie diskutierten über Zusammenhalt und Vertrauen und wie wichtig es sei, den anderen so zu kennen, wie er wirklich ist. Ihn nicht einzuengen oder zu verbiegen. Drunter machten sie es nicht. Andrea hatte bisher nur zugehört. Vertrauen war ihr Stichwort.

„Das ist ja alles nicht immer so einfach in einer Beziehung. Neulich, als ich in Berlin war, dachte Leo auch, dass ich was mit meinem Ex habe."

Sie lachte theatralisch, als habe sie einen besonders absurden Witz erzählt.

„Und, hattest du?" fragte Patricia.

„Natürlich nicht."

„Warum natürlich?"

„Warum? Weil ich nicht einfach in ein anderes Bett hüpfe. Weil ich mit Leo zusammen bin. Tut mir leid, aber ich versteh die Frage nicht."

Leo wunderte sich. Dass sie das so ausstellte. Vor Publikum. Das machte nur Sinn, wenn da nichts gewesen war in Berlin. Komisch war es trotzdem, ganz und gar nicht ihre Art. Andrea hasste falsche Vertraulichkeit. Sich zu entblößen. Der unaufgeregte Ton, in dem sie darüber sprachen, tat ihm gut. Womöglich hatte er ihr doch Unrecht getan und sie grundlos verdächtigt. Aber ihre Bemerkung hing ihm nach. Sie hatte ihn wie einen eifersüchtigen Spinner hingestellt. Zum Glück konnten Patricia und Uwe damit umgehen. Er musste sich keinen einzigen dummen Spruch anhören, es wurde nicht peinlich.

Andrea war rot geworden, schwer zu sagen, ob das nur vom Yoga kam. Die Ansprache war ihr ein Bedürfnis gewesen, so viel stand fest. Sie holten die Tapas vom Tisch und stellten sie zu einem Picknick auf den Parkettboden. Patricia und Uwe im Schneidersitz wie Zwillinge. Die kleinen Schrulligkeiten, die einem bei anderen auffallen. Nur bei anderen.

Als Patricia eine rauchen wollte, ging Leo mit raus. Sie stellten sich in den Hof, wo ihnen die Finger froren, so kalt war die Nachtluft. Patricia trug nur ein dünnes T-Shirt und war immer noch barfuß, kam aber nicht auf die Idee, Schuhe anzuziehen. Sie zog drei, vier Mal an ihrer Zigarette und legte die Stirn in Falten.

„Was wäre eigentlich so schlimm daran, wenn Andrea einen anderen poppt?"

Die Frage brachte ihn aus der Fassung. Das Thema war durch, sie buddelte mühsam verscharrte Kadaverteile aus.

„Das war nie unser Deal, weißt du. So sind wir nicht. Vielleicht gibt es ja welche, die das können. Mag schon sein, aber ich glaub da nicht dran. Ich glaub nicht, dass man mit anderen in die Kiste steigen kann und es nichts bedeutet. Es bedeutet immer was. Und es ist gelogen, zu sagen, das hat nichts mit der Beziehung zu tun. Natürlich hat es damit zu tun. Womit denn sonst?"

„Und du?"

„Was ich?"

„Hast du nie Lust auf andere?“

„Darum geht's gar nicht. Es geht darum, ob man es wirklich macht. Und ob man lügt oder mit offenen Karten spielt.“

„Also ich hab Lust. Uwe weiß das. Ich mach ihm da nichts vor. Warum auch? Ich bin so. Das mit der Treue ist ne wunderschöne Vorstellung, klar, aber am Ende ist es doch so: Entweder du machst es heimlich oder du stehst dazu. Es passiert so oder so. Aber egal. Jedenfalls schön, dass es euch gibt. Sag mal, wo sind denn eigentlich deine Bilder? Hast du die hier? Ich würd gern was von dir sehen.“

Sie gingen zum Nebengebäude. Leo schloss auf und knipste das Licht an. Er war lange nicht hier gewesen. Patricia gab Laute des Erstaunens von sich, lief zu einem großen Porträt, stellte sich davor, ging zum nächsten und wieder zurück. Sie redete drauf los, erzählte, was sie in den Gesichtern entdeckte. Hoffnung, Verzagen, Stolz, Resignation. Sie dachte sich kleine Geschichten über die Porträtierten aus, was sie arbeiten, wie sie wohnen, wen sie lieben. Lange hatte keiner mehr so auf seine Arbeit reagiert. Nicht flüchtig und im Vorbeigehen, sondern fasziniert und neugierig. Sie sah die Fotos so, wie sie gemeint waren. Auf die ersten Fragen nach ihrer Entstehung antwortete er noch vorsichtig, bis er merkte, dass es sie wirklich interessierte. Dann traute er sich und erzählte. Vom Eindringen des Fotografen in die Intimsphäre, dem schmalen Grat zwischen Neugier und Voyeurismus. Sie hörte aufmerksam zu, war ihr egal, dass die Bilder nicht im Museum, sondern in einem Stall in Liebbrehna hingen. Sie fragte, ob er Lust habe, sie zu fotografieren. Egal was. Sie verlasse sich da ganz auf ihn. Leo sagte, das ließe sich schon machen.

„Schön. Rauchen wir noch eine?“

Andrea und Uwe waren zum Rotwein übergegangen und in ein Gespräch über Heimat vertieft, als sie reinkamen. Uwe erklärte, es sei vollkommen natürlich, seine Heimat beschützen zu wollen. Vor Veränderung, auch vor Fremden, die Angst machen, das zu verlieren, was man liebt. Das sei nicht unbedingt seine eigene Haltung, wie er betonte, aber durchaus nachvollziehbar. Genau genommen war das reaktionärer Dreck, die Rechtfertigung für Einheimische, alle auszuschließen, die fremd waren oder dafür gehalten wurden. Aber es war eine plausible Erklärung für Angst, die in Hass umschlägt. Uwe selbst war unverdächtig, ein radikaler Heimatschützer zu sein. Aber er hatte Verständnis für sie.

Er erzählte, wie sie dem Pakistaner anfangs mehrfach die Scheiben seiner Pizzeria demoliert hatten. Leo konnte nur ahnen, dass Milans Probleme der Aufhänger für ihre Diskussion waren. Andrea dachte nach. Versuchte zu verstehen, was ihr unbegreiflich war. Der Hass auf ihren Sohn, die Gewalt. Sie war dankbar für jede Erklärung, jede Deutung, alles, was half, Logik in diesen Wahnsinn zu bringen. Uwe war ein leiser Redner, dessen Thesen sichtlich Eindruck auf sie machten, weil er sie besonnen vortrug, ohne Eifer. Andrea mochte das. Als Leo sich hinter sie setzte, legte sie seine Hand um ihren Bauch. Gab ihm zu verstehen, dass er nicht störte. Fragte nicht nach, wo sie solange geblieben waren.

Sie kosteten den Abend aus. Kippten einen Whiskey drauf, die Männer noch einen zweiten. Zum Abschied umarmten sie sich. Patricia gab Leo einen Kuss auf die Wange. War das Natürlichste der Welt. Uwe streichelte Andrea die Wange, beinahe zärtlich. Gab nichts zu beargwöhnen. Alle hatten sich lieb. Alles war gut. Danach wollten sie noch nicht ins Bett. Sie zogen sich was drüber, nahmen die angebrochene Flasche Wein und setzten sich auf die Bank unter dem großen Nussbaum. Waren sich nah wie lange nicht mehr. Fehlte nicht viel und sie hätten über den Sternenhimmel sinniert.

„Ist komisch hier."

„Was, Leo, was ist komisch?"

„In Hamburg kann man sich verstecken. Von sich ablenken. Hier wird man jeden Tag auf sich zurückgeworfen. Wird dran erinnert, wer man ist und wer nicht. Man kann sich nicht entkommen. Provinz ist brutal. Geht dir das nicht so?"

„Ich weiß nicht genau, ob ich dich richtig verstehe. Aber ja, schon."

„Andrea, ich wollt dir nur sagen, ich weiß, du hast dir alles ein wenig anders vorgestellt."

„Wie anders? Was meinst du?"

„Ich mein dein Leben, das mit uns. Ich weiß, dass du dir gewünscht hast, dass wir es in Hamburg schaffen. Mit dem Haus. Ich mit dem Job."

Sie stellte ihr Glas ab und hielt seine Schultern fest. Der Gesichtsausdruck war sonst Milan vorbehalten, wenn sie ihn beschwor, dies zu tun oder das zu lassen.

„Ich bin da, wo ich sein will, Leo. Jeder hat Träume, aus denen nichts wird. Ich habe mir sicher nicht träumen lassen, mal in Liebbrehna zu landen. Aber das ist okay. So ist das Leben."

„Klingt, als hättest du dich und deine Träume aufgegeben."

„Ich versuche, das Beste draus zu machen. Mit dir. Mit Milan. Das ist wirklich das Einzige. Ich hab Angst, Leo. Eine miese, kleine Angst. Das Verrückte ist, dass Milan mit diesem Irrsinn irgendwie klarkommt. Aber ich nicht. Mich frisst das auf."

„Geht mir doch genauso."

„Ich weiß. Das weiß ich doch. Und ich weiß auch, wir können nichts tun. Wir können mit allen möglichen Leuten reden, aber eigentlich können wir nichts machen. Wir sitzen hier und alles könnte ganz wunderbar sein und wir müssen hilflos zusehen, wie, wie …"

„Und was ist mit uns?"

„Mit uns?"

„Ja, mit uns."

„Was soll mit uns sein?"

„Was passiert hier mit uns?"

„Keine Ahnung. Wahrscheinlich ist es, wie du sagst. Wir werden hier drauf gestoßen, wer wir wirklich sind. Wir hocken mehr aufeinander, wir nerven uns mehr, können uns weniger aus dem Weg gehen, weniger mit anderen ablenken. Müssen wir uns wohl beide erst dran gewöhnen. Und du, fehlen dir die Jungs?"

„Klar fehlen die mir. Schon komisch, aber seit ich weg bin, hat Jörgi nicht mehr angerufen. Aus den Augen, aus dem Sinn. Ist wohl so. Ich bin sicher, wenn ich in Hamburg bin, ist es, als wär ich nie weg gewesen."

„Vielleicht kannst du ja mal mit Uwe ein Bier trinken gehen."

„In der *Guten Stube* oder was? Mit Uwe?"

„War nur eine Idee."

„Andrea?"

„Ja?"

„Ich liebe dich."
Sie saugte das auf, sagte nichts, sah glücklich aus.

25.

Die Gegenwart von Friedemann war wohltuend wie ein Schaumbad. Seine Stimme berührte etwas in ihr, neugierig betrachtete sie die langen Reihen mit ledernen Einbänden in den raumhohen Regalen. Viel deutsche Klassik, die großen Romantiker, Literaturnobelpreisträger. Wie die kolonialfarbene Kulisse für einen verstaubten Debattiersalon. Fehlten nur die dicken Männer mit dicken Zigarren. Der über Jahre hochgezüchtete Fetisch eines eitlen Geistmenschen. Andrea strich über einen Buchrücken, zog einen Eichendorff heraus, ließ die antiken Seiten durch die Finger gleiten und überließ Friedemann das Reden. Folgte seiner Stimme in schwindelige Schlunde, auf goldne Brücken, auf Berge und Fluren, ließ üppig blühende Schmerzen und tiefes Entzücken über sich ergehen. Friedemann war in seinem Element, reihte abendliche Wipfel an Nachtigallengesänge. Ein verhinderter Romantiker, der endlich mal alles rauslassen konnte. Er hatte sie mit dem Hinweis auf die limitierten Kochkünste des Pakistaners zu sich eingeladen. Womit er schon Recht hatte, was aber wohl doch eher ein Vorwand war, um sie in sein Reich zu locken, wo er seine Lieblingsgedichte rezitierte wie ein Pubertierender, wenn auch mit Augenzwinkern. Vielleicht war es ihm auch nur peinlich, in der Öffentlichkeit mit einer Frau gesehen zu werden. Was ihr ganz recht war. Andrea konnte gut darauf verzichten, dass man sich im Ort das Maul über sie zerriss. Das fehlte ihr gerade noch. Sie hatte schlecht geschlafen wie jede Nacht, Müdigkeit drückte auf die Schläfen und verkleisterte die Gedanken. Nach endlosem Wälzen hatte sie doch wieder eine genommen. Ihre kleinen hässlichen Freunde, die sie morgens daran erinnerten, dass nichts umsonst ist. Die sie empfindlich gegen frühes Sonnenlicht und jede Art von Geräuschen machten. Durch deren Schleier Milan und Leo erst nach und nach zu ihr durchdrangen. Aber sie brauchte den Schlaf, ohne ging es nicht.

Den Auflauf hatte er sicher nur warmgemacht. Wahrscheinlich hatte Friedemann eine Haushälterin, die das für ihn besorgte. Vielleicht nicht nur das. Aber das ging sie nichts an. Er war immer noch bei Eichendorff, inzwischen nahm er sich die Jugend vor, langsam hatte sie genug. Sie wehrte erfolgreich seinen Versuch ab, ihr Rotwein einzuschenken und bat um ein Glas Wasser. Als er zurückkam, wechselte sie das Thema. Schließlich war sie wegen Milan hier. Sie erzählte wieder von der Jagd beim Stadtfest, von den Hänseleien in der Schule. Friedemann legte sein Besteck zur Seite, war ganz für sie da.

„Und wie geht es dir damit?"

„Mir?"

„Ich kann mir vorstellen, dass der Prozess des Abnabelns für eine Mutter nicht ganz einfach ist. Dass es schwerfällt, seinen Jungen gehen zu lassen. Zumal, wenn die Richtung so ungewiss ist wie bei Milan."

„Versteh mich nicht falsch, Friedemann. Milan ist großartig. Intelligent, einfühlsam, alles, was man sich nur wünschen kann. Der wird seinen Weg gehen, da bin ich mir sicher. Er färbt sich neuerdings die Haare, gut, das müsste nicht unbedingt sein, aber was soll's. Am Ende muss ihm das gefallen. Die Phase geht vorbei, da bin ich mir sicher. Aber ich weiß gar nicht, ob du das weißt. Milan und seine Freunde müssen sich in ihrem Jugendclub regelrecht verbarrikadieren. Da sind Bretter in den Fenstern, wusstest du das? Abends müssen sie nach Hause schleichen, weil sie sonst verprügelt werden. Und keinen scheint das zu interessieren."

Friedemann nahm sein Weinglas in die Hand und rückte von ihr ab.

„Das ist ein sensibles Alter, in dem dein Milan jetzt ist. Da probiert man sich aus, testet, wo die Grenzen sind. Und geht auch schon mal ganz bewusst drüber hinaus. Das gilt für Milan genauso wie für diejenigen, die sich daran reiben. Ich will nichts beschönigen, aber diese Nullbock-Haltung ist für viele Leute hier eine unerhörte Provokation. Ich sage das nicht nur so dahin. Ich weiß das aus vielen Gesprächen in der Gemeinde. Viele stoßen sich an den Tätowierungen und den Ringen in der Nase und wenn die Jugendlichen in aller Öffentlichkeit mit einer Flasche Bier rumlaufen. Der Normalbürger hält das für schlechtes Benehmen. Der fragt sich, warum die Eltern ihnen das durchgehen lassen."

Das saß. Traf sie stärker, als sie wahrhaben wollte. Es konnte ihr egal sein, was greise Kirchgänger über sie dachten, war es aber nicht. Sie kämpfte gegen die Beklommenheit, überlegte, wer von ihren freundlichen Patienten sie hintenrum durch den Dreck zog. Friedemanns Vorhaltungen prasselten auf sie ein und sie war unfähig, sich zu wehren. Sie kam nicht von hier, es stand ihr nicht zu.

„Und viele können sich auch noch gut an die Zeit erinnern, als sie sich dafür rechtfertigen mussten, in die Kirche zu gehen. Die Menschen haben für alle Zeit genug von linken Experimenten. Worte haben eine Wirkung, Andrea. *Rote Zora*. Das ist im wahrsten Wortsinn ein rotes Tuch für die Menschen. Für so was haben die kein Verständnis. Aus nachvollziehbaren Gründen."

„Mein Milan hat mit der DDR aber doch so was von gar nichts am Hut, Friedemann. Genauso wenig wie seine Freunde. Das ist doch absurd. Nur weil die ein bisschen auf Rebell machen, planen sie doch nicht die nächste Oktoberrevolution. Auf der einen Seite zerreißen sich die Leute das Maul, entschuldige bitte, und auf der anderen machen sie die Augen zu. Über die Hakenkreuze an den Mauern regt sich keiner auf, das kann doch wohl nicht sein."

Es musste raus, tat ihr aber sofort leid. Friedemann merkte, wie angefasst sie war und nahm sich zurück. Im Umgang mit Verzweiflung hatte er Übung.

„Ich verurteile nicht, Andrea. Deinen Milan genauso wenig wie die Jungs, die irgendeinen Quatsch an Wände schmieren. Ich bin sehr vorsichtig mit schnellen Urteilen. Es scheint bei den jungen Leuten eine große Sehnsucht nach Halt zu geben. Ich möchte dir anbieten, komm doch mal mit Milan zum Gottesdienst. Du bist natürlich auch herzlich eingeladen, wenn du allein kommen magst oder mit deinem Mann. Schau einfach mal."

„Leo hat es nicht so mit Kirche. Und ich eigentlich auch nicht, wenn ich ehrlich bin, hat sich nie ergeben."

„Du siehst müde aus."

„Das geht ja auch wieder vorbei. Gibt halt immer so Phasen. Es ist nur so, dass es Kraft kostet, unendlich viel Kraft. Man denkt, dass es irgendwann aufhört, wenn sie groß sind, aber da macht man sich was vor. Es hört nicht auf. Die Probleme werden nicht kleiner, sie verändern sich nur."

„Du musst dich nicht dafür entschuldigen, dass es dir nicht gut geht."

Sie erkannte die Seelsorger-Masche, die routinierte Gesprächsführung. War auf der Hut, um nicht schwach zu werden, aber er hatte ihren wunden Punkt getroffen. Legte ihn frei und strich Balsam drauf. Mit dieser Stimme, die ihre Wirkung kannte. Der Auflauf war kalt geworden. Sie sah auf die Uhr, war viel zu spät dran. Hektisch rief sie in der Praxis an und informierte ihre Sprechstundenhilfe, dass sie auf dem Weg sei. Ließ sich dann doch noch zu einer Tasse Kaffee überreden. Bat um ein allerletztes Gedicht von Eichendorff. Gern eins über die Liebe.

26.

Die Art, wie sie telefonierte. Wie sie ihre Stimme kontrollierte und ihn gleichzeitig im Blick behielt. Flüstern wäre zu auffällig gewesen. Sie kam nicht drumherum, einigermaßen normal zu sprechen, antwortete aber einsilbig, mit reduzierter Mimik und halber Lautstärke, drehte sich immer wieder von ihm weg wie von einem Fremden. Aus ihrer Gesäßtasche lugte ein kleiner weißer Zettel. Irgendeine Telefonnummer oder Uhrzeit für ein Treffen oder geheime Mail-Adresse, was denn sonst. Sie drückte sich an der Tür rum, weit genug weg, um ihn auf Distanz zu halten, damit sich die Schallwellen zwischen ihnen verloren, falls er mithörte. Er wusste nicht, wer dran war. Wusste nur, dass sie regelmäßig mit René telefonierte. Und mit dem Pastor. Nach dem ersten Mal war es nur noch das mechanische Drücken von Tasten, ein technischer Akt, den er routiniert hinter sich brachte. Für den er sich anfangs geschämt hatte, aber es war Notwehr. So sah er es jedenfalls. Sie schloss ihn aus, schottete sich ab. Ließ ihm keine Wahl. Er hätte es sonst nie erfahren. Das änderte nichts an dem Vertrauensbruch. Er hatte sie gefragt, nicht nur einmal, aber sie hörte nicht auf, zu lügen. Sie machte, was sie wollte und war dabei wie immer. Alles wäre so weitergegangen. Immer weiter.

Sie hätte es durchgezogen und er hätte sich nichts gedacht. Ein unwissender Idiot. Der hässliche kleine Zettel klammerte sich weiter an ihrem Hintern fest, hing aber nur noch am seidenen Faden.

Zwischendurch war er fast sicher, dass Inga dran war, aber dann waren da doch wieder Modulationen in ihrer Stimme, kalkulierte Tonlagen, die eher für einen Mann sprachen. Für ihre Mutter war sie nicht angespannt genug. Leo las weiter im *Spiegel*, ohne dass sich irgendwas von dem Parteiengezänk oder dem ewigen Al-Qaida-Quatsch verfing. Seit er aus Hamburg raus war, rückte das immer weiter von ihm weg und löste sich auf. Vor dem Umzug hatte er sich noch bemüht, auf dem Laufenden zu bleiben, für den Fall, dass er für eine schnelle Politnummer gebucht wurde, was so gut wie nie passiert war. Umgekehrt fand sich nichts, aber auch gar nichts von dem, was und wie Liebbrehna war, in den Magazinen wieder. Paralleluniversen ohne jede Verbindung.

Andrea beendete das Gespräch und schaltete sofort den Fernseher ein. Fünf Minuten bis zur *Tagesschau*. Als gäbe es nichts Wichtigeres für sie als die täglichen Katastrophen.

„Alles gut?"

„War nichts Wichtiges."

Autos rasten über Küstenstraßen, aalglatte Frauen in Unterwäsche cremten sich ein, aalglatte Frauen mit etwas mehr Stoff schlossen genussentstellt die Augen, während sie mit Joghurt befüllte Löffel ableckten. Er fragte erst gar nicht, wer dran gewesen war. Eine Zeit lang hatten sie Backgammon gespielt, fast jeden Abend. Ein Zug ergab den anderen. Küsse, Diskussionen, endlose Gespräche. Die Nächte waren immer zu kurz gewesen für alles, was sie sich zu sagen hatten. Mit Milan waren ihre Spiele seltener geworden und mit ihnen alles andere. Mit den ersten Tönen der Tagesschau-Hymne begann Andrea, aufzuräumen. Bückte sich nach Tassen mit eingetrockneten Kaffeeresten und Kapuzen-Pullis, die vorher keinen gestört hatten, auch sie nicht. So wichtig war die Welt draußen dann doch nicht. Leo ging zum Regal, holte das Backgammon-Spiel, das als totes Requisit vor sich hin staubte, und hielt es ihr hin. Sie seufzte, als habe er sie bei übermenschlichen Anstrengungen unterbrochen, bevor sie weiter vergessene Socken aufspürte. Er kannte das. Wenn ich nicht aufräume, bleibt alles liegen, ich fühle mich in dem Chaos nicht wohl. So in der Art. Milan schaute rein, um Tschüss zu sagen. Er war schon angezogen und auf dem Sprung. Sie ließ alles stehen und liegen und überfiel ihn mit Vorschlägen für einen gemeinsamen Abend, die er alle mit dem Hinweis auf ihre geplante Lesung abblockte. Ironischerweise regte sie einen Spieleabend an, sah aber schnell ein, dass es zwecklos war.

Nachdem sie Milan zur Tür gebracht hatte, kapitulierte Andrea und ließ sich von einem Fernseh-Quiz einlullen. An Backgammon war nicht zu denken. Er fragte, wie ihr Tag war. Sie erzählte von einem Patienten, der auf Arbeit umgekippt war. Einfach so. Herzfehler. Ohne, davon gewusst zu haben. Leo fragte sich, wann es bei ihnen angefangen hatte. Wann sie aus dem Takt geraten waren. Auf jeden Fall war es leise passiert, ganz leise. Wie eine Rhythmusstörung, ein Vorhofflimmern, das man nicht bemerkt, bevor es zu spät ist. Das einen in der trügerischen Sicherheit leben lässt, alles wäre gut und man brauche sich keine Sorgen zu machen. Sie waren nie synchron wie eineiige Zwillinge gewesen, nie zu einem konturlosen Klumpen verschmolzen. Andrea war nie mit ihm zu einem Spiel von Pauli gegangen und seine moderne fotografische Bildsprache war für sie als Naturwissenschaftlerin nie mehr als Exotik geworden. Umgekehrt hatte er nie verstanden, was ihr die Museen mit den Ölmonstern der alten Meister gaben. War gar nicht nötig gewesen. Sie waren Paarläufer, die ihre Kreise ziehen und voneinander wegdriften, aber immer wieder angezogen werden. Was für eine sentimentale Scheiße. Vielleicht redete er sich ihre Verschiedenheit nur schön. Zwei Egoisten, die sich vormachen, sich zu ergänzen und die Unzulänglichkeiten des anderen aufzufüllen. Gut möglich, dass sie ihm nie gezeigt hatte, wie sie war und was sie brauchte. Es ist einfacher, so zu tun als ob, anstatt sich zu trauen, so zu sein, wie man wirklich ist, auf die Gefahr hin, dass es den anderen verstört und abstößt. Also einigt man sich auf den kleinsten gemeinsamen Nenner und sieht zu, wie er immer kleiner wird. Es war nicht mal ihre Schuld. Er war es, der sich um sich selbst gedreht hatte. Um den letzten Job und den nächsten. In seiner fragilen Künstlerhybris, die jederzeit zerbröseln konnte. Von Andrea hatte er noch immer das

Bild, das sofort da gewesen war. Die Ärztin, die erreicht, was sie will. Geradeaus, ohne Umwege, ohne Zweifel, so gar nicht wie er.

Wieder klingelte ihr Handy. Sie sagte „ja“ und „hm“, griff sich Zettel und Stift und machte sich hastige Notizen. Noch so ein Zettel. Sie steckte ihn in die vordere Jeanstasche, merkte nicht, dass der andere hinten aufs Sofa gefallen war. Er musste sich zusammenreißen, um das Beweisstück nicht sofort zu sichern. Im Gehen teilte sie ihm mit, dass sie noch mal raus müsse. Ein Notfall. Der Hof liege weit draußen, es könne spät werden, er solle nicht auf sie warten. Seit sie Landärztin war, kam das vor, wenn auch nicht oft. Sie kam noch mal rein, um ihm einen Kuss zu geben, den er auf Fahrigkeit und ein schlechtes Gewissen hin analysierte, ohne sicher zu sein. Sie trug Schuhe mit hohen Absätzen, warum auch immer. War frisch parfümiert. Sie hatte es eilig, war aber nicht nervös. Von Berlin waren es nur zwei Autostunden. Überall gab es Landgasthöfe mit Gästezimmern. Bis zur Pastorenwohnung waren es nur fünf Minuten. Sobald die Tür fiel, stürzte er sich auf den kleinen Zettel, der gar kein Zettel war, nur ein verrotztes Taschentuch. Scham. Ernüchterung. Das musste aufhören. Er musste damit aufhören.

Er schaltete den Bilderdreck ab. Einige Minuten saß er nur da. Dann ging er in die Küche, holte seine Packung Party-Tabak aus dem Schrank und drehte sich eine. Die Luft im Hof roch nach Fäulnis und zu frühem Herbst. Sie mussten dringend die Äpfel ernten, wozu er so gar keine Lust hatte. Es fing wieder an, zu regnen. Er schnippte die halb aufgerauchte Kippe weg, ging wieder rein und spielte sich die neuesten Bilder von der Kamera auf seinen Rechner. Die Musik aus der Hamburger Zeit passte nicht hierher. Er schaltete sie aus. Dann machte er sich über ihren Laptop her, um endlich Sicherheit zu haben.

27.

Sobald sie zuhause war, begann das Warten. Sie versuchte, sich abzulenken, Küche und Wohnzimmer in Ordnung zu bringen, aber das war ein Fass ohne Boden. Überall Spuren von Unachtsamkeit, die sich vermehrten, bis es ihr zu viel wurde. Auf Leo konnte sie nicht zählen, der las stoisch seinen *Spiegel* und hob nur kurz den Fuß, damit sie an ein umgefallenes Glas unter der Couch rankam. Wie in einem schlechten Sketch. Mit einem Ohr hörte sie darauf, ob Milans Tür ging, auf Trampelgeräusche von der Treppe. Fast täglich verdrückte er sich und bis er ging, kriegte sie ihn nicht zu fassen. Auf ihre Fragen, wie es in der Schule war und was es Neues gäbe, antwortete er immer gleich. Gut, okay, wie immer. Beruhigungsfloskeln für nervige Mütter. Andrea merkte selbst, wie leicht sie es ihm machte, sie abzuspeisen. Weil sie verlernt hatte, den richtigen Ton zu treffen. Zwischendurch versuchte sie, sich mit der Pubertät zu trösten. Geht allen so. Mutterschicksal. Aber machte es das besser? Leo kam mit Backgammon-Spiel und Hundeblick angedackelt. Anstatt sich mal um Milan Gedanken zu machen. Oder ihr wenigstens beim Aufräumen zu helfen. Das juckte ihn überhaupt nicht. Er ließ alles laufen. Die Zora sei ein stinknormaler Jugendclub und er sei mit sechzehn auch ständig unterwegs gewesen, ohne Mami und Papi. Er brauchte ihr nicht zu erklären, dass die Zeit von Chips essen, gemütlich auf der Couch sitzen und *Wetten dass..?* gucken vorbei war. Aber musste man deswegen zu einem Trio von Autisten mutieren? Von Leo kam nichts, gar nichts.

Milan kam rein. Hatte schon die Jacke an. Wenn es hochkam, hatten sie heute zehn Sätze miteinander geredet. Wobei Milan gar keine ganzen Sätze sprach, nur Satzbrocken, und selbst um die musste sie noch betteln. Ihren Vorschlag, was zu spielen, fand er lächerlich. Andrea fürchtete diesen ironisch verzogenen Mundwinkel, den er sofort wieder gerade zog, weil er seine Mutter nicht offen auslachen wollte. Es verletzte sie jedes Mal. Sie bot an, ihn nachher abzuholen, aber er wollte das Rad nehmen. Trotz Dauerregens. Er war ja schließlich nicht aus Zucker. Er stand steif da, die Arme schlaff am Körper, und ließ ihre Umarmung über sich ergehen. Sie gab ihm trotzdem einen Kuss auf die Wange, irgendwo musste sie ja damit hin. Danach begann die nächste Phase des Wartens, die nervöse, ängstliche. Vor dem Fernseher, immer vor Augen, dass er unterwegs war, hin und zurück musste, vorbei an diesen kleinen Dorfschlägern, die nichts Besseres mit sich anzufangen wussten, als jedem, der anders war als sie selbst, aufzulauern. Die Unruhe würde den ganzen Abend bleiben, abwechselnd hoch- und runterfahren. So lange, bis sie den Schlüssel in der Tür hörte. Das war, was sie jeden Abend herbeisehnte. Mehr nicht. Leo fragte nach ihrer Arbeit. Sie versuchte, sich auf die Fragen von Günther Jauch zu konzentrieren. Was ist ein Serotonintransporter?

Der alte Herr Kiesel aus der Dorfstraße rief an. Ihm war schwindlig geworden und er war hingefallen, hatte sich aber nicht verletzt. Es hätte gereicht, ihm ein großes Glas Wasser und ein Stück Schokolade zu verordnen, um den Kreislauf wieder anzuregen. Stattdessen versprach sie, gleich zu kommen. Sicher ist sicher. Wenn sie ehrlich war, tat sie es für sich, nicht für Herrn Kiesel. Ihrer Unruhe konnte sie dadurch nicht entkommen, aber unterwegs war sie besser auszuhalten. Sie gab Leo einen Kuss ohne Zunge und machte sich auf den Weg.

Eine halbe Stunde später war sie mit Herrn Kiesel durch. Sie lüftete, um den Geruch von gebratenem Speck und Zigarre auszutreiben und stützte ihn auf dem Weg zu einem Badezimmer mit schwarzen Fugen zwischen gelben Fliesen und einem Duschvorhang mit schäbig ergrautem Blumenmuster. Zeit macht hässlich. Einsamkeit auch, dachte sie. Für Herrn Kiesel ging es nur noch darum, die totale Verwahrlosung zu vermeiden. Sie blieb, bis er es ins Bett geschafft hatte. Der alte Mann nahm ihre Hand und wollte sie nicht mehr loslassen. Hatte Tränen in den Augen vor Dankbarkeit. Sie strich ihm über die Hand. Alleinsein ist schrecklich, aber nicht die einzige Einsamkeit. Aus dem Mund von Herrn Kiesel roch es scharf nach Fusel. Er tat ihr leid, aber sie ertrug die Gerüche nicht mehr und befreite ihre Hand.

Auf den wenigen Metern von der Haustür bis zum Auto wurde sie so nass, dass ihre Jacke pappte, als lägen zwei schwere Hände auf ihren Schultern. Sie fuhr los, einfach immer weiter, raus aus dem Ort, bis die Scheinwerfer grelle Straßenfetzen aus der Finsternis fraßen. Vorbei an Wäldern und ersaufenden Feldern, die sie so deprimierten, dass sie auf einem Feldweg wendete und zurück nach Liebbrehna fuhr. Langsam rollte sie über die Dorfstraße. Bei Friedemann brannte noch Licht. Sie bremste, als sie ihn am Schreibtisch sitzen sah. Er schrieb irgendwas. Nicht am Computer, sondern altmodisch auf Papier. Die nächste Predigt, vielleicht ein Gedicht. Möglicherweise waren die ganzen Nachtigallen und Schlünde gar nicht alle von Eichendorff gewesen. Sie beneidete ihn um seine Ruhe. Er sah aus, als könnte er ewig weiterschreiben, ohne dass ihm was oder wer fehlte. Wahrscheinlich bildete sie sich das auch nur ein und seine ganze Romantik war nichts weiter als ein Ventil für unterdrückte Sehnsucht. Aber so wollte sie nicht von ihm denken. Betrachtete lieber sein weißes Hemd. Er hatte sich zurechtgemacht, nur um am Schreibtisch zu sitzen. Wenn Friedemann in etwas vertieft war, biss er sich sacht auf die Unterlippe. Sie mochte das. Hätte jetzt gern seine Stimme gehört. Der Regen wurde schlimmer, sein Gesicht verwischte hinter einem Schleier. Sie bemerkte erstaunt, dass sie den Zündschlüssel rumgedreht hatte und ließ den Motor wieder an.

Kurz vor der Abzweigung zu ihrem Hof überlegte sie es sich anders, wendete und fuhr in die Karl-Liebknecht-Straße. Kein Mensch auf den Straßen, kein Wunder bei dem Wetter. Wenn Milan schon auf dem Rückweg war, könnte sie sein Rad einladen und ihn mitnehmen. Den Gefallen tat er ihr natürlich nicht. Auch vor der Zora war niemand, im ersten Stock malten helle Streifen ein Lichtgitter zwischen die verrammelten Fensterrahmen. Sie blieb eine Weile vor dem Eingang sitzen und verfolgte die Rinnsale, die auf der Windschutzscheibe durcheinander wuselten wie durchsichtige Insekten. Milan musste um halb elf zuhause sein, und es war erst halb zehn. Er hatte sich angewöhnt, keine Minute zu früh zu kommen. Bloß keine Zeit verschenken. So hatte sie sich das nicht vorgestellt. Sie hatte sich das gar nicht vorgestellt. Keine Mutter stellt sich vor, wie es ist, wenn ihr Sohn sechzehn ist. Weil Frauen sonst keine Söhne kriegen würden. Seit sie aus Wadersloh weggezogen war, ihrem kleinen engen Wadersloh, hatte sie sich auf ihren Ehrgeiz verlassen können. Im Studium, im PJ, als AIP.

Sie hatte sich durchgebissen, meistens hatte es sich gelohnt. Wenn sie mit Inga beim Brunch saß, wurde sie für eine Hamburgerin gehalten, nicht für eine vom Dorf. Man muss sich nur genug anstrengen, das war ihre Strategie gewesen. Die sie sich nicht ausgesucht hatte, ihre Mutter war genauso, aber es gab sehr viel schlimmere Strategien und Mütter. Bei Milan gab sie sich Mühe, strengte sich an, rieb sich auf und liebte sich wund. Kam nicht an ihn ran. Nicht ein bisschen. Sie war das nicht gewohnt, konnte nicht damit umgehen. Anstrengung hatte sich auszuzahlen. Sie überlegte, reinzugehen. Sie konnte ihm sagen, dass sie von einem Hausbesuch kam, der auf dem Weg lag. Wäre nicht mal gelogen. Sie begann, zu summen, leise und brüchig erst. Wusste nicht, wie sie ausgerechnet auf *True Colors* von Cindy Lauper kam, hatte auf einmal das Bedürfnis, zu singen, laut zu singen. Dabei kam Wehmut, die Erinnerung daran, wie sie gewesen war, als sie dazu Blues getanzt hatte. Ihre Aufregung, die Erwartungen. Wie lange das her war. Nach dem Refrain wusste sie nicht weiter und brach ab. Als Andrea die Fahrertür öffnete, wurde sie von harten, kalten Tropfen im Gesicht getroffen. Ihre Schuhe saugten sich trotz der Absätze mit nasser Kälte voll, als würde sie von unten zur Eiskönigin gefrieren wie im Märchen. Unschlüssig stand sie im Regen, den sie bald kaum noch spürte, bevor sie wieder einstieg und nach Hause fuhr. Auf keinen Fall wollte sie, dass Milan sich vor seinen Freunden für sie schämen musste.

Leo hing immer noch im Wohnzimmer rum. Ein großer Junge, der keinen zum Spielen hat. Die Bildschirme beider Computer leuchteten, seiner und ihrer. Sie sah zu, dass sie aus den nassen Klamotten kam. Ging erst gar nicht wieder zu ihm runter, sondern stellte sich unter die Dusche und legte sich danach mit einem Buch ins Bett. Unterbrach die Lektüre immer wieder, um zu horchen. Bis zu der erlösenden Abfolge von Geräuschen. Dem Kratzen des Schlüssels beim Reinstecken, dumpfen Schritten, dem Knall und der Erschütterung, die das Haus erzittern ließ, weil Milan es nie schaffte, die Tür leise zu schließen. Danach meinte sie zu spüren, wie ihre völlig überreizte Amygdala in den Ruhemodus runterfuhr. Bis zum nächsten Abend. Ein auf Angst konditioniertes Muttertier. Milan kam eine Viertelstunde zu spät. Sie durften ihm das eigentlich nicht durchgehen lassen. Halb elf meinte halb elf, nicht viertel vor. Morgen war Schule, wenn auch erst zur dritten Stunde. Leo würde von sich aus nichts dazu sagen, ganz sicher nicht. Wenn doch, würde er ihr am Ende noch in den Rücken fallen. Akademische Viertelstunde, bla, bla. Es blieb wieder mal an ihr hängen, sich unbeliebt zu machen. Als kleinkarierte Spießerin dazustehen. Sie wog ab. Prinzip oder geringster Widerstand. Sie stand auf, holte ein Handtuch und rieb Milan die Haare trocken, solange er es sich gefallen ließ.

„Und, wie war's in der Zora? Hattest du einen schönen Abend?"

Sie erwartete, wie üblich mit einer nichtssagenden Belanglosigkeit abgefertigt zu werden. Stattdessen begann Milan, mit einer Begeisterung von der Probe zu erzählen, die sie gar nicht mehr von ihm kannte. Sie setzten sich zu Leo ins Wohnzimmer und Milan war gar nicht zu bremsen. Er zollte David Respekt, dass er sich trotz Stotterns getraut hatte, und schilderte, wie Jule dieses Tucholsky-Gedicht aufgesagt habe. Da seien alle ganz still geworden. Er suchte nach Worten, fand aber keine, die groß und ehrfurchtsvoll genug waren. Jule. Der Name war bislang noch nie gefallen. So hatte sie Milan noch nie über ein Mädchen sprechen hören. Andrea hielt sich zurück, fürchtete, mit Neugier seine unerwartete Offenheit zu verstopfen. Sie hatte das Bedürfnis, Leo nahe zu sein, rückte an ihn ran und legte sich seinen Arm um ihre Schulter. Seine lässige Gewissheit, sein Vertrauen in Milan und seinen Weg. Sie bereute ihre ewigen Nörgeleien und Warnungen, die Launen und unausgesprochenen Vorwürfe. Leo legte was von Brecht und Weill auf. Das Knistern der alten Vinyl-Platte. Sie ging in die Küche, Erdnüsse, Saft und Wein holen. Hörte ihren Männern und der Musik zu. Eine leichte Plauderei über Bertolt Brecht und die Macht der Worte. Milan aufgekratzt, Leo philosophisch. Sie wollte nicht ins Bett. Sie wollte Rotwein trinken und Chansons hören, die ganze Nacht.

28.

Dass er sie attraktiv fand, machte es nicht leichter. Er war hingerissen von ihrem strengen Pagenschnitt und wie sie sich ständig damit beschäftigte. Eine glatte, exakt kinnlange Haarfläche fiel ihr vor die Augen, sobald sie auf den schwarzen Jahreskalender guckte, der vor ihr auf dem Schreibtisch lag wie ein Beweismittel. In einer fließenden Bewegung legte sie den Kopf zur Seite und die Augen wieder frei. Wie Simone und Steffi, bevor sie in der Oberstufe die Haare wachsen ließen beziehungsweise raspelkurz schnitten. Er hatte sich geirrt. Frau Breuer erinnerte ihn nur an die unerreichbaren Schönheiten aus seiner Klasse, nicht an Demi Moore.

Wenn sie lächelte, kehrte die junge Frau zurück, die sie nicht mehr war. Leo musste an Steffi denken, die nie erfahren hatte, wie sehr er sie mochte. Die gleiche Frisur, sogar die Augen. Er wischte die Sentimentalität beiseite und ging durch, was er sagen wollte. Sie waren befangen, wie man es immer ist, wenn man sich mag, aber unangenehme Wahrheiten aussprechen muss. Zur Begrüßung vor dem Lehrerzimmer hatten sie sich einen Moment zu lang die Hand geschüttelt, zu freundlich versichert, wie schön das sei, sich mal wieder persönlich zu sprechen. Hatten damit offene Worte erschwert, um die sie nun nicht mehr herum kamen.

„Schaun Sie, ich kann mir meine Schüler nicht backen. Ich muss mit denen auskommen, die ich habe. Die Jungs sind hier sicher etwas einfacher gestrickt, die markieren auch schon mal den starken Mann, aber sie sind, wie sie sind. Sensible Persönlichkeiten wie Milan und David haben es da per se nicht leicht. Da kann ich aber erst recht keine absichtlichen Provokationen dulden, das geht nicht. Eine Jacke ist eine Jacke und kein Flugblatt."

Ihre Stimme variierte in verschiedenen Härtegraden, was verriet, dass sie noch die richtige Haltung suchte. Es sollte bestimmt klingen, ohne das anfängliche Wohlwollen aufs Spiel zu setzen. Heraus kam wacklige Stärke, sie zupfte ihre Ärmel abwechselnd bis zum Ellbogen und zurück.

„Tut mir leid, aber ich kann nicht erkennen, was an einem durchgestrichenen Hakenkreuz provokant sein soll. Ich nehme doch mal an, dass wir uns in der Ablehnung des Nationalsozialismus einig sind, oder?"

„Also, um da jedem Missverständnis vorzubeugen, inhaltlich gibt's da keine zwei Meinungen, da brauchen wir ja wohl nicht drüber zu diskutieren. Das wissen Sie auch. Das ist aber nicht der Punkt. Politische Symbole gleich welcher Art haben an der Schule einfach nichts zu suchen. Das steht so in der Schulordnung. Aus gutem Grund, übrigens. Man sieht ja, das gibt nur Ärger."

„Ich frag mich grade, was Sophie Scholl wohl dazu sagen würde."

„Bitte, so kommen wir doch nicht weiter."

Sie senkte pikiert den Blick, als schäme sie sich für so eine primitive Bemerkung.

„Tut mir leid, aber ich krieg das nicht zusammen. Soweit ich weiß, ist das doch hier die Sophie-Scholl-Schule. Und da soll es verboten sein, Hakenkreuze durchzustreichen?"

Er provozierte sie und sie sprang drauf an. Beugte sich auf den Ellbogen zu ihm vor. Sie hatte sich in die Defensive drängen lassen, aber das war vorbei.

„Es gibt Regeln, die gelten für alle, auch für Milan. Ich würde mir manchmal auch ein anderes Klima in der Klasse wünschen, das können Sie mir glauben. Aber politische Symbole gleich welcher Art können wir nicht akzeptieren. Ich muss Sie also darauf hinweisen, dass die Schulordnung einzuhalten ist, das ist alles. Nicht mehr und nicht weniger."

„Aber *Thor Steinar* tragen geht, oder?"

„Noch einmal." Sie bemühte sich, ruhig zu bleiben, was ihr zusehends schwerer fiel. Verdrehte die Augen, seufzte. „Solange keine verfassungsfeindlichen Symbole da drauf sind, können Schüler tragen, was sie wollen. Wir machen hier keine Gesinnungsprüfung, um das mal klar zu sagen. Die Geschmäcker sind ja zum Glück verschieden."

„Sie wissen aber schon, dass *Thor Steinar* eine beliebte Nazi-Marke ist, oder?"

„Ich würde vorschlagen, dass wir uns auf Milan und seine Probleme beschränken. Mensch, ich will Ihnen doch helfen. Ich bin doch dafür verantwortlich, dass diese Streitereien nicht ausarten. Das ist doch auch in Ihrem Sinne."

„Streitereien? Ich glaube, ich muss da mal einiges klarstellen. Ich weiß nämlich nicht, ob Sie das überhaupt mitkriegen. Wussten Sie, dass sich Ihre Schüler morgens mit Hitler-Gruß vor Milan aufbauen? Dass sie Hakenkreuze in seine Hefte kritzeln? Das sind Straftaten, Frau Breuer, ich könnte die jedes Mal anzeigen."

Leo war scharf geworden und lauter, als er wollte. Ihm war bewusst, dass er auf sie angewiesen war, also nahm er sich wieder zurück. Der Kaffee in ihren Tassen war abgekühlt. Er hatte das Bedürfnis, so schnell wie möglich zu verschwinden, konnte ihr eine weitere Tasse aber nicht abschlagen. Um die Wogen zu glätten, den Gesprächsfaden wieder aufzunehmen. Sie bemühten sich angestrengt, zur anfänglichen Freundlichkeit zurückzufinden. Merkten, wie es misslang. Sie fragte artig nach der geplanten Ausstellung, sie habe die Plakate im Rathaus gesehen. Leo gaukelte Leidenschaft für das Projekt vor, um nur ja nicht wieder ihren Lokalpatriotismus zu beleidigen. Das nicht auch noch. Er konnte ihr die Kränkung ansehen und hoffte inständig, sie werde sich nicht auf die andere Seite schlagen. Er hatte es vermasselt, gründlich vermasselt. Sie krampften noch eine Weile herum, zwischendurch sah sie auf ihre Uhr, was erst dadurch peinlich wurde, dass er es nicht mitkriegen sollte. Auf dem Weg zur Tür bat sie ihn, doch mal an das Altpapier für den Schulcontainer zu denken. Wenn alle an einem Strang zögen, könne man es wieder unter die besten drei Schulen im Kreis schaffen. Leo hatte nicht die leiseste Ahnung, wovon sie da redete, sicherte aber seine Unterstützung zu. Sie gaben sich die Hand, wie es hier üblich war. Er hatte sich abgewöhnt, Händeschütteln als Spießertum zu denunzieren. Diesmal lag etwas Endgültiges in der Geste. Sie hatten nichts erreicht. Sie keine Einsicht, er kein Problembewusstsein. Ihr Mund war jetzt hart, das Lächeln gequält. Nichts erinnerte mehr an Steffi. Von Demi Moore ganz zu schweigen. Er hoffte, es würde für Milan nicht noch schlimmer werden.

Ihm war noch nicht nach Redaktion, also rief er in der Praxis an, um Andrea zum Essen einzuladen. Die Sprechstundenhilfe sprach mit geübter Freundlichkeit ihr Bedauern aus. Die Frau Doktor sei gerade zu Tisch, aber wenn er sich beeile, erwische er sie ja vielleicht noch, sie sei gerade zur Tür raus. Er hatte nicht angerufen, um sie zu kontrollieren. Wollte wirklich nur mit ihr essen gehen. Fragte sich jetzt aber, mit wem. Bis vor Kurzem hatte er gar nicht gewusst, dass sie in ihrer Pause essen ging. Er war schon am Markt, als Andrea mit einer Tüte aus dem Lebensmittelladen kam. Er wollte sie rufen, ließ es dann aber sein und folgte ihr stattdessen. Vorbei am Brunnen, wo einige Typen in schwarzen Kapuzenpullis standen, die aussahen wie die, die Milan ihnen im Internet gezeigt hatte. Sie schlug weder die Richtung zur Kirche noch die zur Pizzeria ein. In einer Gasse ließ er genug Abstand, um nicht entdeckt zu werden. Drückte sich an einer Häuserwand vorbei, die ihn mit krakelig hingeschmierten Buchstaben belästigte. *Frei, sozial, national.* Ab und an wurde sie gegrüßt, die neue Ärztin im Ort war schon wer. Andrea hatte es nicht eilig, steuerte aber zielstrebig die Wiesen hinter den letzten Häusern an. René, dachte er, oder der Pastor, wie ein Reflex. Seit Wochen flogen SMS und Mails hin und her, sorgsam gehütete Heimlichkeiten in vertraulichem Ton, die an gemeinsame Erlebnisse anknüpften oder auf neue anspielten. Die Seelenverwandtschaft heraufbeschworen. Durch die Art der Anrede, Formulierungen oder einzelne Worte, mit denen sich Vertraute ihrer Komplizenschaft versichern. René gab den Gewinnertyp, der beiläufig Kontakt hält. Der Pastor den Einfühlsamen mit dem feinen Gespür für ihre Befindlichkeiten.

Sie ging geradewegs durch das hohe Gras. Der vom Dauerregen aufgeweichte Boden hielt sie nicht ab. Leo blieb bei einer Baumgruppe zurück und sah, wie sie die Jacke ausbreitete, im Gras abtauchte, sodass nur noch der Kopf rausguckte. Unbewegt starrte sie in die Ferne. Jeden Moment würde einer der beiden kommen, um es mit ihr auf der nassen Wiese zu treiben. Dann wäre es endlich raus. Nicht mal seine Angst war rein, sondern von perverser Wonne verseucht, sie endlich auf frischer Tat zu erwischen. Er fürchtete sich davor und sehnte es herbei, alles auf einmal. Ein kalter Wind trieb Graswellen vor sich her. Schien sie nicht zu stören, sie rührte sich immer noch nicht. Kurz dachte er, der andere könnte schon da sein, merkte dann, wie absurd das war. Ihr Liebhaber hätte wie ein Soldat durchs Gras robben müssen, um unbemerkt an sie ranzukommen. Nichts passierte.

Sie saß nur da. Wie ausgesetzt. Es dauerte, bis die Erkenntnis zu ihm durchdrang. Keiner würde kommen. Die einzige Erklärung war: Der andere hatte sie versetzt. Wieder so eine kranke Fantasie.

Es war viel einfacher. Sie wollte allein sein, ganz allein. Bevor sie anrief, um mit ihm essen zu gehen, setzte sie sich lieber auf eine Wiese und starrte in die Gegend. Er trat hinter dem Baum vor und ging langsam auf sie zu. Sie sah kaum auf, als er sich neben sie setzte. Schien weder erfreut noch überrascht. War er halt da. Er setzte sich zu ihr auf die Jacke. Wusste nicht, wo er anfangen sollte.

„Was machst du hier?"

Sie sagte erst mal nichts, starrte weiter auf das faulige Grün vor ihr.

„Und du, Leo. Was machst du hier?"

Sie sprach kraftlos, müde. Er zögerte.

„Ich bin dir nachgegangen. Ich hab gedacht, du triffst dich hier mit jemandem."

„Und mit wem soll ich mich bitte schön treffen, hm?"

Zum ersten Mal, seit er hier war, sah sie ihm in die Augen. Er konnte ihr nichts vormachen. Sie wussten es beide.

„Mit René. Dem Pastor. Keine Ahnung."

Sie musterte ihn, ohne überrascht zu sein.

„Mit dem Pastor also. Du meinst, ich verabrede mich mit Friedemann zu einer wilden Nummer in der Natur. Mein Gott, Leo."

„Ich schwimme, Andrea. Ich hab das Gefühl, wir haben uns losgelassen und ich krieg dich nicht mehr zu fassen."

Unerwartet rückte sie an ihn ran und nahm ihn in die Arme. Strich ihm durchs Haar, ganz sanft, drückte dann so fest sie konnte, schaukelte mit ihm hin und her wie bei leichtem Seegang. Impfte ihm Trost ein. Leo ergab sich. Wie ein kleiner Junge seiner Mama. Als sie sich losließen, war alles wieder da zwischen ihnen, der Dämon vertrieben.

„Wann haben wir damit aufgehört?"

„Womit, Leo? Womit haben wir denn aufgehört?"

„Mit dem Halten, dem Reden. Irgendwann haben wir aufgehört, uns zu erzählen, was mit uns los ist. Was wir machen."

„Wo kommt denn das auf einmal her bei dir? So kenn ich dich gar nicht. Du warst doch immer der, der sein Ding gemacht hat. Der unterwegs war, tausend Leute getroffen hat. Du bist doch der Rumtreiber von uns beiden."

„Ich hab dich mit dem Pastor gesehen. In der Pizzeria."

„Ich war mit Friedemann essen, ja, na und?"

„Das hast du mir aber nicht erzählt. Ich hab das Gefühl, du lässt mich außen vor. Ich weiß nicht, was du machst, wen du triffst, ich verlier den Anschluss."

„Mein Gott, Leo. Wie oft bist du schon mit Frauen essen gewesen? Hast du mir das alles immer haarklein erzählt? Es gibt doch nicht nur uns beide. Wir leben ja sowieso schon wie auf einer einsamen Insel hier. Friedemann ist ein guter Zuhörer, einer, der nicht nur *Bild-Zeitung* liest, was hier ja nicht so oft vorkommt. Ich hab gedacht, der könnte uns helfen, das ist alles."

„Helfen."

„Ich hab einfach Angst um Milan. Eine Schweineangst. Wir sind Fremdkörper in Liebbrehna, machen wir uns doch nichts vor. Und Friedemann weiß, wie die Leute hier ticken. Schmutziger Sex mit dem Pastor, also wirklich, deine Fantasie möchte ich haben."

Sie schafften es, zu lachen. Vermieden es, letzte Fragen zu stellen. Kein Wort über René. Dafür blieb gar keine Zeit. Andrea musste zurück in die Praxis. Leo beugte sich vor. Die Lippen näherten sich, zögerten, als könnten sie sich selbst durch vorsichtige Berührungen verletzen, bevor sie sich kurz aneinanderlegten. Sie war bereit, zu verzeihen und ihm das auch zu zeigen. Andrea warf ihm nichts vor. Brauchte sie gar nicht. Die Scham blieb auch so. Auf dem Rückweg nahm sie seine Hand, ließ sie bis zur Praxis nicht mehr los. Er erzählte, was er bei der Klassenlehrerin erreicht hatte. Vielmehr, dass er nichts erreicht hatte. Sie verabredeten, mal wieder Sport zu treiben nach dem großen Regen. Vielleicht eine Radtour.

29.

Die Unwetter waren nach Tschechien weitergezogen, wo sie jetzt Dörfer und Städte unter Wasser setzten, wie sie im Radio gehört hatte. Was man sich unter dem prahlerisch blauen Himmel gar nicht vorstellen konnte, der mit früh verfärbten Blättern in warmen Gelbtönen Indian Summer spielte. Wobei man in Liebbrehna besser von Altweibersommer sprach. Das mit dem Zelten war Leos Idee gewesen. Zu ihrer Überraschung hatten sie Milan gar nicht lange überreden müssen. Andrea versuchte mit Leo, Heringe in dem steinigen Kiesboden zu versenken, beide hämmerten mit einem dicken Stein in der Hand wie Urmenschen, aber sie verfehlte immer wieder ihr Ziel und hatte sich schon eine schmerzende Schramme in den Handballen gejagt. Der See eine aufgewühlte, grüngraue Brühe, die den neuen Rundweg zu verschlucken drohte. Dazu Azurblau mit einem leuchtenden Klecks Vanillesauce vor sandwüstenweißem Kies. Die Septembersonne konnte sogar eine Mondlandschaft schönfärben. Sie hatten sich eine windgeschützte Stelle unweit vom Hafen gesucht. Leo ließ sich nicht aus der Ruhe bringen und bot an, ihre schon halb verbogenen Spieße zu übernehmen. Mit seinem T-Shirt tupfte er ihre Wunde ab, nachdem er ihr das Blut von der Hand gelutscht hatte wie aus einer reifen Orange. Er legte sich ganz schön ins Zeug neuerdings. Milan und David kümmerten sich um den Grill. Wahrscheinlich gab es doch ein männliches Gen, das die Begeisterung für Feuer und Fleisch übertrug. Andrea breitete die Decke aus und sah Leo zu, wie er mit geschickten Handgriffen das Zelt aufbaute. Mit Inga hatte sie die Männer um sie rum immer in Cowboys und Indianer eingeteilt. Leo war Indianer. Sie hatte sich oft vorgestellt, wie er als Junge durch Wälder gerobbt war und Baumbuden gebaut hatte. Ein Nomade mit wilder Seele und Untiefen, wo die meisten anderen einfach strukturiert waren. Nie zu fassen, immer in Bewegung. Seine Vorgänger waren berechenbar gewesen, Leo nicht. Das machte ihn aus. Auch wenn sie nach wie vor eine Schwäche für Cowboys hatte. Leo half den Jungs beim Feuermachen. Ihre Männerehre ließ es nicht zu, Grillanzünder zu verwenden. Stattdessen bauten sie aus kleinen Stöckchen eine Pyramide, über die sie sich beugten, um vorsichtig in sie rein zu pusten. Indianer unter sich. War alles noch da. Aber was, wenn sich der Nomade zur Ruhe setzt? Ihr Handy sonderte einen akustischen Tropfen ab. Sie wusste sofort, von wem die Nachricht war. René war hartnäckig. Und tat ihr gut, auch wenn es nicht in Ordnung war. Es war ungehörig und unanständig. Sie nahm das mit, ohne groß drüber nachzudenken, war nur vorsichtiger geworden, seit sie wusste, dass Leo hinter ihr her schnüffelte. Sie hatte in Erwägung gezogen, René einfach nicht mehr zu antworten, um dann doch wieder rückfällig zu werden. Nicht heute. Sie drückte es aus.

Anita hatte ihr Thüringer eingepackt, die echten, wie sie versicherte. In ihrem Naturdarm sahen sie wie übergroße, schrumplige Penisse aus. Die Einheimischen machten ein derartiges Theater um diese Würste. Missbrauchten sie, um zwischen Eingeweihten und Unwissenden unterscheiden zu können. Um den Zugezogenen unter die Nase zu reiben, wie wenig sie vom guten Leben wussten. Dass sie in der DDR trotz Mangelwirtschaft genießen konnten. Und den besseren Sex hatten sie sowieso. Bis die Kohlen durchgeglüht waren, spielten sie Berufe-Raten. Abwechselnd mimten sie pantomimisch Arzt, Rockstar, Toilettenfrau und Politiker.

David war ein breit grinsender Barack Obama, der beim Wahlkampfauftritt mit dem Finger auf imaginäre Bekannte in der ersten Reihe zeigt, so, wie amerikanische Präsidenten seit Ewigkeiten ihre eigenen Karikaturen mimen. Milan imitierte eine rückenschmerzgeplagte Kittelträgerin, die mit unterdrückter Wut ein Klo wischt. Beide hemmungslos, ohne Skrupel, mit Mut zur Hässlichkeit. Ohne der Neugier kontrollierender Mütterblicke ausgesetzt zu sein, hatten sie unbemerkt gelernt, sich auszuprobieren und über sich hinauszuwachsen. Andrea staunte über das Repertoire an Gesten und Mimik, das ihr vorenthalten blieb, wenn Milan zuhause das immer gleiche unbeteiligte Gesicht zeigte. Da war so viel mehr, als sie kannte.

Leo legte die Würste auf den Rost. Er machte gerade einen Dirigenten nach, als die Bierflasche auf dem Kies detonierte. Andrea durchzuckte es wie bei einem allergischen Schock. Braune Scherben spritzten in alle Richtungen.

Verschreckt sah sie sich um. Keiner schien was abbekommen zu haben. Ein hektischer Blick zur anderen Seite. Da standen vier Gestalten von sehr unterschiedlicher Statur. Die ganze Bandbreite halbstarker Männlichkeit. Vorn ein muskulöser Körper in einem schwarzen Kapuzenpulli, dessen weiße Lettern seinen Träger als *Heimatwächter* auswiesen. Im Gesicht war er schon ein Mann. Der daneben war jünger, achtzehn vielleicht, weniger breit, aber mit sehniger Sportlerfigur. Die beiden dahinter waren eher so schmächtig wie Milan und David, nur mit kurzen Haaren. Auch sie bemüht, gefährlich auszusehen. Zwei Bürschchen, die auf harte Kerle machten. Ein SA-Schläger mit seinen Hitlerjungen, ebenso lächerlich wie bedrohlich. Der Grund für ihren Besuch war offenkundig. Sie wollten Ärger machen. Konnten es gar nicht abwarten.

„Judenpack. Verpisst euch. Hier ist Zelten verboten."

Dem breit sächselnden Schlägertypen kam beinahe der Mageninhalt hoch, so viel Galle spuckte er. Leo hatte seine Kamera gegriffen und machte einen Schritt auf sie zu. Andrea stellte sich neben ihn, um Beistand zu leisten. Milan ängstlich von hinten. Ein Flüstern nur.

„Das ist Treter, Mama, sei vorsichtig, der ist gefährlich."

Leo hob die Kamera und hielt den Auslöser gedrückt. Das Summen war der Reiz, der sie so richtig wild machte. Als hätte man Wölfen rohes Fleisch vor den Latz geknallt. Der Schreihals kam auf sie zu, seine Lakaien dicht bei Fuß.

„Die Kamera weg, du Fotze."

Der andere war bis auf einen Meter an Leo ran. Speicheltropfen hüpften aus seinem schreienden Mund. Leo nahm die Kamera runter und hielt seinem Blick stand. Sagte betont ruhig, dass er wisse, wen er da vor sich habe und dass der andere gern seinen Namen in der Zeitung lesen könne, wenn er wolle. Andrea machte sich darauf gefasst, dass Leo jeden Moment den ersten Schlag einstecken würde. Leo redete weiter auf den Mann ein.

„Dein Chef wird sich freuen, wenn er das liest. KFZ Hartmann, ist doch richtig, oder?"

Leo war gut informiert, offenbar hatte er recherchiert. Sie erinnerte sich. Milan hatte ihnen die Typen von der *Heimatwacht* gezeigt. Den Propagandachef, der Jura studierte. Und den hier nannten sie *Treter*, was ein selten bescheuerter Spitzname war. Aber Andrea zweifelte nicht daran, dass er sich den redlich verdient hatte. Nicht nur beim Fußball. Der Randalierer rückte Leo weiter auf die Pelle, bis sich ihre Nasen fast berührten. Er schnaufte Leo geräuschvoll ins Gesicht, machte einen auf irre, was wohl auch die Absicht war. Jeden Moment würde er Leo mit dem Schädel das Nasenbein zertrümmern. Die anderen gafften nur. Sie war sich nicht sicher, hatte den Jungen bisher nur auf einem knittrigen Foto gesehen, das Anita ihr bei der Radtour gezeigt hatte. Sie ging auf einen der Halbstarken zu und sprach ihn an.

„He, du bist doch Tommy, richtig? Aus Milans Klasse, stimmt doch, oder?"

Sie drehte sich um und sah Milan fragend an. Ihr Sohn nickte. Der pöbelnde Autoschrauber drehte sich überrascht zu ihr um, wenigstens rückte er von Leo ab.

„Misch dich da nicht ein, Alte. Halt's Maul, verstanden?!"

Andrea beachtete ihn nicht. Der Junge, den sie angesprochen hatte, wand sich und vermied jeden Blickkontakt, es war ihm alles andere als egal.

„Ich bin eine Freundin von Anita, von deiner Mutter. Was glaubst du, was die sagt, wenn sie erfährt, dass du ihre Freundin belästigst? Die Thüringer da sind übrigens ein Geschenk von deiner Mutter. Pass auf, ich mach dir einen Vorschlag: Wenn ihr jetzt ganz schnell verschwindet, dann erfährt sie nichts von dem hier. Das verspreche ich dir."

Der Junge starrte abwechselnd auf den Boden und verstohlen zu seinem Anführer, der immer noch gern zugeschlagen hätte und lauthals weiterpöbelte, aber seine Hitlerjungen organisierten schon den Rückzug. Sie gaben unverständliche Laute von sich, die männlich klingen und ihnen helfen sollten, das Gesicht zu wahren. Der schmächtige Kumpel von Tommy sagte, man werde die Juden schon noch erwischen. Der Schläger beschimpfte seine Begleiter als Weicheier, Versager und Schwuchteln. Ein Hinterausgang, der ihm half, unbeschadet aus der Nummer rauszukommen. An ihm lag es nicht. Er hätte ja. Von dem vierten, der noch gar nichts gesagt hatte, ließ er sich die halbvolle Bierflasche reichen und schleuderte sie gegen den Grill. Die Würste rollten vom Rost und fielen in den Dreck, ohne dass sich einer zu beschweren wagte. Damit zogen sie ab. Ihre Rufe wurden leiser, waren aber noch lange zu hören. Juden, Juden. Steif ging Andrea zum Zelt zurück, wie verklebt. David spülte die Würste mit Wasser ab und legte sie wieder auf den Grill. Keiner sprach drüber, Leo mied ihre Blicke. Sie machte ihm keinen Vorwurf. Dieser Abschaum hätte ihn zerlegt. Gegen vier Angreifer wäre er machtlos gewesen. Wahrscheinlich hätte einer gereicht. So war er halt nicht, zum Glück war er nicht so. Leider nicht. Sie wünschte, jemand würde dieses asoziale Nazi-Schwein fertig machen, so richtig fertig. Bis er Blut spuckte. Sie hörte, wie sie mit den Zähnen knirschte. Kam sich vor wie infiziert. Hass war ekelhaft. Erstaunlicherweise kamen die Jungs am besten damit klar. Waren am ehesten wieder unbeschwert. Sie hatten Übung darin, so was auszuhalten. Diese Erkenntnis war fast noch schlimmer als das, was passiert war. Sie hatten sich daran gewöhnt wie an Dauerregen. Die praktischen Handgriffe halfen allen, auf andere Gedanken zu kommen. Sie waren freundlich zueinander und hilfsbereit, versorgten sich mit Senf und Salat, reichten sich Teller und Getränke. Anita hatte Recht. Die Würste schmeckten großartig. Der Schreck ließ nach, sie konnten sogar wieder lachen. Als es dunkel wurde, rückten sie näher an den Grill. David fragte Andrea, wie es ist, nicht helfen zu können. Patienten sterben zu sehen. Wie sie mit Schmerz und Trauer umgeht. Er konnte sich gut vorstellen, später Arzt zu werden. War in Gedanken schon weiter, raus aus der Schule. Weg von denen, die in ihm nur den Stotterer sahen. Ihn Juden nannten. Wenn sie sich unterhielten, fiel sein Sprachfehler kaum auf. Dann war seine Stimme fester, die Wörter hakten nur selten. Sie stellte sich David als ihren Nachfolger in der Praxis vor. Bis zu ihrem Ende als Ärztin war es keine Ewigkeit mehr. Man konnte die Jahre schon zählen. Fünfzehn, höchstens zwanzig. Die zwischen jung und alt. Liebbrehna war wahrscheinlich sogar ein guter Ort, um alt zu sein, um jung zu sein eher nicht. Andrea fragte Milan nach seinem Traumberuf. Sozialarbeiter oder irgendwas am Theater, war alles noch sehr diffus, was ihm so vorschwebte. Wenigstens hatte er Ideen, der Rest würde sich finden. Je größer die Träume, desto härter die Landung. Auf dem Grill glimmten die letzten Kohlekugeln wie vergessene Zigaretten. Nachdem die Kälte auch durch ihre Jacken kam, krochen sie ins Zelt. Die Jungs teilten sich das andere Zelt. Leo nahm sie in den Arm, aber sie kam nicht zur Ruhe. Horchte auf jedes Scharren und Rascheln, war sicher, Schritte zu hören, steigerte sich in wilde Angstfantasien, in denen das Zelt brannte oder sie von einem Steinhagel aus dem Schlaf gerissen wurden. Sie konzentrierte sich auf das Flüstern der Jungs. Es ging um Jule. Zwischendurch schwoll das Flüstern an, ihre Stimmen legten sich übereinander. Sie verstand nicht genau, worum es ging oder ob sie stritten. Nur, dass David genervt war. Die alte Geschichte vom Dreieck, in dem einer zu viel ist. Die Rivalität zwischen Freundschaft und Liebe. Sie wünschte den beiden, dass sie es schafften und ihre Freundschaft das aushielt. Aber sie machte sich nichts vor. Es kommt, wie es kommt. Leo atmete friedlich in ihren Nacken. Sie hatte ihr silbernes Döschen mit der grazilen Tänzerin vergessen.

30.

Serrano oder Parma. Machte keinen Unterschied. Leo hielt zwei verschweißte Plastikpackungen nebeneinander. Sie waren exakt gleich groß und gleich schwer, mit geschlossenen Augen konnte man wahrscheinlich nicht mal schmecken, dass es überhaupt Schinken war. Eine gelbrot, die andere grünrot. Spanien oder Italien. Er steckte die italienisch verpackte Schinkenfälschung wieder zu den anderen ins Kühlregal wie eine Vinyl-Single im Plattenladen und schob den Wagen weiter zum Käse, der noch schlimmer aussah. Wie Gummi mit gelber Lebensmittelfarbe. Wenn er überhaupt eingekauft hatte, dann bei Aykan. Bei Aykan konnte er aus zwanzig verschiedenen Oliven-Sorten wählen, der Schafskäse schwamm in großen Schüsseln und für ein paar Euro bekam man grandiose Knoblauchwurst aus der Glasvitrine. Außerdem hatte Aykan täglich den neuesten Bildzeitungsdreck über den HSV parat. Er hatte Leo immer mit Vornamen begrüßt und gefragt, wie es geht, was nichts zu bedeuten hatte, weil er das mit jedem machte, der mehr als zwei Mal seinen Laden betrat, aber es fühlte sich trotzdem gut an, nach Heimat. Hier im Osten gab es keine türkischen Läden, nur den Fleischer mit der deftigen Schlachterwurst, die er nicht mehr kaufte, seit Andrea gedroht hatte, augenblicklich auf den Tisch zu brechen, sollte er noch mal Omas Hausmacherblutwurst anschleppen.

„Der Gouda schmeckt nach nichts, aber der Bergkäse ist ganz in Ordnung."

Yvonne stand direkt hinter ihm und hatte seine Gedanken erraten. Die roten Haare hochgesteckt, eine wild gemusterte, ärmellose Tunika fiel über die Jeans, Turnschuhe. Es machte ihr nicht nur nichts aus, anders zu sein als die anderen, sie haute es ihnen genussvoll um die Ohren. Beim Einkaufen war sie nicht so wählerisch wie Leo, ihr Wagen war schon halb voll mit Tetrapacks, Cornflakes, Fleisch, Nudeln und diversen Dosen. Viel Essen für wenig Geld. Sie hatte weder ein Arzthonorar im Rücken wie er, noch war sie Doppelverdienerin. Die Sommersprossen auf ihren blassen Armen traten in Schwarzweiß bestimmt noch stärker hervor. Er hätte das gern mal ausprobiert.

„Bist nicht so der Aldi-Typ, was Leo?"

„Sieht man mir das an? Aber stimmt, ich hab immer gern beim Türken gekauft. Antipasti, Fladenbrot, so was."

„Musst mal neben der Wurst gucken. Aldi hat jetzt auch gefüllte Peperoni und eingelegte Kirschtomaten. Wenn du die vorher in eine Schale gibst, fällt gar nicht auf, dass sie nicht vom Türken sind. Und wenn du das Gemüse dann noch Antipasti nennst, kommt keiner drauf, dass du bei Aldi warst."

Sie zog die Augenbraue hoch. Nicht arrogant, nur amüsiert. Er bereute sofort sein Großstadtgeschwätz. Eine rotbraune Strähne klebte ihr in der Stirn, als hätte sie es bis vor Kurzem noch eilig gehabt. Yvonne nahm sich Zeit, die sie ganz sicher nicht hatte. Sie war die Einzige im Ort, die er gern zufällig traf. Weil er dann kein Interesse heucheln musste, keine Unvoreingenommenheit simulieren, nicht gezwungen war, alles großartig zu finden. Wenn er sich mit Yvonne unterhielt, wurde ihm bewusst, wie selten er sonst Gespräche führte, in denen er nicht den Makel seiner Herkunft überwinden musste.

Ohne sich zu verbiegen oder auf jedes Wort zu achten. Das ständige Fremdeln hatte nur wenig mit Hochdeutsch und Sächsisch zu tun. Yvonne sächselte auch. Bei ihr klang es rau und melodisch. Er hörte gern zu, wenn sie sprach.

„Werd ich probieren, danke. Mal sehen, ob Andrea was merkt."

„Alles wieder in Ordnung bei euch?"

Ihre Offenheit war brutal. Sie hätte einfach drüber hinweggehen können, so tun, als hätte sie nie von seiner Eifersucht erfahren. Keiner fragte so schnell und so schonungslos, ohne Rücksicht auf Scham und Übereinkünfte. Es ging also. Es war nicht zu viel verlangt. Nicht unmöglich, nur eine Frage, was man will und was einem wichtig ist. Da war so viel Mitgefühl in ihrem Blick, so viel echtes Interesse, dass er sich nicht traute, sie mit einer Floskel abzuspeisen. Wahrscheinlich hätte sie sogar damit umgehen können, von seinen paranoiden Hirngespinsten zu erfahren. Von dem rosafarbenen Kratzer auf Andreas Rücken, den er sich nicht erklären konnte und der ihn tagelang gequält hatte. Dessen Entstehung er sich ausgemalt hatte, mit drastischen Szenen von Andrea mit dessen Verursacher, die in Autos, Hotelzimmern und einer Kirche spielten.

Vor dem Badezimmerspiegel hatte er versucht, sich an der entsprechenden Stelle zu kratzen. Hatte sich verrenkt, bis es wehtat. War auf einen toten Winkel gestoßen. Unmöglich, sich da selbst zu kratzen. Undenkbar, Yvonne davon zu erzählen. Das gehörte verscharrt und vergessen.

„Um ehrlich zu sein, ich bin mir nicht sicher. Vielleicht kennst du das. Zweifel, Misstrauen. Aber das Zelten mit den Jungs war großartig. Vielleicht muss ich einfach aufhören, mir einen Kopf zu machen. Hat vielleicht alles nichts zu bedeuten. War jedenfalls ein sehr schöner Abend am See. Bis auf den Besuch von der *Heimatwacht* natürlich."

„Ja, David hat davon erzählt. Und von Milan. Ist aufregend, oder? Die erste Freundin."

„Erste Freundin?

„Na Jule. Leo, sag jetzt nicht, du hast das nicht gewusst!"

„Doch, klar, Jule, hat er mal von erzählt, aber dass die zusammen sind, ich mein, sind die wirklich zusammen, so richtig?"

Ein vielsagendes Lächeln, dabei drückte sie beruhigend seinen Arm. Sie stellte ihn nicht wie einen Trottel hin, führte ihn nicht vor. Versuchte sogar, sein schlechtes Gewissen abzumildern. Nebenbei schmiss sie Joghurt und Quark in den Wagen.

„Na ja, das reibt man seinem Vater ja auch nicht sofort unter die Nase, oder? Ich freu mich jedenfalls für ihn. Die ganzen ersten Male. Bei David wird das noch was dauern, hab ich so im Gefühl."

Er hatte es einfach nicht mitgekriegt. Vor lauter Eifersucht hatte er es unterlassen, eins und eins zusammenzuzählen. Die erste Liebe. Sie schoben langsam zur Kasse. Yvonne erzählte von Bauauflagen für die *Rote Zora*. Merbitz habe gedroht, das Haus dichtzumachen, sollten die nicht erfüllt werden. Bis auf weiteres durfte das Gebäude nur für Renovierungsarbeiten betreten werden. Ein Vorwand, weiter nichts, reine Schikane, aber sehr wirkungsvoll. Sie regte einen neuen Elternabend an, auf die Gefahr hin, dass keiner außer ihnen kommen würde. Leo sagte zu. Freute sich auf einen Abend mit Yvonne, egal, wer noch dabei war.

„Schön, dann müssen wir ja nicht warten, bis wir uns zufällig zwischen Käse und Wurst begegnen. Und wenn sonst keiner kommt, erzählst du mir einfach, wo der Schuh drückt, einverstanden?"

„Also, ich werd jetzt häufiger mal bei Aldi vorbeischauen, man weiß ja nie, wen man da so trifft."

Yvonne sagte nichts dazu, behielt ihn aber im Blick, bis die Verkäuferin begann, die Produkte in Rekordtempo übers Band zu ziehen. Er begleitete sie noch bis zu ihrem japanischen Kleinwagen, wo sie ihn zum Abschied warmherzig umarmte wie einen guten Freund. Durch das Parfüm konnte er ihre Haut riechen. Leo verstaute seinen Einkauf im Kofferraum und machte sich auf den Weg zum See, obwohl er viel zu früh dran war.

Das Ensemble aus Holzhütten sah aus, als habe man ein skandinavisches Fischerdorf verpflanzt. Ein rotes Haus, das demnächst ein Fisch-Restaurant werden und *Seensucht* heißen sollte, balancierte auf Stelzen und schien in den Wellen zu taumeln. Das Wasser stand dem neuen Hafen bis zum Hals und verschluckte die Holzpfähle des Bootstegs fast vollständig. Sie hatten die Wassermassen, die aus Tschechien rüber schwappten, von der Klotzsche in den See leiten müssen, um die Pegel der umliegenden Flüsse abzusenken. Elbe und Mulde waren schon wieder über die Ufer getreten und produzierten die gleichen Bilder, die man von den Jahrhundertfluten kannte. Ersaufende Häuser und mitgerissene Bäume und Autos, die durch Fußgängerzonen treiben. Liebbrehna und seine Nachbarorte waren bislang verschont geblieben, weil sie den Klotzsche-See volllaufen lassen konnten wie eine riesige Badewanne.

Das schmutzige Brackwasser sah nicht nach feierlicher Eröffnung aus, aber der Bürgermeister hatte auf der Einhaltung des Termins bestanden. Leo stimmte sich mit Fotos von schaukelnden Booten an den Anlegern ein. Der Wind trommelte die Takelagen gegen Masten wie am Yachthafen irgendeiner Küste. Mit den Hafengebäuden dahinter ergab das die merkwürdige Illusion eines Augenblicks am Meer.

Die *Santa Monika* war ein runtergekommenes Ausflugsschiff, dessen Verfall mit weißer Farbe übertüncht werden sollte. Der Kapitän reichte ihm die Hand, sagte „Matscher", womit Leo nichts anfangen konnte, weshalb der andere als Erklärung hinterher schob, das sei Sächsisch für *Matthias*. Er half Leo an Bord. Ein unrasierter Typ Mitte vierzig, der in seinem weißen Hemd aussah wie verkleidet. Sie kamen ins Gespräch. Leo fragte, was er vorher gemacht hatte. Bekam daraufhin dessen Lebensgeschichte zu hören, dazu rauchten sie Selbstgedrehte. In der DDR durfte Matscher kein Abi machen, weil er nicht bei der Deutsch-Russischen Freundschaft mitmachen wollte. Was immer das auch gewesen war. Ohne Abi kein Studium. Also wurde er nicht Anwalt, sondern Binnenschiffer, nachdem sie ihn in der DDR offiziell für asozial erklärt hatten, weil im Arbeiter- und Bauernstaat keiner nichts tun durfte. Nach der Wende fuhr er auf Lastkähnen quer durch Europa: Rhein, Donau, Elbe. Er betrachtete diese Freiheit als seine späte Rache an der DDR. Er haderte nicht, nahm es, wie es kam. Der erste gute Typ, den Leo hier kennenlernte.

„Nu bin ich halt Kapitän von der *Santa Monika*. Is doch auch was."

Für Leo stellte sich der künftige Klotzsche-Kapitän ans Steuerrad, stolz ließ er sich am Steg vor seiner Monika porträtieren. Alles Scheitern, jeder Neuanfang in seinem erhobenen Kinn. Für solche Momente war Leo Fotograf geworden. Er nahm sich vor, den gestrandeten Schiffer für die Ausstellung zu berücksichtigen. Sie verabredeten, bei Gelegenheit ein Bier in der *Guten Stube* zu nehmen. Matscher versprach ihm Geschichten vom Bürgermeister und von Thieme. Der habe schon zu DDR-Zeiten Artikel geschrieben. Und was für welche. Es klang verächtlich.

Sie mussten an die Arbeit, das Schiff füllte sich mit Anzugträgern und Frauen in unvorteilhaften Kostümen. Leo erkannte die üblichen Ladenbesitzer, Vereinsvorsitzenden und Stadträte. Die Investoren erkannte er daran, wie sie die Hostessen mit den Tabletts rumkommandierten. Der Pastor war auch da und schüttelte Hände, vermied es aber tunlichst, Leo zu nahezukommen, was aber auch nur Einbildung sein konnte. Es wurde Sekt gereicht und der Bürgermeister hielt eine Rede, die den Eindruck vermittelte, er habe diesen See mit Gott persönlich geschaffen. Merbitz stellte eine Siedlung mit Ferienhäusern in Aussicht und erinnerte an die Wendezeit, als der See noch ein Baggerloch und Liebbrehna ein maroder Braunkohleort war. Selbstgefälligkeit triefte aus jedem Satz, aber er verstand es, ihnen das Gefühl zu geben, sie hätten das gemeinsam erreicht. Wobei er keinen Zweifel an seinem eigenen Beitrag aufkommen ließ. Das unvermeidliche Gruppenfoto vor der Jungfernfahrt arrangierte Leo so, dass möglichst viel skandinavische Kulisse und möglichst wenig einheimisches Personal zu sehen war. Das Schiff legte ab. Leo sah Merbitz mit Sektglas und Häppchen bewaffnet auf ihn zusteuern. Es gab kein Entkommen. Er zwängte sich gegenüber von Leo hinter den fest verschraubten Tisch auf die Bank.

„Na, da ham Se doch heute Motive bis zum Gehtnichtmehr, nicht wahr? Ham Se sich denn schon einen Liegeplatz im Hafen gesichert?"

Eine Ansprache auf Augenhöhe schaffte er einfach nicht, er konnte nur von oben herab. Auf eine derb joviale Art, trotzdem nicht uncharmant.

„Wir überlegen noch, meine Frau und ich."

„Nur nisch zu lang, mein Guter, nur nisch zu lange. Wenn erstemol die Feriensiedlung steht, wird es ganz schnell gehen. Wer schlau ist, greift jetzt zu. Wer zu spät kommt, den bestraft das Leben, die Weisheit vom alten Gorbi gilt immer noch."

„Danke für den Hinweis, wir lassen es uns durch den Kopf gehen. Hören Sie, Herr Merbitz, ich hab gehört, es gibt neue Bauauflagen für die *Rote Zora.* Ich wollte mal persönlich fragen, ob man da nicht eine Ausnahme machen kann? Die jungen Leute haben lange für einen Lyrikabend geprobt. Die stehen doch sonst auf der Straße."

Merbitz ließ sich nach hinten in die Bank fallen und breitete die Arme über die Lehne aus. Plusterte sich noch mehr auf als gewöhnlich.

„Vorschrift ist Vorschrift. Do sin mer leider die Hände gebunden."

Wie zu erwarten, ließ er ihn auflaufen. Leo hatte es als Bittsteller versucht, aber das brachte gar nichts. Er gab es auf.

„Herr Merbitz, wir wissen doch beide, was Sache ist. Wenn diese Auflagen für alle gelten würden, müsste man die Hälfte der Häuser im Ort sofort evakuieren."

Merbitz zügelte sein Sächsisch. Betonte jedes Wort.

„Ich mag Sie, mein Lieber. Ich mag Sie wirklich. Aber ich kann Ihnen nur raten: Hängen Sie sich für die Autonomen nicht zu weit aus dem Fenster. Sie haben mit der Yvonne diesen Brief geschrieben und ich kann das in gewisser Weise sogar nachvollziehen, schließlich sind das Ihre Jungs. Aber schauen Sie sich mal um. Hier entsteht was Neues. Da sind Pioniere gefragt. Visionäre. Wir bauen hier was auf. Und das Letzte, was Liebbrehna gebrauchen kann, ist ein Kainsmal auf der Stirn."

„Kainsmal?"

„Mügeln, Hoyerswerda, Rostock-Lichtenhagen. Na, klingelt da was? Die Namen sind für immer verbrannt, die werden den Ruf als Nazinest nie wieder los. Die Medienmeute ist schon lange wieder weg, aber der Ruf ist für immer ruiniert. Mit der Zora haben wir nicht erst seit gestern Scherereien. Ich will Ruhe haben, das ist alles. Ich hab kein Interesse, dass Liebbrehna in einem Atemzug mit Lichtenhagen genannt wird."

„Soweit ich mich erinnern kann, haben die damals versucht, Menschen anzuzünden. Wie ich das sehe, ist da kein Rufmord begangen worden, die Kollegen haben nur über die Fakten berichtet."

„Die Fakten, ja, die Fakten."

Merbitz schnaubte, wuchtete sich nach vorn und legte seinen massigen Körper weit über den Tisch. Dimmte seine Stimme herunter.

„Ich muss wissen, ob ich mich auf Sie verlassen kann. Ob ich auf Sie zählen kann."

„Ich werde jedenfalls nicht wegsehen, wenn Sie das meinen."

„Ach was. Wer spricht denn von wegsehen? Ich spreche von Aufbauschen. Vom In-der-Scheiße-Wühlen. Das Glas ist halb voll oder halb leer, je nachdem, wie man es sehen will. Ich will nur sichergehen, dass wir nicht hintenrum den Dolch in den Rücken kriegen wegen ein paar Jungs, die über die Stränge schlagen. Ich wollte das nur mal gesagt haben. Na, wie dem auch sei: Ich freue mich jedenfalls auf die Ausstellung. Sehr sogar. Das wird eine runde Sache, da bin ich mir sicher. Wie gesagt, ich halte große Stücke auf Sie."

Damit ließ er Leo sitzen und mischte sich wieder unter die Leute. Immerhin bemühte sich Merbitz noch um ihn. Auch wenn nichts von dem, was Leo sagte, bei ihm ankam. Leo stand auf, hielt lustlos auf die Fahrgäste und freute sich auf die Rückkehr in den Hafen. Er beobachtete, wie sich der Pastor immer wieder in ein Gespräch vertiefte, zwischendurch das Kinn in die Hand stützte und intellektuelle Nachdenklichkeit zur Schau stellte. Was fand Andrea bloß an dem? Die Sonne kam raus und streute Lichtkonfetti übers Wasser, was kitschigschöne Bilder gab. DDR-Barden besangen durch blechern klingende Lautsprecher alte Bäume und steigende Drachen. Überall schwelgten sie wippend in Nostalgie. Nachdem die *Santa Monika* angelegt hatte, beeilte er sich, in die Redaktion zu kommen, danach kurz in den Baumarkt draußen im Gewerbegebiet. Er wollte unbedingt an der Sauna weiterbauen, bevor Andrea nach Hause kam. Zwei, drei Tage noch, dann konnte er sie überraschen. Später würde er sägen und schrauben und sich wundern, wo sie bleibt.

31.

Kleine Tröpfchen traten aus, legten sich auf die Stirn, begannen den Hals runterzulaufen und kitzelten am Rücken bis zum Steiß, während Leo noch völlig trocken vor ihr saß. Andrea betrachtete die breiten Abstände zwischen den hellen Holzlatten, zu unregelmäßig für die akkurate Arbeit eines Handwerkers. Sie stellte sich vor, wie Leo gekämpft und geflucht hatte, wo ihn doch schon ein einfaches Billy-Regal aus der Fassung bringen konnte, aber er hatte es hinbekommen, völlig unbemerkt. Sie hatte das Projekt Sauna zu voreilig abgeschrieben. Die Überraschung war ihm gelungen. Andrea verrieb einen Schweißfilm auf ihren Brüsten, von denen Leo nach wie vor hingerissen war. Er konnte sich nicht sattsehen an ihrer schweren, hängenden Weiblichkeit, nach wie vor. Das war keine Selbstverständlichkeit, änderte aber nichts an ihrer eigenen Sicht. Seine Bewunderung war nicht genug, jedenfalls nicht immer. Ganz anders als zufällige Begehrlichkeiten, die sie streiften. Der ganz normale Verschleiß, hatte nichts zu sagen.

Leo selbst veränderte sich überhaupt nicht. Er war immer noch der Typ des langbeinigen Beachvolleyballers ohne Bauchansatz, der nach langen Nächten in runtergeschrebbelten Clubs aussah, mit vielen Zigaretten und wenig Essen. René hatte breitere Schultern, der Bizeps war gewölbter, kurz überlagerte seine Silhouette die von Leo. Sie vertrieb den unanständigen Vergleich wieder. An Leos Körper gab es nichts auszusetzen. Und mit seinem Jungen-Mund kriegte er sie immer noch. Es war immer sein Gesicht gewesen, die verwuschelten Haare, mehr als sein Körper. Ihr Leo. Irgendwas beschäftigte ihn, das merkte sie. Er sah sie unsicher an, als wüsste er nicht, wo er anfangen soll.

„Weißt du, wir müssen so nicht leben."

„Wie leben?"

„Na so. Vielleicht willst du ja eigentlich was ganz anderes. Ich meine, du kannst mir das ruhig sagen, wenn sich da was bei dir verändert hat, Andrea. Vielleicht passiert das einfach mit der Zeit. Wahrscheinlich ist das einfach so."

Sie mochte, dass er ihren Namen benutzte. Dass sie sich nie mit Kosenamen kleingemacht hatten. Nicht zum Kätzchen und Bärchen geschrumpft waren.

„Jetzt red nicht drumherum, Leo. Sag, was los ist."

„Ich spreche von dem Deal, den wir haben. Ewige Treue, vielleicht führt das nur zu Geheimnissen und Heimlichkeiten. Am Ende macht dann doch jeder sein Ding hinter dem großen Versprechen."

„Und was soll dieses große, dunkle Geheimnis sein, das ich so ganz allein mit mir ausmache? Komm, sag schon, was soll das sein?"

„Keine Ahnung. Sag du's mir."

„Möchtest du mir was sagen, Leo? Gibt es da jemanden? Ist es Patricia? Bei der hast du schwer Eindruck gemacht mit deiner Fotografen-Masche."

Sie hatte keine Ahnung, worauf er hinauswollte. Den Spieß umzudrehen, war nur ein Reflex, kein ernsthafter Verdacht. Sie mischte Ironie unter, wollte ihn nur aufziehen. Wunderte sich mehr, als sie beargwöhnte, über was sie eigentlich sprachen.

„Blödsinn, wie kommst du denn auf Patricia? Schwachsinn. Es geht mir um was ganz anderes."

Er brach sich einen ab, wand sich wie ein Junge, der was ausgefressen hatte oder sich schrecklich schämte, bis er endlich damit rausrückte.

„Lass es mich so sagen: Mir ist Ehrlichkeit wichtiger als Monogamie. Meine Güte, andere gehen in Swinger-Clubs, aber die teilen das miteinander. Die machen sich nichts vor. Ich will nur sagen, wir können drüber reden, wenn du was ändern möchtest bei uns."

„Sag nicht, dass du mit mir in einen Swinger-Club gehen willst, Leo. Das glaub ich jetzt nicht."

Ungläubiges Lachen. Sie ahnte, dass es ihm um was ganz anderes ging. Es drohte, grundsätzlich zu werden, worauf sie überhaupt keine Lust hatte. Ihr war danach, hier mit ihm zu sitzen. Schwitzen, schweigen, flirten, später vielleicht ein bisschen vögeln. Sie dachte an das endlose Palaver bei seinen Eltern. Über die Lage der großen Koalition, die katholische Kirche, den Stand der Solarbranche. Von so einem Wochenende bekam sie Kopfschmerzen, so, wie Leo bei ihren Eltern Beklemmungen kriegte. Wo er sich wie im Stummfilm vorkam, wie er sagte, nur weil nicht alles zerredet wurde, weil auch mal was stehen bleiben konnte, ohne geklärt zu sein oder ausdiskutiert.

Jedes Sonntagsessen, jedes Stimmengewirr, jedes ungesagte Wort hatte sich eingebrannt. Bei ihm und bei ihr. Ließ ihn bohren und sie schweigen. War keine böse Absicht, auch von Leo nicht. Er konnte nicht anders.

Sein Mund zog sich schmal, er wusste nicht weiter. Stützte sich resigniert auf den Oberschenkeln ab und studierte abwechselnd die Maserung des Holzbodens und seine Zehen. Sie war grob geworden.

Wollte den schönen Abend unbedingt retten. Aber nicht um den Preis eines Beziehungsgesprächs über Offenheit und Heimlichkeit.

„Mein schöner Mann. Ich will dich nicht teilen. Weder im Swinger-Club noch sonst wo. Du gehörst mir."

Er richtete sich sofort auf. Eine rührende Erektion, gegen die er machtlos war. Sie kniete sich vor ihn, als die Saunatür knarzend aufging. Leo kreuzte die Hände vor seinem Ständer, Andrea rollte in einer fließenden Bewegung zurück auf die Holzbalken, als habe sie sich nur umsetzen wollen. Milan war viel zu euphorisch, um sich was dabei zu denken. Er umarmte erst Andrea, dann Leo, mokierte sich mit gespieltem Ekel über ihren Schweiß und teilte ihnen mit, wie dankbar er sei, dass sie ihnen das Atelier überlassen hatten. Er gab Andrea einen Kuss auf die Wange und hörte gar nicht auf, sie zu drücken. Überwältigte sie mit seiner Zuneigung, die so selten geworden war. Sie hatte Friedemann angesprochen, ob die Zora-Kinder das Gemeindehaus als Treffpunkt nutzen könnten, bis die Sache mit dem Bauamt geklärt war. Hatte sich eine Abfuhr geholt. Als Pastor wolle er nicht Partei ergreifen, wie er sagte. Sogar Uwe hatte sie nach dessen leerstehender Scheune gefragt. Der hatte sich so lange gewunden, bis sie gesagt hatte, er solle es vergessen. Am Ende war nur ihr Atelier übrig geblieben. Unter der Bedingung, dass keine Drogen konsumiert werden, keine harten jedenfalls. Und wenn sie am nächsten Tag Kotze wegwischen müsste, wäre es das erste und letzte Mal gewesen. Milan hatte alles versprochen, jede Bedingung akzeptiert. Immerhin hatte sie sich mit dem gewährten Asyl etwas Liebe erschlichen.

Sobald Milan raus war, griff sie nach Leos Hand. Die Erregung war verdampft. Sie war glücklich, weil Milan glücklich war. Leo ging es genauso. Ihre Hände verfingen sich, sie grinsten sich in warmer Verbundenheit an. Andrea sagte, wie gern sie diese Jule mal kennenlernen würde. Ließ sich aber von Leo überzeugen, nichts zu überstürzen. Sicher hatte er Recht. Bloß nicht nerven, sonst würde Milan sich wieder zurückziehen. Er würde sie ihnen schon vorstellen, wenn es an der Zeit war.

Andrea stolz und traurig. Bittersüße Muttermelancholie. Eltern hängen immer einem Zustand nach, der gar nicht mehr existiert, klammern sich an das, was war, als wären ihre Kinder in Stein gemeißelt. Milan war längst weiter als in ihrer Vorstellung, erlebte, was sie ihm so gewünscht hatte, aber ganz weit weg schien. Leos Körper war jetzt eine glänzende, feuchte Fläche. Nett anzusehen. Sie verrieben sich gegenseitig den Schweiß wie Massageöl, fuhren mit festen Handgriffen über Schultern, Brüste, Bauch und Beine, schaukelten sich hoch, bis ihr die Hitze zu viel wurde. Ihr war nach gemeinsamer Nacktheit in kühler Nachtluft, sie zog Leo aus der Sauna. Ganz nackt war nicht drin, wegen Milan. Mit Handtüchern umwickelt gingen sie nach draußen und setzten sich auf die Bank unter dem Nussbaum. Kalter, würziger Spätsommer, sie schloss die Augen. Riss sie wieder auf und sah das Feuer. Am Eingang zum Hof ging ein Kreuz in Flammen auf. Sofort kamen die zugehörigen Bilder. Aus unzähligen Filmen. Südstaaten, *Ku-Klux-Klan*, weiße Kapuzen, schwarze Menschen, die mit einem Strick um den Hals von Bäumen baumeln. Sie hörte sich wimmern, hatte ihre Finger in Leos Schenkel gekrallt wie ein in die Enge getriebenes Tier. Leo stand ruckartig auf.

„Tu doch was", raunte sie. Wusste selbst nicht, was er tun sollte.

Hinter den Flammen zeichneten sich die Schemen dunkler Gestalten ab. Die Kapuzen über ihren Köpfen waren schwarz, nicht weiß. Die rechten Arme gereckt, ansonsten völlig starr. Das Kreuz brannte in grausamer Schönheit. Ein orangeroter Schrei. Leo riss sie hoch und schob Andrea zurück zur Tür. Die Flucht verstärkte die Panik. Er selbst lief rüber zum Atelier. Erst jetzt fiel ihr Milan wieder ein. Sie schlug die Tür hinter sich zu, schloss ab, suchte hektisch nach dem Handy. Tisch, Fensterbank, nichts. Wühlen in Taschen. Schließlich fand sie es in der Jacke und versuchte mit zittrigen Fingern, die Nummer von Jörg im Speicher zu finden. Heulte jammrig auf, weil ihre Finger nicht gehorchten. Durchs Fenster zuckten bläuliche Blitze. Sie duckte sich, bis sie erkannte, dass gar keine Feuerwerkskörper flogen. Leo stand im Hof, völlig nackt, das Handtuch hatte er offenbar verloren. Über dem Kopf hielt er seine Kamera und schoss in Richtung des Kreuzes, von dem nur noch der Querbalken brannte. Als sich Jörg endlich meldete, hörte sie sich mit hysterisch verzerrter Stimme konfuses Zeug stammeln. Schließlich schrie sie, er solle verdammt noch mal herkommen.

Jörg war erstaunlich schnell da. Er trug ausgelatschte Turnschuhe. Die Jogginghose passte nicht zur Jacke. Zumindest bei der Hose war Andrea nicht sicher, ob sie zu einem Schlafanzug gehörte. Andrea hatte sich was drüber gezogen, Leo sein Handtuch wiedergefunden. Milan und seine Freunde in einem Halbkreis dahinter. Sie standen um das verkohlte Holzkreuz, von dem schwarze Fetzen runterhingen und grauen Qualm absonderten. Beißender Benzingestank in der Nacht, verpestetes Idyll. Sie erzählten von den schwarzen Kapuzenträgern. Jörg beäugte das Kreuz von allen Seiten, als finde sich da ein Hinweis auf die Täter. Andrea hatte die Schockstarre überwunden. Die Angst hing noch in den Knochen, Wut kam dazu, bestialische Wut. Jörg suchte den Boden ab, trat mit dem Fuß gegen verkohlte Stofffetzen, ging wieder zum Kreuz. Endlich sah er sie an.

„Riesenschweinerei, keine Frage. Ist nur die Frage, was das denn hier nu ist. Strafrechtlich gesehen, meine ich. Brandstiftung kommt nicht infrage, ham ja kein Haus abgefackelt. Landfriedensbruch auch nicht, ist ja keine klassische Randale in dem Sinne. Eventuell kommt Hausfriedensbruch infrage. Wobei das hier natürlich nur die Einfahrt ist. Müssen wir uns mal in Ruhe durch den Kopf gehen lassen."

Nicht mal Leo begehrte auf. Brachte eh nichts. Jörg fragte nach den Fotos, die Leo gemacht hatte. Leo versprach, sie morgen aufs Revier zu bringen. Milan und seine Freunde lachten schon wieder. War entweder eine Übersprungshandlung oder sie waren schon so abgestumpft. Sie hatten sich daran gewöhnt, drangsaliert und gejagt zu werden. Sich verkriechen zu müssen, anstatt frei zu sein. Aber sie haderten nicht. Beneidenswerte Unempfindlichkeit, daneben kam sich Andrea wie eine hysterische Alte vor. Ein paar Provinz-Nazis führten ihr Schmierentheater auf und sie drehte vollkommen durch. Eine neue Wutwoge durchkroch sie wie ein hässlicher Wurm, der alles betäubte. So kannte sie sich nicht, so hilflos und klein. Gegen dieses Gefühl der Ohnmacht kamen ihr die Niedergeschlagenheiten aus der Hamburger Zeit wie unbedeutende Lappalien vor. Neben Milan stand ein Mädchen mit auberginefarbenen Haaren. Andrea hätte sich gewünscht, Jule unter anderen Umständen kennenzulernen. Sie hatte ein schönes Gesicht. Milan zog ihren Kopf sacht gegen seine Schulter, geradezu lässig machte er das, kein bisschen unbeholfen. Daneben David. Das Dreieck. Die ersten wollten sich auf den Heimweg machen. Andrea gab nicht eher Ruhe, bis Jörg und Leo sich bereit erklärten, Milans Freunde nach Hause zu fahren. Sie ging rein, setzte sich mit einem Glas Rotwein ins Wohnzimmer. Stand wieder auf und überprüfte, ob die Fenster geschlossen waren. Sie hatten es geschafft, das Haus mit Angst zu verseuchen. Wenn wenigstens Milan bei ihr geblieben wäre. Die Stille war schlimm. Sie fuhr mit dem Finger über das Smartphone. Namen und Nummern liefen vorbei. René war sicher noch wach.

32.

Sie füllten Sandsäcke, schleppten und stapelten und bildeten Ketten, um den Durchbruch am Hafen zu verhindern. Überall angespannte Muskeln, die Schaufeln in Sandhaufen rammten oder Säcke auf Schultern wuchteten. Auf etlichen Oberarmen *Eiserne Kreuze* und Runen, was aber keinen beim kollektiven An-einem-Strang-Ziehen störte. Kraftstrotzende Mechanik der Pflichterfüllung. Endlich wieder Gemeinschaft. Ein nationaler Tag der Arbeit zum Wohle Liebbrehnas. Leo ging durch die Reihen der Dammschützer. Dieselben Typen, die gestern mit einer Kapuze über dem Kopf auf ihren Hof marschiert waren, um ihren rassistischen Firlefanz aufzuführen. Im Internet hatten sie damit geprahlt und gehöhnt. Ritter der arischen Rasse, brennendes Fanal, Deutschland erwache. Der Jura-Student, der seine Kameraden im weißen Hemd durch den Matsch dirigierte und die eintreffenden Kipplaster einwies, hatte in einem ellenlangen Pamphlet unverhohlene Drohungen ausgestoßen. Den Volksfeinden im Ort einen Klimawandel versprochen und dazu aufgerufen, die Region zeckenfrei zu machen. Danach werde man sich um ethnische Reinheit kümmern. Brackiges Seewasser klatschte gegen die unteren Sandsäcke. Der Boden dahinter aufgeweicht. Bei einem Durchbruch würde sich der See durch eine Senke in den Ort ergießen. Und wenn schon, dachte Leo, das braune Nest würde keiner vermissen, bevor er die ineinandergreifende Menschenkette mit ihren schwitzenden, angestrengten Gliedern fotografierte. Waren ja nicht alle so.

Er bemühte sich, die Nazis außen vor zu lassen, was nicht einfach war. Er erkannte Azubis, Schüler, sogar den Schreihals, der sie neulich beim Grillen gestört hatte. Eine Katastrophe wie gemacht für die selbsternannten Kümmerer. Im Internet träumten sie von der nationalen Revolution und huldigten der weißen Rasse, hier machten sie auf Wohltäter. Leo dachte an Andrea. Siebenunddreißig Minuten Dauergespräch. Mit einem, zu dem sie gar keinen Kontakt mehr hatte. Seit Jahren nicht. Siebenunddreißig Minuten Intimitäten, Versprechungen, Heimlichkeiten. Zeit genug, um sich zu versichern, wie sehr man sich vermisse, um sich anzufixen und aufzugeilen. Sie ließ sich von René *Diva* nennen, er durfte sie auf einer schmierigen sexuellen Ebene ansprechen, die sie jedem anderen um die Ohren gehauen hätte. Sie schlüpfte in ihre alte Rolle, gab das Frauchen, als wäre sie noch mit ihm zusammen, in einem Ton, der ihnen nicht mehr zustand. Sie knüpfte an die alte Vertraulichkeit an, die es gar nicht mehr geben dürfte, die sie offiziell für beendet erklärt hatte. Er kannte die Frau nicht, die sich in den SMS unnahbar und anzüglich gab, die wechselweise auf Dame und auf Mädchen machte. In wenigen Worten mehr Facetten, als er je von ihr zu sehen kriegte. Weil sie sich ihm vorenthielt oder für René Theater spielte. So oder so, sie log ihn an. Er konnte es drehen und wenden, wie er wollte. Leo hatte sich nie gefragt, was Andrea mache oder wen sie treffe, wenn er unterwegs war. In den staubigen Straßen von Kairo, zwischen stinkenden, hupenden Autokolonnen blieb er in Gedanken, wo er war. Umgeben von Kohleaugen und zahnlosen Faltengesichtern gab es kein Misstrauen, keinen Zweifel. Er sammelte Gesichter und Geschichten und brachte sie mit nach Hause, wo Andrea auf ihn wartete. Dachte er jedenfalls. Wie naiv das gewesen war, wie blind. Kairo, wo ihn ein vollständig Verhüllter durch einen dunklen Turm auf das Dach einer Moschee geführt hatte, an einen erhabenen Ort, der dem gewöhnlichen Besucher vorenthalten bleibt. Die rassistische Angst, auf der dunklen Treppe abgestochen zu werden. Die Erleichterung, als oben die Tür aufging und Abendlicht in das steile, finstere Loch brach, als würde ewige Nacht zerrissen. Die unwirkliche Ruhe über dem sandfarbenen Häusermeer. Wie egal alles gewesen war. Wie erfüllt.

Die meisten Dammschutz-Nazis ließen sich nichts anmerken, unterbrachen sogar kurz ihre Arbeit, um zu posieren, wenn er sich mit der Kamera vor ihnen aufbaute. Einige ließen sich zu einem hämischen Grinsen hinreißen, sie wussten genau, wen sie vor sich hatten. Leo kriegte es immer noch nicht zusammen. Wie sie nachts auf Jagd gehen konnten, vermummt, voller Hass. Und tagsüber auf freundliche Helfer machten. Sie waren akzeptiert, genossen den Respekt der Hausfrauen und gestandenen Bürger um sie rum. Prahlten mit ihrer Muskelkraft, die sie für die Gemeinschaft einsetzten. Überall gute Laune, fröhlich-angestrengte Gesichter, Stolz, dabei zu sein. Ihre Nachbarin Marlene flirtete mit den kleinen Schlägern, war sich nicht zu blöd, bewundernd den Bizeps des Oberschlägers zu befühlen in ihrem alternden Geifer. Am Rand des Hafens hatte der Pakistaner einen Wagen aufgebaut, wo er Döner für einen Euro verkaufte. Daneben zapfte Stulli aus der *Guten Stube* Freibier. Vor Leo standen drei *Heimatwächter* in der Dönerschlange, alles Schüler, der schmächtige Jungsturm. Einer von ihnen der Metzgersjunge, den sich Andrea beim Grillen vorgenommen hatte. Leo sprach ihn an, fragte, ob er denn schon wieder fit sei nach letzter Nacht, konnte sich den Seitenhieb nicht verkneifen. Der Junge ging ihm auf den Leim, bekam rote Flecken am Hals und stammelte, er sei gar nicht dabei gewesen, holte sich dafür eine Abreibung von seinem Kumpel ab. Tommy solle gefälligst das Maul halten. Der Pakistaner reichte den Jungs die Döner. Sie zogen ab, ohne zu bezahlen. Leo rief ihnen nach, ob sie nicht was vergessen hätten. Einer drehte sich um und blaffte, der Döner beim Kanaken sei gratis. Der Pakistaner wedelte beschwichtigend mit den Armen. Das gehe schon in Ordnung, kein Problem. Leo wollte protestieren, bis er begriff. *Heimatwächter* brauchten nicht bezahlen. Döner oder Ärger. Kulinarisches Schutzgeld.

Am Hafen stieg Merbitz aus einem Geländewagen, verkleidet wie Gerhard Schröder beim Oderhochwasser. Mit Gummistiefeln und grüner Wachsjacke stapfte er zum Krisenherd, scharte sofort eine Traube Helfer um sich und rief Leo zu, er wäre soweit. Merbitz schüttelte dem Jura-Studenten die Hand, dessen Hemd immer noch fleckenfrei in Strahleweiß, kein Schweiß, kein Schmutz, der Seitenscheitel klebte so perfekt, als käme er gerade vom Burschenschaftsball. Leni Riefenstahl hätte ihre Freude an ihm gehabt. Daneben Treter, der Schläger im Feinripp-Unterhemd, von dem Leo wusste, dass er dabei gewesen war. Leo hielt entschuldigend seinen Döner hoch. Er würde einen Scheiß tun und nach Merbitz' Pfeife tanzen.

Er fragte sich, ob nur er sich verändert hatte, seit er nicht mehr dauernd in der Weltgeschichte unterwegs war. Was schlimmer war, heimliche SMS zu schreiben oder sie heimlich zu lesen. In der Illusion zu leben, alles sei gut, oder die Gewissheit zu haben, dass etwas nicht stimmte. Andrea ließ sich eine Hintertür offen, vielleicht hatte sie das immer getan. Es gibt nie nur den einen, der infrage kommt. Aber warum war ihr der andere so wichtig? In Schlechtigkeit standen sie sich jedenfalls in nichts nach. Nach dem Döner brachte er es hinter sich. Die Fluthelfer bauten sich zum Mannschaftsfoto auf. Treter präsentierte seine dicken Oberarme, der Jura-Student sein Schwiegermutterlächeln, die Nachwuchs-Nazis plusterten ihre Hühnerbrüste auf. Merbitz ließ sich über den Gemeinsinn der jungen Leute aus. In Krisenzeiten zeige sich, wer zusammenstehe und auf wen man sich verlassen könne. Wem die Heimat wirklich am Herzen liege. Die Kameraden waren jetzt Helden und Retter. Es war zum Kotzen.

Nach einem Abstecher in die Redaktion fuhr er zu Yvonne. Sie umarmten sich und setzten sich auf die Terrasse, weil die Wohnung nicht aufgeräumt war. Zum ersten Mal merkte Leo ihr die alleinerziehende Mutter an. Sie war fahrig, setzte sich, sprang gleich wieder auf und versuchte vergeblich, im Vorbeigehen Ordnung zu schaffen, indem sie rumliegende Wäschehaufen zusammenklaubte. Sogar zu nervösem Blumengießen ließ sie sich hinreißen. Inzwischen kannten sie sich so gut, dass sie ihm nicht vormachen musste, gut drauf zu sein.

Sie warteten auf die anderen, taten so, als würde noch jemand kommen, obwohl sie es beide besser wussten. Leo hatte auf Andrea gehofft. Sie hatte gesagt, sie würde es sich überlegen. Ein weiterer Nadelstich. Leo und Yvonne begannen, zu überlegen, wie sie im Ort gegen die Nazis vorgehen könnten. Yvonne schrieb Stichworte auf einen Zettel: Mit Stulli sprechen, dass er den *Heimatwächtern* nicht mehr das

Hinterzimmer in der *Guten Stube* überlässt. Einen Antrag im Stadtrat einbringen, dass beim Stadtfest künftig eine andere Security-Firma gebucht wird. Keine kahl rasierten Free-Fighter mehr. Leo sprach es als Erster aus.

„Bringt doch eh nix. Die retten Liebbrehna gerade vor dem Absaufen. Seien wir ehrlich, die können jetzt machen, was sie wollen. Außer uns kümmert eh keinen, was die treiben. Im Gegenteil, die meisten freuen sich doch klammheimlich, dass irgendwer mit dem bunten Gesocks aufräumt."

Yvonne legte den Stift auf den Tisch. In der Cargohose sah sie wie eine Kämpferin aus. Unter dem weißen Unterhemd zeichneten sich ihre kleinen Brüste ab. Aber sie saß eingesunken da, wusste auch nicht weiter.

„Glaubst du, Andrea kommt noch?"

„Sieht nicht so aus."

„War das eigentlich schon vorher so bei euch, ich mein, vor dem Umzug?"

„Was meinst du?"

„Tut mir leid, ich will dich nicht bedrängen. Vergiss es."

„Nein, ist schon okay, du bist sowieso die Einzige, mit der ich reden kann."

„Glaubst du, Andrea hat was mit dem anderen?"

„Keine Ahnung, ich weiß es nicht, ich meine, irgendwas hat sie, aber ich weiß nicht, was da genau passiert. Sie sagt es mir ja nicht."

„Vielleicht überforderst du sie mit dieser radikalen Offenheit. Vielleicht kann sie das nicht. Jeder ist, wie er ist."

„Wenn du einmal anfängst, zu suchen, findest du überall Hinweise. Jeder Anruf, jede SMS, jeder Gesichtsausdruck, überall findest du Indizien und Spuren. Das kann alles ganz harmlos sein, aber möglicherweise weigert man sich auch, eins und eins zusammenzuzählen. Irgendwann weißt du nicht mehr, was du glauben sollst."

„Warum legst du nicht einfach alles auf den Tisch, was du weißt?"

„Ich bin da nicht gerade stolz drauf, Yvonne. Ich mache widerliche Sachen. Ich wühle im Dreck. Immer wieder. Ein paar Tage geht es, dann sag ich mir, da wird schon nichts sein. Aber dann trampelt der

Verdacht alles nieder und es geht von vorne los. Dann würde ich alles tun, um endlich die Wahrheit zu erfahren, alles, verstehst du? Du würdest mich nicht mehr angucken, wenn du wüsstest, was das aus mir macht. Ich bin ein Schwein, Yvonne, ein richtiges Dreckschwein."

Er suchte nach Anzeichen für Verachtung, aber sie schien nur enttäuscht.

„Wenn du glaubst, dass ich nicht aushalte, was zwei Menschen passieren kann, kennst du mich schlecht. Ich kenn das alles, Leo, das kannst du mir glauben. Die Nächte, wenn du neben ihm liegst und dich fragst, ob er bei der anderen war. Die Lügen, Auge in Auge. Hab ich alles hinter mir. Ich weiß, wozu man fähig ist. Ich weiß auch, wie einen das auffrisst."

Die Traurigkeit platzte. Er musste die Augenhöhlen mit Daumen und Zeigefinger verstopfen. Auf gar keinen Fall wollte er vor Yvonne flennen. Er spürte ihre Hand in seinem Nacken, die ihn zärtlich kraulte, unglaublich zärtlich. Kam alles hoch, war alles zu viel. David tauchte in der Tür auf. Yvonne forderte ihn auf, sich zu ihnen zu setzen, zog ihre Hand aber nicht zurück. Leo besorgt, was er wohl denken würde, aber die Selbstverständlichkeit, mit der Yvonne zu ihrer Geste stand, war überwältigend. Er riss sich zusammen und fragte David nach Milan. Der sei mit Jule verabredet, kam es knapp zurück. David wusste nichts mit sich anzufangen. Yvonne rückte einen Stuhl für ihn zurecht. Zu dritt unterhielten sie sich, wie es mit der Zora weitergehen solle. Leo bot an, beim Renovieren zu helfen. David hörte sich das an, sagte selbst nichts dazu, er sah sie nicht an, war mit den Gedanken woanders. Nach einer Weile kündigte er an, noch was lesen zu wollen und ging. Yvonne sah ihm nach. Konnte nichts machen. Leo suchte nach den richtigen Worten.

„Ist nicht leicht für ihn, das mit Jule."

„Da muss er durch. Er hält sich ganz tapfer, finde ich. Gibt bessere und schlechtere Tage, das kennen wir ja selbst."

Sie fing sich schnell wieder. Geübt darin, Kummer nicht nachzugeben. Sie rauchten eine. Yvonne goss ihm noch mal Rotwein nach. Zwei Taumelnde, die sich stützten.

Leo holte die Kamera raus, hielt auf ihr Gesicht, das unverändert blieb. Angefasst, rau, die Sommersprossen sprangen ihm entgegen. Sie vertraute ihm, versuchte nicht mal, sich zu verstellen oder gefällig auszusehen.

„Weißt du, ich hätt dich gern früher getroffen, Yvonne."

„Jetzt haben wir uns ja."

Zum Abschied küsste sie ihn auf die Stirn. Sie hatte es geschafft, ihn zu beruhigen. Das hielt an, bis er Andrea mit Uwe unter dem Nussbaum antraf. Andrea umarmte Leo flüchtig und bat ihn, sich dazu zu setzen, ohne ihr Gespräch zu unterbrechen. Es ging um biologisch angebautes Gemüse.

Leo setzte sich neben sie auf die Bank. Andrea zwischen ihnen in der Mitte wandte sich weiter Uwe zu, der über unbelastete Kartoffeln sprach wie über den heiligen Gral. Diese Besessenheit für Umweltgifte in homöopathischen Dosen. Der absurde Glaube, die Welt dadurch besser machen zu können, dass man gesündere Kartoffeln züchtet. Wie er dasaß mit seinen verknoteten Beinen und schmuddeligen nackten Füßen. Zugewandt, offen, verständnistriefend. Passiv, aber hellwach. Veganer Schneidersitzer. Die pure Berechnung.

Sie ging diesem fleischlosen Gesundheitsapostel auf den Leim, rückte immer näher an ihn ran. Leo blieb ein Statist, völlig egal, ob er da war oder nicht. Das Geseier über Bio-Fraß war ihr wichtiger als die Eltern-Initiative. Dafür hatte sie ihn versetzt. Übergangslos sprangen die beiden zu Entspannungstechniken, spielten sich die Bälle zu, ein Wort ergab das andere. Uwe bot an, ihr eine Einführung in Meditation zu geben. Das sei die ideale Ergänzung zu Yoga. Wahre Seelenreinigung. Uwe hatte nur einmal kurz aufgeblickt, ansonsten kroch er fast in sie rein mit seiner penetrant weichen Asketenmasche. Die beiden beachteten Leo weiterhin nicht.

„Soll ich euch besser alleinlassen? Dann könnt ihr in Ruhe meditieren oder was ihr sonst noch machen wollt."

Peinliche Stille. Als hätte der durchgeknallte Onkel mit einem obszönen Spruch die Familienfeier gesprengt. Uwe mit Verlegenheitsgrinsen. Schämte sich still für den armen Irren. Andrea sprang mit kurzer Verzögerung auf die Provokation an.

„Was ist denn bitte in dich gefahren, Leo, kannst du mir das verraten? Drehst du jetzt vollkommen durch?"

„Wär schön gewesen, du hättest dich heute mal bei Yvonne blicken lassen. Wenn du da das gleiche Engagement gezeigt hättest wie bei deinen scheiß Kartoffeln, hätten wir echt was auf die Beine stellen können."

„Bitte lass jetzt nicht deinen Frust an mir aus. Vielleicht gehst du einfach schon mal ins Bett."

Uwe stand auf. Er werde mal besser gehen, sei ja auch schon spät. Andrea hielt ihn am Arm fest. Das komme überhaupt nicht infrage. Leo zog ab, wund und gedemütigt. Er nahm sich ein Bier aus dem Kühlschrank und setzte sich in die dunkle Küche. Es dauerte nicht lange, dann hörte er sie im Haus. Er wartete, um ihr nicht im Bad zu begegnen. Später kroch er zu ihr ins Bett. Natürlich schlief sie nicht. Sie lagen nebeneinander, hörten den anderen atmen, warteten auf eine Geste, einen ersten Schritt. Leo hasste sich dafür, so verstockt und patzig zu sein wie ein kleiner Junge. Er konnte es nicht ändern.

33.

Andrea hatte sich in eine der ersten Reihen gesetzt, um Friedemann besser im Blick zu haben. Zum ersten Mal sah sie ihn in Arbeitskleidung. Er stand im schwarzen Talar auf der Kanzel und redete über Schuld und Vergebung. Es kam ihr so vor, als spreche er sie an, sie ganz allein. Wenn sie sich nicht täuschte, musste er sich zwischendurch zwingen, den Blick von ihr abzuwenden und über die versammelte Gemeinde schweifen zu lassen. Sie versuchte, sich auf seine Predigt zu konzentrieren, die davon handelte, dass wir alle schuldhaft seien und der Weg aus der Sündhaftigkeit nur über aufrichtige Reue führe. Von seiner Stimme eingelullt, tastete sie sich in ein tonloses Gebet vor, irrte durch diffuse Versatzstücke eines schlechten Gewissens. Das mit René war unnötig gewesen, aber was war denn schon groß passiert? Ihn zu treffen, hatte sich nicht gerade als gute Idee erwiesen, sie hatte das vorher gewusst und es hatte sie nicht davon abgehalten. War nicht mehr zu ändern. Wenn sie ehrlich war, hielt sich ihre Reue in Grenzen.

Es tat ihr leid, dass seit Berlin alles so kompliziert war, aber daran war sie nicht allein schuld. Hinter jedem Grashalm witterte Leo mittlerweile Verrat. Erstickte sie mit seinem Misstrauen.

Sie war abgeschweift, setzte neu an. Das bunte Glas der Kirchenfenster streute farbige Mosaike auf die Böden der alten Bauernkirche. Beim Beten kam sie sich vor, als würde sie eine Nachricht auf einem Anrufbeantworter hinterlassen. Nur weiß man bei einem AB, dass er irgendwann abgehört wird. Sie versuchte es mit einem Gebet für Milan: „Lieber Gott, beschütze ihn." Töricht kam sie sich dabei vor, wie eine Laienschauspielerin, die einen fremden Text spricht. Gespräche mit einem lieben Gott hatte sie nie geführt, nicht mal als kleines Mädchen. Nachträglich ließ sich kindlicher Glaube nicht lernen. Wenn es ihn wirklich gab, warum sollte er einer zuhören, die mehr an der Stimme seines Mitarbeiters interessiert war als an dessen klugen Worten? Ab und zu murmelte sie ein *Amen* mit, um nicht aufzufallen, ansonsten fremdelte sie mit den formelhaften Phrasen, die um sie herum nachgebetet wurden. Auch wenn sie die anerzogene Gewissheit in den Gesichtern bewunderte. Sie versuchte, sich zu konzentrieren, irgendwas zu empfinden, aber es machte nichts mit ihr. Die Lobpreisungen und Demutsbekundungen hatten nichts mit ihr zu tun, nichts mit dem Leben, das sie mit Leo und Milan führte. Sie kam sich wie eine Ungläubige unter Sektenmitgliedern vor. Hatte das Gefühl, man könne ihr das ansehen. Auch in einer Moschee hätte sie sich nicht weniger zugehörig fühlen können. Bei ihrem jährlichen Kirchgang zu Weihnachten war ihr das nie aufgefallen. Da zogen talentfreie Kinder die Aufmerksamkeit auf sich, indem sie in Jutesäcken als Maria und Josef verkleidet durch die Kirche marschierten, um sich schätzen zu lassen. Man regte sich über das miserable Krippenspiel auf, ging nach Hause Bescherung machen und gut war.

Am Ende verknüpfte Friedemann die Schuldfrage mit dem Hochwasser. Er erklärte es nicht direkt zur Strafe für sündhaftes Leben, aber es lief drauf hinaus. Erst im Angesicht der Katastrophe besinne man sich auf das, was wirklich zähle und erkenne eigene Irrwege. Und Gott schickte die Flut. Wie traurig. Mit einem strafenden Gott konnte Andrea noch weniger anfangen als mit verstaubten Ritualen. Eine

Naturkatastrophe zu instrumentalisieren, um den Leuten Schuldgefühle zu machen, war geradezu absurd. Alttestamentarischer Nonsens, den Friedemann unmöglich ernst meinen konnte, auch wenn seine rhetorischen Pausen für das Gegenteil sprachen. Als er fertig war, meinte sie, ihn bei einem unterdrückten Lächeln ertappt zu haben, das sie sich trotz seiner wirren Worte gern gefallen ließ. Das mit der Sünde war nicht so einfach. Bei den Liedern kam sie zur Ruhe, Friedemann hatte den lieben Gott offenbar umgehend um Verzeihung für die ungehörige Aufmerksamkeit gebeten, die er ihr geschenkt hatte. Er sang mit geschlossenen Augen. Seine feste Stimme übertönte das Brummen der Alten. Mit dem einsetzenden Orgelspiel verließ sie ihre Bank, um sich und ihm die Peinlichkeit eines belanglosen Gesprächs zu ersparen. Andernfalls hätte sie ihm die Meinung sagen müssen, was nicht weniger peinlich geworden wäre.

Sie beeilte sich, durch den kalten Nieselregen nach Hause zu kommen. Ihr kleines Erntefest drohte, ins Wasser zu fallen. Sie wollte es unbedingt durchziehen, schließlich hatte Milan versprochen, mit Jule und David dabei zu sein. Beim Frühstück hatte sie es mit Leo gerade noch mal hinbekommen. Er hatte sich halbherzig für seinen Auftritt entschuldigt, dafür hatte sie darauf verzichtet, eine große Sache draus zu machen. Die Reizthemen hatten sie bei ihrer kurzen Aussprache ausgespart, was ihr nur recht war. Mit dem Selbsthilfequatsch der Elterngruppe konnte sie nichts anfangen und auf bohrende Fragen von Leo gut verzichten. Er hatte schon angefangen, den Tisch zu decken. Als sie kam, trug er gerade Stühle nach draußen. Seine Frage, wie es gewesen sei, beantwortete sie euphorischer, als es sich anfühlte, die Merkwürdigkeiten erwähnte sie gar nicht erst. Auch ohne seine Ironie wusste sie, dass ihr später Versuch, sich an den lieben Gott ranzuschmeißen, gescheitert war. Bevor sie die Zutaten für den Kuchen zusammensuchte, wollte sie die Beklommenheit loswerden. Leo ließ sich einfangen, wehrte sich nicht gegen die Umarmung. Sie flüsterte eine Entschuldigung dafür, das Treffen bei Yvonne nicht abgesagt zu haben. Das Hin und Her zermürbte sie beide. Kraftlos legte sie den Kopf auf seine Schulter. Sie teilten sich die Bäume auf. Als Milan und Jule kamen, stand Andrea auf der Leiter im Pflaumenbaum. Mit halb gefülltem Eimer stieg sie runter und bot ihnen frische Pflaumen an. Jule war weniger aufgeregt als sie selbst und schaffte eine souveräne Begrüßung. Und sie wusste, Milan zu nehmen. Ihr Sohn stand unter Strom und verlegte sich darauf, vor seiner Freundin auf cool und erwachsen zu machen. Vorstellung bei den Eltern war unangenehmes Pflichtprogramm, daran hatte sich nichts geändert. Jules spöttische Bemerkungen zeigten, wie gut sie Milan kannte. Sie zog ihn auf, ohne sich auf seine Kosten lustig zu machen. Sie tat ihm gut. Er wurde lockerer, ruhte fast schon in sich neben ihr. Wie jung sie war. Neben Jule kam sich Andrea uralt vor. Jule war begeisterungsfähig und verbreitete gute Laune. Andrea fiel kein besseres Wort als *frisch* für sie ein. Ihre Schlagfertigkeit passte so gar nicht zu den schlabbrigen Kapuzenpullis, die Milan und sie trugen wie eine Uniform. Jule griff sich einen Eimer und nahm sich einen Birnbaum vor. Milan konnte gar nicht anders, als sich mitreißen zu lassen. Sie machten sich über den Baum her, als gäbe es nichts Aufregenderes. Vom Pflaumenbaum aus beobachtete Andrea die beiden, versicherte sich, dass Leo es auch sah. Eingespielt sahen sie aus, vertraut und neugierig, alles auf einmal. Irgendwann waren sie auch so gewesen. So leicht und selbstverständlich. Sie konnten das noch, nur nicht immer. Sie rief Milan zu, ob er wisse, wann David komme. Sie beschlossen, mit dem Kaffee zu warten. Als er um vier immer noch nicht da war, aßen sie Kuchen.

Während Jule von ihren großen Brüdern erzählte, klopfte Andrea ihre Aussagen auf etwaige Makel ab, fand aber keine. Sie war keine von diesen Prinzessinnen, mit denen sie schon in der Schule nichts anfangen konnte. Ihre Kindheitsgeschichten handelten von Buden im Wald und Hockeyspielen auf der Straße. Andrea fragte, was denn ihre Eltern machen. Erfuhr, dass ihre Mutter bei Lidl an der Kasse sitze und der Vater mal dies, mal das mache. Auf ihre Nachfrage erzählte Jule, dass sein Betrieb nach fünfunddreißig Jahren dichtgemacht hatte. Andrea musste sich erklären lassen, dass es aussichtslos sei, mit Anfang fünfzig noch was Festes zu kriegen. Wie oft sie das schon gehört hatte. Ein Gelegenheitsarbeiter und eine Verkäuferin also. Der Dünkel sprang an, aber nur kurz. Lieber eine mit dem Herz am rechten Fleck als eine blasierte Arzttochter. Sie bat Milan, mal nachzufragen, wo David bleibe. Er ging telefonieren und teilte ihnen mit, David sei schon um zwei von zuhause weg. Vielleicht wollte er sich den Anblick des jungen Glücks ersparen.

Sie saßen um den Grill und wärmten die kalten Hände über der Glut, als es drinnen klingelte. Andrea ging aufmachen. Thüringer Würste wollte sich David offenbar nicht entgehen lassen. Sie war überrascht, Davids Mutter zu sehen. Yvonne entschuldigte sich für den Überfall. Sie wolle nur nachfragen, ob David inzwischen gekommen sei. Sie habe schon überall angerufen, ohne Erfolg. Yvonne sah wüst aus, die roten Haare wirr und zerzaust, das Gesicht blass, ihre unterdrückte Nervosität übertrug sich sofort auf Andrea. Yvonne wollte gleich weiter, ließ sich dann aber doch überreden, mit in den Garten zu kommen. Sie sprengte die Gemütlichkeit, den angebotenen Stuhl schlug sie aus. Milan nannte ihr eilig einige Namen, die sie aber alle schon abtelefoniert hatte. Besorgnis machte sich breit. Milan goss sogar noch Öl ins Feuer: „Wenn er sagt, dass er kommt, dann kommt er auch." Die Kohle war durchgeglüht, eigentlich Zeit, Würstchen aufzulegen. Als Leo vorschlug, mit Yvonne eine Runde durch den Ort zu machen, wollte Andrea protestieren, hielt sich aber zurück. Sie hätte sich an Stelle von Yvonne auch Sorgen gemacht. Milan und Jule bestanden darauf, mitzugehen. Andrea begleitete sie in den Hof zu den Rädern. Leo schlug vor, den Grill später neu anzuwerfen, wenn sie ihn gefunden hatten.

Auf dem Tisch standen noch die mit Kuchenresten verklebten Teller. Andrea begann, aufzuräumen, füllte die Spülmaschine, trug die Stühle rein. Neuer Regen machte die Hoffnung auf eine späte Fortsetzung zunichte. So lange sie zu tun hatte, dachte sie nicht groß nach. Später kamen böse Vorahnungen, die sie mit plausiblen Erklärungen zu vertreiben versuchte. Pubertät ist die Zeit einsamer Wölfe. Jungs sind anfällig dafür. So gesehen war Jule ein Segen. Für Milan und für sie selbst. Sie meinte, das Klappern der Fahrräder zu hören und rannte zur Tür, aber es war nur der Wind, der verirrte Plastikbecher über das Kopfsteinpflaster trieb. Sie überlegte, sich die Zeit mit Inga oder René zu vertreiben. Musste an Friedemann und seine Predigt denken. Der erhobene Zeigefinger zeigte schon Wirkung. Sie ließ es bleiben. Mit der Dunkelheit kamen die Sorgen. Jungs in dem Alter überschätzen ihre Fähigkeiten. Probieren sich aus, machen irrwitzige Mutproben. Nicht David, der war eher zu ruhig als zu wild. Hoffentlich hatte er sich nichts angetan. Die ewigen Hänseleien und Demütigungen. Irgendwann ist Schluss, da reicht dann ein Tropfen. Reine Spekulation, die zu nichts führte.

Das Summen einer SMS. Gott sei Dank. Sicher die Entwarnung. Es war nur René, der an sie gedacht hatte. Sie schrieb zurück. Nichts Unanständiges, nur Geplänkel. Es ging hin und her. Sie wünschte ihm schöne Träume. Er ging drauf ein und versprach, von ihr zu träumen. Sie hatte es drauf angelegt, und wenn schon. Sie kamen und kamen nicht. Vom *Tatort* bekam sie nur noch das Ende mit. Es war die beste Freundin der Ermordeten. Offenbar eine überraschende Wendung. Danach palaverten sie bei *Günther Jauch* darüber, ob Enthüllungen über Staaten Geheimnisverrat seien. Als der Schlüssel in der Tür kratzte, zuckte ihr ganzer Körper. Entladene Anspannung, Erleichterung. Milan und Jule klebten die nassen Haare auf dem Kopf, sie waren völlig verfroren, die Kapuzenpullis schwer und durchgeweicht. Erst jetzt fiel ihr auf, dass Leo fehlte. Sie bestürmte Milan mit Fragen. Sie hatten ihn nicht gefunden. Leo war bei Yvonne geblieben. Die Polizei eingeschaltet. Vor morgen früh würde sich aber nichts tun. Andrea bestand darauf, den beiden einen Tee zu kochen, den sie mit auf Milans Zimmer nahmen. Sie hätte ihm gern Trost zugesprochen, aber dafür war jetzt wohl Jule zuständig. Dabei hatten sie noch gar nicht vereinbart, ob sie überhaupt bei ihm übernachten dürfe. Stand jetzt nicht an, das zu klären. Sie ging ins Bad und zog sich um. Vom Bett aus rief sie auf Leos Handy an. Er ging nicht ran. Sie lauschte in die Dunkelheit, aber im Haus blieb es ruhig. Irgendwann gab sie es auf, zu hoffen. Leo würde heute Nacht nicht nach Hause kommen. Sie versuchte es doch noch mal mit dem lieben Gott.

34.

Polizisten, die in langen Reihen durch hohes Gras stapfen. Schäferhunde, die ihre Führer an der Leine nach vorn ziehen. Das verstörende, aus unzähligen Krimis bekannte Setting drohenden Unheils unter einem pervers blauen Himmel. Das letzte Aufbegehren des Spätsommers erzeugte völlig unangemessene Schönheit. Die Schlaflosigkeit drückte schwer auf die Knochen, irgendwann war er einfach auf der Couch zusammengesackt. Er hatte Yvonne versprochen, sich zu melden, sobald er was hört. Aber an den Einsatzleiter kam er gar nicht ran. Eine junge Polizistin in Kampfanzug forderte ihn barsch auf, Abstand zu halten. Mit Tele zoomte er die ausdruckslosen Gesichter ihrer Kollegen näher, die routiniert das Standardprogramm für Vermisstenfälle abspulten. Leo ging über die Wiese zur Steilküste. Unten am Hafen parkten diverse Polizeiwagen. Nachdem der Beamte am Abend noch beschwichtigt und abgewiegelt hatte, von jugendlichen Besäufnissen und anschließendem Aufwachen in Vorgärten gefaselt hatte, war jetzt ein Großaufgebot unterwegs. Offenbar rechneten sie mit dem Schlimmsten. Yvonne hatte große Hoffnungen auf die Polizeihunde gesetzt, aber der Regen hatte alle Spuren weggespült. Nach und nach dehnten sie den Radius der Suche aus. Überall rund um den See schwarze Kapuzenpullis, die gruppenweise ausschwärmten, rastlos wie Ameisen. Alle schienen, zusammenzurücken, standen einander bei. Sogar die, die David bislang das Leben zur Hölle gemacht hatten. Nach der Flut stürzten sich die Kameraden auf die nächste Katastrophe. Kalkuliertes Helfersyndrom. Etliche Spaziergänger waren unterwegs, von denen nicht klar war, ob sie helfen oder nur gaffen wollten. Leo rutschte die Böschung runter und mischte sich unter die Suchenden. Die Jugendlichen von der *Heimatwacht* laut und aufgekratzt, offenbar hielten sie die Suche für eine Art Geländespiel. Leo sprach Spaziergänger an, die ihm entgegenkamen. Alle hatten von dem verschwundenen Jungen gehört. Jeder reimte sich was zusammen. Ärger zuhause, Schulprobleme, ein älteres Ehepaar ließ sich über das Stottern des Jungen aus. Als würde das irgendwas erklären.

Sie stellten die Frage in den Raum, ob der Junge wohl den richtigen Umgang gehabt habe. Brauchten gar nichts weiter zu sagen. Sie wollen da nichts andeuten, wussten natürlich nichts Genaues, aber man höre ja so einiges. Selbstgerecht versprühten sie ihr Gift, einfach nur ekelhaft. Leo würgte sie ab. Am Hafen legte ein Boot mit Tauchern ab. Alle Aktionen gingen von der eingetretenen Katastrophe aus. Sie suchten eine Leiche, keinen Vermissten. In der Nacht hatte er nicht weiter gedacht als bis zum Morgen. Hatte sich in den Glauben geflüchtet, David werde einfach wieder auftauchen, woher auch immer. Yvonne hatte Davids Zimmer gründlich durchsucht, ohne einen Hinweis zu finden. Er hatte nichts mitgenommen, keinen Rucksack, keine Kleidung. Nichts sprach dafür, dass er abgehauen war. Sämtliche Freunde und Verwandte waren abtelefoniert. Es sah nicht gut aus. Leo fiel keine einzige plausible Erklärung ein, die für ein gutes Ende sprach. Jedes Szenario, das er sich ausmalte, endete im Grauen. Lebloser Körper, Blut, ein Sexmonster. Das Hochwasser war leicht zurückgegangen. Unterhalb der Sandsäcke sonderte eine freigelegte Schlammfläche beißenden Verwesungsgeruch ab. Andrea rief an, um zu fragen, ob es was Neues gebe.

Im Ort wurde über nichts anderes gesprochen. Sensationsgier mischte sich mit echter Sorge, war oft nicht auseinanderzuhalten. Auf der Dorfstraße verteilten Polizeibeamte Flugblätter und fragten Passanten, aber keiner hatte ihn gesehen, immer wieder Kopfschütteln. Leo wollte es hinter sich bringen und sah zu, dass er zurück in die Redaktion kam. Er bemühte sich, die Suche nach David so nüchtern wie möglich zu schildern, weswegen er mit Thieme aneinandergeriet, der das große Drama wollte. Mit allen Details. Gegen die Fotos von der Hundertschaft hatte er nichts einzuwenden. Immerhin gelang es Leo weitgehend, die kursierenden Spekulationen rauszuhalten. Solange man nichts wusste, gab es wenigstens keine schreckliche Gewissheit. Thieme fragte, ob Leo sich um ein Zitat von der Mutter kümmern könnte, er habe doch einen guten Draht zu ihr. Machte sofort einen Rückzieher und versuchte, Leo zu besänftigen, der sich gar nicht wieder einkriegte. Wie er auch nur daran denken könne. Die Nerven lagen blank.

Leo überlegte, einfach nach Hause zu fahren. Sich vor der erwartbaren Traurigkeit und Angst zu drücken. Er könnte Yvonne später anrufen, brachte es dann aber doch nicht fertig und fuhr zu ihr. Sie war gefasst, völlig ruhig. Bediente ihn mit Kaffee und Plätzchen, die er nicht ablehnen konnte. Sie blieben in der Küche stehen und klammerten sich an ihre Tassen. Seine Schilderung der Suchaktion ließ sie ungerührt über sich ergehen. Bis ihre linke Hand zu zittern begann. Der Kaffee schwappte über den Rand und pladderte auf die Fliesen. Wie bei schwerer See auf einem Schiff. Sie stellte die Tasse auf die Arbeitsplatte und stützte die Hände auf. Kämpfte, um nicht loszuheulen. Leo sah sie taumeln, kurz vor dem Zusammenbruch, wusste nicht, was er machen sollte, wartete ab. Sie sah ihn nicht an bei ihrem Monolog.

„Die haben mich verhört, als hätte ich ihm was angetan. Ob ich überfordert bin? Ob mir manchmal die Kraft fehlt? Ob ich genug Zeit für ihn habe? Wie ist das so als alleinerziehende Mutter, kommen die eigenen Bedürfnisse da nicht zu kurz? Wie die letzte asoziale Schlampe haben sie mich hingestellt, diese Arschlöcher. Dazu haben sie kein Recht. Das dürfen sie nicht. Die sollen mir einfach meinen David zurückbringen."

Ihre Fingernägel kratzten auf dem Holz. Ein widerliches Geräusch. Unbeholfen stellte er sich hinter sie, erwartete, dass sie ihn zurückweisen würde, aber sobald sie seine Hand auf dem Rücken spürte, drehte sie sich zu ihm, gierig nach Nähe und Trost. Er drückte ihren Kopf an seine Schulter, ihre Haare rochen frisch und nach Frau. Sie umschlang ihn mit beiden Armen wie einen Mast auf einem kenternden Schiff. Ihre Hände gerieten in Bewegung, wühlten über seinen Rücken, sie hob den Kopf. Mund, Augen und Nase, alles ganz nah. Der Blick entglitt ihr. Leo sah es kommen. Ließ es zu. Ihr Mund schnappte nach seinem, ihre Zungen teilten aus. Ihre Hände zerrten wahllos an dem Stoff, den sie zu fassen kriegten. Wenn ein Kinn im Weg war oder eine Schulter, rissen sie so lange, bis sie sich befreit hatten. Yvonne griff nach seinem Schwanz, mit harter Hand, Leo erwischte ihren Busch. Merkte, wie feucht sie war. Sie zog weiter an ihm, ungestüm und zu fest, er drückte den kleinen weißen Busen, als wollte er eine Frucht ausquetschen. Sie sprang in seine Arme, umklammerte ihn mit den Beinen, brachte sie beide zu Fall. Sie machten auf dem Boden weiter.

Yvonne setzte sich auf ihn, kriegte ihn aber nicht sofort rein. Ihr roter Busch leuchtete wie angemalt. Verzweifelt stocherte sie mit seinem Schwanz an ihrem Loch rum, bis er endlich drin war. Sie hüpfte auf und ab, er knickte schmerzhaft in alle Richtungen, unter Grunzen und Schnauben. Dann hielt sie abrupt inne und saß still auf ihm, der Kopf sank auf ihre kleinen Brüste, auch die mit Sommersprossen überschüttet, ihr Gesicht konnte er nicht sehen, rote Strähnen hingen vor ihren Augen. Sie vibrierte erst unmerklich, dann überall, sein Schwanz rutschte raus, ihr Schluchzen erbärmlich wie von einem Baby oder einer kleinen Katze. Hoch und schrill und wahnhaft. Sie umarmten sich, bis auch Leo heulte. Zur Angst kam das Entsetzen, was sie getan hatte.

„Tut mir leid", flüsterte sie, „es tut mir so leid."

Sie hielten sich fest, konnten nicht loslassen, bis keine Tränen mehr kamen. Versicherten sich ihrer Freundschaft, dass nichts passiert sei und sich nichts ändern werde. Wussten es beide besser. Er versprach es trotzdem. Yvonne rappelte sich auf, klaubte fahrig ihre Sachen zusammen. Beim Anziehen waren sie befangen, auch wenn sie so taten, als sei nichts passiert. Was es noch schlimmer machte. Es gab nichts mehr, was er tun konnte. Er bot an, bei ihr zu bleiben, und war froh, dass sie ihn zur Tür bringen wollte. Sie bot an, Andrea alles zu erklären, was Leo empört zurückwies. Es gehe um David. Nur um David. Er war schon raus, als sie hinter ihm herrief.

„Was denkst du, was ist meinem David passiert? Sei bitte ehrlich."

„Ganz ehrlich, Yvonne. Ich weiß es nicht. Ich weiß es wirklich nicht."

Sie schloss die Tür. Auf der Straße trat Leo gegen eine leere Flasche, die über den Asphalt sprang, ohne zu zerbrechen. Er hob einen Stein auf und schleuderte ihn so weit er konnte. David war keine Entschuldigung. Er hätte es nicht zulassen dürfen, niemals. Sie brauchte ihn. Milan brauchte ihn. Andrea. Alles drohte, auseinanderzubrechen. Er hatte das Bedürfnis, reinen Tisch zu machen. Aber er musste sich zusammenreißen, den Kopf oben behalten. Keinem war damit geholfen, wenn er sein Gewissen erleichterte.

Andrea merkte nichts. Es gab Gründe, verstört zu sein. Sie hatte einen beklemmend festlichen Abendbrottisch gedeckt, völlig unüblich. Sie ließ sich kurz berichten, bevor sie Milan rief, der von oben runterkam und sich mürrisch zu ihnen setzte.

„Ich habe Milan gesagt, dass wir zusammen essen, als Familie, gerade in so einer Situation. Solange wir nicht wissen, was los ist, bin ich ohnehin der Meinung, dass es besser ist, wenn er nicht allein unterwegs ist."

„Ich kann nicht hier rumsitzen und heile Welt spielen, Mama."

„Keiner spielt heile Welt, Milan. Ich kann verstehen, dass du dich hilflos fühlst. Aber im Moment kannst du nichts machen. Das ist jetzt Sache der Polizei."

Abwechselnd ließen sie sich Oliven oder Brot anreichen, waren steif und förmlich, ansonsten kauten sie stumm und schweigend. Leo berichtete von der Suche am See, bis Andrea ihn bat, das zu lassen. Sie fragte Milan nach Hausaufgaben.

„Sie haben ihn umgebracht. Ich weiß es."

Andrea kaute weiter, schluckte, legte ihr Brot auf den Teller. Milan sprach nur aus, was alle dachten. Brach als erster das Tabu, das jeden beschäftigte. Das heimlich waberte, aber nicht ausgesprochen werden durfte, solange man nichts wusste. Andrea nahm es auf sich, ihn zurechtzuweisen. Einer musste es machen. Sie konnten das nicht so stehen lassen. Das sah er ein.

„Das ist ein ungeheuerlicher Vorwurf, Milan. Man darf nicht einfach so jemanden beschuldigen. Ohne Beweise. Wir wissen nicht, was passiert ist. Und solange wir nicht Bescheid wissen, sollten wir hoffen. Auch wenn es schwerfällt."

Sie sah Leo auffordernd an, auf der Suche nach Bestärkung, aber ihm fiel beim besten Willen nichts dazu ein. So viel Schizophrenie, den Verdacht empört zurückzuweisen, konnte sie nicht von ihm verlangen. Es war denkbar, sogar naheliegend, Beweise hin oder her. Milan schob seinen Stuhl zurück. Wieder so ein schräges Kratzgeräusch, das einem durch und durch ging. Wortlos ließ er sie sitzen und ging nach oben. Leo lief hinter ihm her, versuchte, ihn zu überreden, bei ihnen zu bleiben. Wusste selbst nicht, wozu. Undenkbar, jetzt Karten zu spielen oder einen Krimi zu sehen. Gemütlich mit Chips und Cola. David war allgegenwärtig. Solange er weg war, konnten sie nicht einfach so weitermachen, auch wenn ihnen gar nichts anderes übrig blieb. Milan reagierte nicht und zog die Tür hinter sich zu. Leo gab es auf und verschanzte sich im Wohnzimmer hinter einem Buch, von dem er sofort wieder vergaß, was er las. Sie gingen früh schlafen. Nächtelang hatte Leo sich gefragt, wie das wohl gehe. Der Verrat, die Heimlichkeit, die Rückkehr, als sei nichts gewesen. Die Eiseskälte, mit der sie das durchzog, über Belanglosigkeiten zu sprechen und in Gedanken ganz woanders zu sein. Die Antwort war banal und verstörend. Es war ganz einfach. Man musste einfach nur weitermachen. Ein- und ausatmen, an- und ausziehen, reden und im richtigen Moment schweigen. Noch ein Judas-Kuss. Die durch nichts begründete Hoffnung auf einen neuen, besseren Tag.

35.

Sobald es kitschig und banal wurde, waren Marlene und Anita hingerissen. Das Rathaus im alten Rittergut. Der glitzernde See in der Abendsonne. Wogende Weizenfelder. Hafenromantik. Sie schwärmten von bunten Farben und herrlichen Landschaften, mehr war nicht drin. Andrea reichte ein Blick, um zu sehen, welche Motive Leo am Herzen lagen und mit welchen er nur den provinziellen Mehrheitsgeschmack bediente. Ihre sächsische Gefühlsduselei. „Des is och scheene, wa. Ma hams scho scheene daheeme." Mit den Müttern und Alten, die er auf Bänken, in Fenstern und auf Spielplätzen eingefangen hatte, konnten ihre Freundinnen nichts anfangen. An Gesichtern interessierte sie nur, ob sie den Namen dazu kannten. Sie machten ein blödes Quiz daraus. Nur Mandy vertiefte sich in die Bilder, versuchte, Gefühle und Stimmungen aus der Mimik einer Marktfrau rauszulesen oder in eine Sommerwiese hineinzuorakeln. Ihre obskuren Deutungen ließen allerdings auf mangelnde Übung schließen. Das Rathaus-Foyer war gut gefüllt. Jeder mit einem Sektglas in der Hand, die Frauen im einzigen Abendkleid, das der Kleiderschrank hergab. Allzu viele Gelegenheiten gab es nicht, in Liebbrehna auf mondän zu machen. Modische Ausfälle gingen im bunt verruchten Scheinwerferlicht unter.

Bis zuletzt hatte sie Leo bearbeiten müssen, die Ausstellung nicht abzusagen. Den Bürgermeister nicht vor den Kopf zu stoßen. Sie waren isoliert. Konnten es sich nicht leisten, in eine ausgestreckte Hand zu spucken. Sie waren die Wessis, Zugezogene, Eltern eines bunthaarigen Unruhestifters. Sogar Milans Freundschaft zu David war seit dessen Verschwinden ein Stigma. Ihr war selbst mulmig. Aber das eine hatte mit dem anderen nichts zu tun. Die Suche nach David wurde unvermindert fortgesetzt. Jeder im Ort teilte die Sorge, aber dem Jungen war auch nicht damit geholfen, wenn das Leben zum Stillstand kam. Anita sprach das Thema an, wer auch sonst, da war sie gnadenlos. Die harmlose Straßenszene, vor der sie standen, ließen sie unbeachtet. War nur eine Frage der Zeit gewesen, bis sie sich das Maul über David zerreißen würden. Anita gab sich mitfühlend, aber ihr Ton raunend. Da müsse was passiert sein, irgendwas Schreckliches, was denn sonst? Sie versuchte, Andrea anzuzapfen, um Informationen und Sensationen aus ihr rauszusaugen. Schließlich saß sie als Frau eines Journalisten direkt an der Quelle. Endlich Infos aus erster Hand. Blutegel, dachte Andrea. Marlene stieg mit ein und reimte sich ihre eigene Version zusammen. Bei ihr lief es drauf hinaus, dass Yvonne ihren Sohn nicht richtig im Griff gehabt hatte. So ganz ohne Vater. Über David sprach sie, als wäre er bereits Vergangenheit, was sie nicht mal zu merken schien. Ausgerechnet Marlene. Die Kinderlose. Andrea wollte keinen Streit anzetteln, aber das war zu viel.

„Da weißt du ja genau Bescheid, wie das mit Kindern ist, was Marlene? Entschuldige, aber was soll das bitte schön mit der Erziehung zu tun haben, dass David vermisst wird? Das erschließt sich mir nicht. Milan ist der beste Freund von David. Heißt das jetzt, wir hätten es auch verdient?"

„Also sage mal. Das hab ich doch gar nicht gesagt. Du drehst mir ja die Worte im Mund rum. Das glaub ich ja wohl nicht."

Mandy versuchte, die Wogen zu glätten. Die Sensible, ihre Kümmerin. Andrea habe Marlene da ganz sicher falsch verstanden. Es verstehe sich doch von selbst, dass man sich Sorgen mache. Das gehe wirklich allen so, ohne Ausnahme. Sie begann, von ihrem Mirko zu erzählen, der ja nun schon seit einer Weile aus dem Haus sei. Das wäre auch nicht immer leicht gewesen und sie habe auch oft nicht gewusst, was der eigentlich treibe und mit wem. Sie redete und redete. Was sie sagte, führte nirgendwo hin, sie schwallte einfach so lange weiter, bis Marlene und Andrea den Zeitpunkt verpasst hatten, aufeinander loszugehen. Der aufziehende Streit war erstickt, immerhin. Anita griff sich die leeren Gläser und ging neue holen. Den Frauenabend wollte sie sich nicht verderben lassen. Andrea hielt nach Leo Ausschau. Er war ständig umringt, alle wollten ihm die Hand schütteln und in seinem Glanz rumlungern. Nicht viel anders als auf den Ausstellungen, die sie aus Hamburg kannte. Auch wenn es hier plumper zuging und sie mit unbeholfenen Komplimenten um sich warfen, mit denen sie ihre Ahnungslosigkeit zur Schau stellten. Leo wand sich, wie er es immer tat, wenn er Zuspruch für seine Arbeit bekam. Die Künstlerpose lag ihm nicht, daran würde sich nichts ändern. Sie hatte seine Bescheidenheit immer rührend gefunden, auch wenn ein Schuss Arroganz hilfreich gewesen wäre. Seine Kollegen hatten es verstanden, sich zur Marke zu machen. Mit halb so viel Talent. Weil sie sich zu verkaufen wussten.

Zuerst sah sie nur die verstohlenen Blicke der Gaffer, die sich nicht zusammenreißen konnten. Das Erscheinen von Yvonne löste allgemeines Wispern aus. Die bunte Tunika mit ihren verzweifelt fröhlichen Hippie-Mustern passte nicht zu dem versteinerten, von Schlaflosigkeit zerfurchten Gesicht. Marlene stieß Anita an. Die sich in geheuchelter Anteilnahme wunderte, dass Yvonne sich das überhaupt antat. Yvonne zog die Aufmerksamkeit auf sich wie ein Promi, der unvermittelt auf einer mittelmäßigen Party auftaucht. Leo zog sie beiseite, wo sie die Köpfe zusammensteckten. Lange Blicke, Vertrautheit, stilles Leid. Andrea dachte daran, wie sie Yvonne und David zum ersten Mal gesehen hatte. Damals im Hof. Am Feuer. Sie hatte es vorhergesehen, von Anfang an. Den Ärger. Die Probleme. Widerlich, das zu denken. Aber die Wahrheit. Yvonne und David hatten sie in ihre Außenseiter-Welt hineingezogen. Ärger war absehbar und unvermeidbar gewesen. Jetzt drohten sie, alle in den Abgrund zu reißen. Herzlos, egoistisch und ungerecht war, was ihr durch den Kopf ging. Gedanken einer kalten, mitleidlosen Frau. Leo würde sie dafür verachten. Hassen würde er sie. Aber sich selbst brauchte sie nichts vorzumachen. Sie betete für David, seit er verschwunden war. Im gleichen Moment wollte sie nichts damit zu tun haben und sich von Problemen so weit wie möglich weghalten, weiter nichts. Alles sollte sein wie vor Tagen noch, wenigstens das.

Andrea ließ ihre Freundinnen stehen und bahnte sich einen Weg zu den beiden, die sich hinter das Mannschaftsfoto einer Blaskapelle verzogen hatten. Als erstes sah sie ihre haltenden Hände, die Verbundenheit. Sie platzte in ihre Zweisamkeit wie ein Eindringling. Sobald Andrea kam, war das Gespräch vorbei. Andrea gab sich Mühe, freundlich zu sein und so unbefangen wie möglich. Nur kein Mitleid. Yvonne ließ seine Hand nicht los, lächelte ihr aber wohlwollend zu. Als könnte sie nicht alleine stehen. Andrea fragte nach Neuigkeiten. Das gehörte sich so, auch wenn sie nie mit Yvonne warm geworden war. Die Ungewissheit, die Angst vor einer unerträglichen Gewissheit. Unvorstellbar, was sie durchmachte. Andrea rechnete mit einer unverbindlichen Floskel, nicht damit, dass Yvonne erzählen würde. Von Gerüchten im Internet. Auf Facebook, bei der *Heimatwacht*. Dieselben, die nach ihm suchten, zogen David öffentlich in den Schmutz. Machten aus ihm einen Junkie oder Psycho, je nach Fantasie, spekulierten ihn als Straßenkind nach Berlin und dichteten ihm eine Crystalsucht an. Einer hatte sogar spekuliert, David habe sich auf die Suche nach seinem Vater gemacht, der ihn und seine Mutter früh sitzen ließ. Yvonne zählte auf, was sie gelesen hatte. Hart, kühl, mit einer Distanz, die jederzeit in sich zusammenfallen konnte. Sie hätte sich diesen Dreck niemals antun dürfen, aber wahrscheinlich konnte man in der Situation nicht anders. Die leise Clubmusik verstummte abrupt, als habe jemand den Stecker gezogen. Merbitz pustete ins Mikrofon. Als er zu einer unbeholfenen Lobrede ansetzte, beeilte sich Yvonne, rauszukommen. Sie habe Leo nur kurz zur Ausstellung gratulieren wollen. Es war keine gute Idee gewesen, herzukommen. Yvonne merkte das wohl gerade selbst. Sie machte sich von Leo los, nachdem ihre Hand sich lange nicht trennen konnte. Beim Rausgehen stieß sie jeden zur Seite, der ihr im Weg war. Keiner sagte was. Erst jetzt sah Andrea die kleine Tonfigur in Leos Hand. Ein Geschenk von Yvonne. Sie konnte nicht erkennen, was es war, aber er umklammerte sie wie eine Kostbarkeit. Sie überlegte, ob sie argwöhnisch sein müsste, entschied sich aber dagegen. Yvonne war fertig, völlig am Ende. Leo der Einzige, den sie hatte. Das war nicht gut, hatte sich aber so ergeben. Merbitz sprach lieber über Liebbrehna als über Fotografie. Leo war nur willkommener Anlass, die eigene Großartigkeit zu feiern.

Während Leo den Bürgermeister durch die Ausstellung führte, blieb sie an seiner Seite. Alle sollten sehen, wer sie waren. Der Fotograf und die Ärztin. Sie gehörten hierher. Sie brauchten sich nicht zu verstecken. Sie waren wer. In der hintersten Ecke des Saals entdeckte Merbitz eine Tafel. *Das hässliche Gesicht* stand da. Unter der Überschrift vier Bilder. Ein brennendes Kreuz. Unscharfe Gestalten, die den Arm zum Hitler-Gruß heben. Ein geschmiertes Hakenkreuz auf einer Fensterscheibe und die Forderung nach nationalem Sozialismus auf einer Häuserwand. Vorher hatte Merbitz jovial den Arm um Leo gelegt. Beim Anblick der Bilder zog er ihn zurück, als hätte er soeben von einer ansteckenden Krankheit erfahren. Erfasste sofort, was er sah, drehte sich um und ging wortlos zum Ausgang. Leo hatte ihr nichts von seinem Vorhaben erzählt. Sie konnte nicht sagen, was sie ihm geraten hätte. Leo stand trotzig da. Wenn er größere Sensibilität für die Zustände im Ort im Sinn gehabt hatte, war das nach hinten losgegangen. Er hatte provoziert, mehr nicht. Ausgerechnet jetzt. Er hätte mit ihr drüber sprechen müssen, sie wenigstens vorwarnen. Allerdings hätte er sich ihrer Zustimmung nicht sicher sein können, das musste sie zugeben. Sie sah sich noch mal die Bilder an. Was sie zeigten, war so normal, dass es keinem mehr auffiel. Der Schmutz war an Wänden und Laternen zu bewundern, überall, jeden Tag. Hakenkreuze regten in Liebbrehna schon lange keinen mehr auf. Nur darauf hinweisen durfte man nicht. Die Umstehenden hatten den Affront beobachtet und konnten es nicht erwarten, zu erfahren, wie es wohl weitergehen würde nach dem Skandal. Andrea ging zu Leo und nahm ihn demonstrativ in den Arm. Zeigte ein Siegerlächeln. Ihre Zweifel gingen keinen was an.

36.

Die ganze Fahrt vom Hof bis zur Schule kein Wort. Auf den Straßen quoll es blubbernd aus Gullydeckeln, weil das Grundwasser hochdrückte. Leo musste Umwege nehmen, um tiefe Pfützen zu umfahren. Milan sah stur nach vorn, unbewegt wie jeden Tag, seit David weg war. Leo beäugte ihn aus den Augenwinkeln, kein Hinweis auf seinen Gemütszustand. Auf der Ausstellung hatte sich Milan nicht blicken lassen, was er gut verstehen konnte. Leo war schon froh, dass er ihn nicht dafür niedermachte. Bis zur Schule suchte er nach einem Gesprächsfaden, einer unverfänglichen Eröffnung, fand keinen Zugang. Er fragte sich, wo Milan seine Angst lasse, was sich da alles bei ihm aufstaue. Familie sollte der Ort für Trost und Geborgenheit sein. Nichts davon konnte er ihm geben. Vor der Schule stellte er den Motor ab und hielt Milan am Arm zurück. Der konnte es nicht erwarten, endlich rauszukommen.

„Warte mal, bitte, nur einen Moment."

Milan hielt weiter den Türgriff fest, blieb aber sitzen.

„Ich weiß, dass du die letzten Tage nicht in der Schule warst. Frau Breuer hat angerufen."

„Und jetzt kommt die Moralpredigt, oder was?"

„Halt, lass mich bitte ausreden, bevor du auf mich losgehst. Ich versteh das doch. Ich weiß, es lässt dir keine Ruhe. Ich hab davon gehört, dass ihr nach ihm sucht, du und deine Freunde. Keine Angst, Mama wird nichts davon erfahren. Ich möchte dich nur bitten, versuch irgendwie, weiterzumachen. Mit der Schule meine ich und überhaupt. So schwer das auch ist im Moment."

Milan zog die Tür wieder zu und nahm die alte Autistenhaltung ein. Verstockt, angefressen. Sie waren es nicht gewohnt, über Intimes zu reden. Welcher Junge kehrt schon vor den eigenen Eltern sein Innerstes nach außen?

„Und wie stellst du dir das vor? Tut mir leid, aber ich kann nicht so tun, als wär nichts passiert. Ich hab meinen Freund verloren. Den einzigen."

„Ich kann mir vorstellen, wie du dich fühlen musst, Milan."
„Einen Scheiß kannst du. Ganz ehrlich."
So hatte er noch nie mit ihm gesprochen. Brutal, ohne jede Rücksicht.
„Tut mir leid. Ich weiß nicht, wie es dir geht, da hast du Recht. Aber ich wüsste es gerne. Die Unsicherheit macht alle fertig. Solange nicht klar ist, was passiert ist, sollten wir …"
„Hör doch auf, das glaubst du doch selbst nicht, was du da erzählst. David wird nicht wiederkommen. Du weißt das. Und ich weiß es auch."
„Ich gebe zu, wir müssen mit dem Schlimmsten rechnen. Ich weiß doch auch nicht, wie es weitergehen soll. Ich wollte nur sagen, wenn es was gibt, was ich für dich tun kann, egal was …"
„Hör einfach auf, dir was vorzumachen, Papa. Das wird nie wieder gut. Nie wieder. Hör auf, so zu tun, als könntest du mir helfen. Lass deine Vatersprüche stecken. Lass es einfach."
Eine hilflose Umarmung. Sie klammerten sich aneinander, kämpften gegen Tränen, jeder für sich. Als Vater und Sohn waren sie entweder Selbstläufer oder es ging gar nichts. Ausgestattet mit den gleichen Verklemmtheiten und Hemmungen, die Leo mit seinem eigenen Vater nie überwinden konnte. Er hatte sich geschworen, es besser zu machen, nicht so weit kommen zu lassen. Musste sich eingestehen, er war wie sein Vater. Und Milan wie er. Sich zu umarmen, war ungewohnt. Irgendwann hören Söhne auf, sich von ihren Vätern in den Arm nehmen zu lassen. Und Väter vergessen, wie das war. Merken erst später, wie schnell die Nähe der ersten Jahre vergangen ist, weil sie froh sind, die Windelzeit hinter sich gelassen zu haben und die Schlaflosigkeit und die Sexlosigkeit. Für Milan war der unerwartete Liebesausbruch genauso komisch wie für ihn, aber sie brauchten ihn, er tat gut. Milan wand sich langsam aus seinem Griff, er war nicht mehr aggressiv, sondern behutsam und zart. Fast schon zerbrechlich. Leo hätte heulen können. Sein kleiner Junge. Der Totenkopf auf Milans Sweatshirt grinste. Seine trotzige Uniform. Trotz allem versuchte er, auf Krieger zu machen. Leo sah ihm nach, wie er mit gebeugtem Kopf zum Eingang schlich, und machte sich auf den Weg zu seinem Termin. Ein vollgelaufener Keller. Der Hausbesitzer begrüßte ihn vor

beigegrauer DDR-Fassade. In Gummistiefeln stapfte er voran. Im Flur roch es nach Bratenfett, auf der Kellertreppe nach modrigem Sumpf. Das Wasser sei über Nacht reingelaufen. Im fahlen Licht stellte sich das Flutopfer vor die braune Brühe und posierte vor seinem Elend. Leo wusste es, als das Telefon klingelte. Vielleicht reimte er sich das später auch nur so zusammen. Thiemes Stimme tonlos. Er solle alles stehen und liegen lassen und zum Markplatz fahren, sofort.

Leo ließ den Wagen stehen. Fäulnis, eiternder Asphalt. Braune Adern fraßen sich durch die Straße. Der Matsch kroch aus allen Nähten, als wäre Liebbrehna auf einer unterirdischen Kloake erbaut, die geplatzt war. Schon von Weitem sah er den Auflauf. Sie bevölkerten den Marktplatz. Der ganze Ort schien auf den Beinen. Polizeiwagen, Feuerwehr, blaue Uniformen, die hin- und herliefen. Rund um den Brunnen hektische Betriebsamkeit. Rotweiße Flatterbänder hielten die Schaulustigen auf Distanz. Leo kämpfte sich durch die Reihen, so weit er konnte. Polizisten bauten sich mit weißen Laken am Brunnen auf und verbauten der Neugier die Sicht. Es gab keinen Zweifel mehr. Die Suche war zu Ende. Er hatte damit gerechnet, versucht, sich auf die Katastrophe einzustellen. Es gleichzeitig nicht wahrhaben wollen. Intuitiv nahm er die Kamera hoch und begann mit seiner Arbeit. Mechanische Abläufe, die funktionieren, egal, wie taub es sich anfühlt. Als Köpfe über dem Brunnenrand auftauchten, setzte Gedränge ein. Durch einen schmalen Spalt zwischen den gespannten Tüchern sah Leo, wie sie einen schweren Klumpen aus dem Loch zerrten. Was dann geschah, war den Blicken entzogen. David war ihnen die ganze Zeit über nah gewesen, unter aller Augen, in ihrer Mitte. Unfassbar, dass ihn keiner gesehen hatte. Trauer, Wut, Verzweiflung, kam alles gleichzeitig.

Einsatzfahrzeuge setzten sich langsam in Bewegung, hupten sich den Weg durch die aufgewühlte Menge frei. Spekulationen kochten hoch. Selbstmord. Ein Unglück. Keiner wusste was, aber alle machten mit. Leo irrte herum, unschlüssig, konfus. Eigentlich musste er in die Redaktion, überlegte es sich dann aber anders und verfiel in einen Laufschritt. Andrea musste es wissen, sie mussten reden, eine Strategie entwickeln, wie sie es Milan beibringen konnten, ohne dass er durchdrehte. Die Sprechstundenhilfe sah ihn an wie einen Psychopathen. Er war schon an ihr vorbei, als sie ihm zurief, die Frau Doktor sei außer Haus. Leo fragte ungeduldig, wo sie sei, ging ihm alles nicht schnell genug. Andrea war schon eine ganze Weile unterwegs, hätte eigentlich schon längst zurück sein müssen. Sie habe den Wagen genommen, Hausbesuch wahrscheinlich. Leo verließ die Praxis und lief los. Er schwitzte, der Verdacht gärte und verkleisterte seinen Hals. Hausbesuch. Zwei Stunden bis Berlin, fünf Minuten bis zum Pastor. Ständig trieb sie sich rum. Neulich hatte er ein Paket Kondome in ihrer Arbeitstasche gefunden. Angeblich nur das Werbegeschenk eines Pharma-Vertreters, wobei sie nicht erklären konnte, warum sie die Dinger immer bei sich trug. Auf alles hatte sie eine Antwort, auch wenn sie noch so absurd war. Er kriegte sie nicht zu fassen. Schwer atmend kam er am Auto an, stieg ein, fuhr ziellos durch die Straßen und hielt nach Andreas Kleinwagen Ausschau. Er war schon raus aus dem Ort, verfranste sich auf schmalen Landstraßen, als ihm einfiel, dass er sie ja anrufen konnte. Sie ging sofort ran. Hatte es schon gehört. Sie verabredeten sich beim Pakistaner.

Andrea saß vor einem Tee. Ein schwaches Zucken der Mundwinkel. Prüfende Blicke, wie nah es dem anderen ging, ob es ein Maß für Trauer und Bestürzung gab. Leo setzte sich dazu. Sie griff nach seinen Händen und knetete sie. Gab nichts zu reden. Ihre Augen wurden glasig, seine auch. Vorsichtig tasteten sie sich in ein Gespräch, bedauerten Yvonne und sorgten sich um Milan. Beschlossen, dass Andrea ihn von der Schule abholen sollte. Noch war nicht klar, wie es passiert war. Nur, dass es für sie ein Leben davor und eins danach geben würde. Alles war anders geworden. Nicht abzusehen, wie sie nach diesem Tag weitermachen konnten. Zur Trauer kam Selbstmitleid. Thieme rief an und fragte, wo er bleibe. Leo versuchte, den Abschied rauszuzögern, aber es half nichts. Bei ihr zu sein, machte es erträglicher. Auch wenn es ihr nicht allein um David ging. Andrea beschäftigte vor allem, was werden würde. Sie konnte sich so wenig von ihm trennen wie er von ihr.

„Und was heißt das jetzt für uns, Leo?"

„Es wird nicht leichter, im Gegenteil."

„Ich hab Angst, weißt du? Eine scheiß Angst."

„Wovor? Was meinst du?"

„Dass Milan das Gleiche passiert."

„Wir wissen doch noch gar nicht, wie es passiert ist. Unfall, Selbstmord, Mord, ist alles denkbar, momentan können sie nichts ausschließen."

„Wir können ihn nicht beschützen. Egal, wie David gestorben ist. Wir können unseren Milan nicht beschützen. Das wissen wir jetzt."

Den Rest des Tages lief er wie ferngesteuert. Fand sich irgendwann im Rathaus ein, wo der Bürgermeister, begleitet von Kriminalbeamten, eine kurze, holprige Erklärung in die hingehaltenen Mikrofone abgab. Merbitz sprach von einem tragischen Unglück. Man habe offenbar Hämatome festgestellt, die vom Sturz in den Brunnen herrühren könnten. Er wolle da nicht den offiziellen Untersuchungen vorgreifen, aber alles deute auf einen Unfall hin. Er drückte der Mutter sein tief empfundenes Mitgefühl aus. Bevor sich Merbitz wieder in sein Büro verzog, gab er noch bekannt, dass im Brunnen diverse Gegenstände gefunden worden seien, die derzeit untersucht würden, darunter eine Wodka-Flasche, was immer er damit auch sagen wollte. Übergangslos versprach er den Flutopfern unbürokratische Hilfe. Damit war die improvisierte Pressekonferenz beendet. Die Polizisten, die eigentlich zuständig waren, schoben ab, ohne ein Wort gesagt zu haben. Merbitz gab dem einzigen Kamerateam, das gekommen war, ein kurzes Interview. Er konnte an keinem Mikrofon vorbeigehen.

Auf dem Nachhauseweg, nach dem schlimmsten Arbeitstag seines Lebens, hielt Leo bei Yvonne. Lange machte keiner auf. Bis sich die Tür einen Spalt weit öffnete. Rote Haare, aber matter als die, die er kannte, wie ausgeblichen. Das Gesicht erinnerte an Yvonne, war aber älter und verlebter. Yvonne hatte ihre Schwester mal erwähnt. Leo stellte sich vor und erkundigte sich nach Yvonne. Flüsternd teilte die Schwester ihm mit, dass sie jetzt schlafe. Yvonne habe starke Beruhigungsmittel genommen. Der schmale Spalt, durch den sie mit ihm sprach, halbierte ihr Gesicht. Er konnte nur ein Auge sehen, das gleiche Grün wie bei Yvonne. Das halbe Gesicht wimmelte ihn ab wie einen Vertreter. Wenn er ehrlich war, war ihm das sogar recht. Feigheit vor dem Freund.

Zuhause war alles gespenstisch normal. Aus der Küche hörte er Arbeitsgeräusche, den hektischen Rhythmus eines Messers auf einem Schneidebrett. Milan half Andrea mit dem Gemüse. Leo fragte sich, ob er schon Bescheid wusste. Andrea musste es ihm gesagt haben. Auch wenn er dafür zu ruhig war, erschreckend ruhig. Als Leo ihn umarmen wollte, duckte er sich weg und schnitt weiter Zucchinischeiben. Andrea bat Leo, den Tisch zu decken. Sie spielten Familie, hielten sich verzweifelt an Ritualen fest, die ihnen sonst nichts bedeuteten und das mulmige Gefühl noch verstärkten. Es war absurd, ein gemütliches Abendbrot zu veranstalten, aber sie mussten ja essen. Mussten morgen wieder aufstehen. Irgendwie musste es weitergehen. Vor dem Essen regte Andrea an, für David zu beten. Sie falteten die Hände. Andrea bat, er möge ihn zu sich nehmen. Leo hatte sie noch nie beten gehört. Gott wahrscheinlich auch nicht. Drei Verzweifelte, die jemanden um Hilfe anbettelten, an dessen Existenz sie gar nicht glaubten. Leo bot an, sie könnten reden. Wollte Milan nicht. Zum Weinen ging er auf sein Zimmer und hörte nicht mehr auf. Sein Wimmern verfolgte sie beim Zähneputzen, beim Umziehen, bis ins Schlafzimmer. Kläglich, wie er als kleiner Junge geweint hatte, bei Magenkrämpfen oder Mittelohrentzündung. Sie wagten nicht, sich zu unterhalten. Hofften nur, es würde aufhören. Nur einmal bemerkte Andrea, sie habe es ja kommen sehen. Es klang wie ein Vorwurf. Sie brachte es fertig und gab ihm am Ende noch die Schuld. Wofür auch immer. Später rollte sie sich im Bett zusammen, die Knie unters Kinn gezogen, die Hände schützend über dem Kopf. Wie unter Schmerzen. Leo hörte sie schniefen. Beugte sich über sie, wollte sie trösten, aber sie blieb steif und verschlossen. Irgendwann kramte sie eine silberne Dose aus dem Nachttisch, die er noch nie gesehen hatte. Sie schluckte die Pillen ohne Wasser. Sie löschten das Licht und wünschten sich eine gute Nacht. Wälzten sich endlos hin und her. Leo dämmerte weg. Mitten in der Nacht wurde er von einem Geräusch wach. Leise Regentropfen. Sie lagen in fahlem Blau, als liefe der Fernseher. Im Schlafzimmer stand kein Fernseher. Im Tran dauerte es, bis er draufkam. Die Regentropfen waren Andreas Finger, die über ein Display huschten. So leise, dass er es nicht hören sollte. Leo wagte nicht, sich umzudrehen. Wollte keine neuen Lügen. Lauschte den Fingertropfen, die nach draußen morsten. Hektische Botschaften. Heimlich und diskret. An einen, dem sie mehr vertraute als ihm.

37.

Den Ort für ihre Verabredung hatten sie mit Bedacht gewählt. Bloß nicht wieder zwischen Büchern im Ledereinband sitzen, wo er das Heimspiel nutzen konnte, sie mit Eichendorff und seiner Kultiviertheit einzuwickeln. Sich in Liebbrehna zu treffen, kam nicht infrage. Das wäre ein gefundenes Fressen für den Kleinbürgertratsch, der sich auf alles stürzte, was sich zu einem Gerücht aufbauschen ließ. Schon wieder der Pastor mit der Ärztin. Da ist doch was. Da muss doch was sein. Es war ihr zuwider, überhaupt darüber nachdenken zu müssen, aber es half nichts, über soziale Kontrolle in der Kleinstadt zu lamentieren. Sie hatten sich das selbst ausgesucht. Blieb nur der See. Der Rundweg war noch matschig, was den Vorteil hatte, dass nur ein paar Hundebesitzer unterwegs waren. Ein Fischreiher umkreiste die Friedfertigkeit, die Wasserfläche glatt und glänzend wie Geschenkpapier. Die tief stehende Herbstsonne ließ sich nicht beirren und schuf eine Kitschkulisse, als wäre nichts passiert. Brachte die gelb angelaufenen Birken zum Leuchten. Machte aus schmutzigem Kies weißen Sand. Kaum zu ertragen. Friedemann war Experte, Trauer sein Geschäft. Milan kapselte sich vollkommen ab, ließ nur Jule an sich ran, jeden Versuch einer Annäherung von Andrea wies er schroff zurück. Er ahnte nicht, wie weh das tat, natürlich nicht. Die Verletzung war das eine, schlimmer war die Angst. Sobald sie zuhause war, versuchte Andrea zu ergründen, wie es um ihn stand, ob er labil war und sie sich ernsthaft Sorgen machen musste. Milan gab ihr keinen Anhaltspunkt, machte sich rar, blieb bis auf seine kurzen, erzwungenen Auftritte zu den Mahlzeiten unsichtbar. Mit Leo beschränkte sie sich darauf, Besorgungen und Termine zu organisieren. Die Grundversorgung sicherzustellen, wenigstens das. Sobald sie redeten, fuhren sie aus der Haut, überreizt, wie sie waren.

Friedemann schwärmte wieder von der Semperoper, wiederholte seine Einladung für die Fahrt mit dem Chor. Es tue sicher gut, mal auf andere Gedanken zu kommen. *La Traviata.* Die Geschichte der Kameliendame. Demonstrative Begeisterung. Die Frau, die sich hingibt, von allen begehrt. Seine Leidenschaft für den Stoff hatte etwas Ungehöriges, zwischendurch kam es ihr vor, als wolle er ihr eine besondere Affinität für die Geschichte einreden. Vielleicht war sie das für ihn. Die Angeschmachtete. Die Unerreichbare. Sie setzten sich auf eine Bank oberhalb der Steilküste. Den dunkelblauen Pulli über dem weißen Hemd trug er nicht zufällig, da war sie sich sicher. Sinnlich, geistreich, diskret, eigentlich der perfekte Liebhaber. Ihr Treffen hatte jedenfalls mehr von einem Rendezvous als von einem seelsorgerischen Gespräch. Friedemann war immer noch bei der Opulenz der Semperoper, die Verdis Arien den passenden Rahmen böte. Felice, Eterea. Die Versuchung war groß, einfach mitzumachen. So zu tun, als hätte ihre gemeinsame Liebe für die Oper irgendeine Bedeutung oder Heilkraft.

„Sag mal, Friedemann, was bin ich eigentlich für dich?“

Er kam aus dem Tritt. Stockte ertappt.

„Was du für mich bist?“

„Ja, was bin ich für dich?“

„Ich fürchte, ich versteh nicht ganz.“

„Ich meine, wir sitzen hier, genießen den Seeblick und suchen krampfhaft nach Gemeinsamkeiten, als hätten wir was laufen du und ich. Ich meine, was machen wir hier? Ich bin eigentlich wegen Milan gekommen.“

„Natürlich, tut mir leid.“

„Es muss dir nicht leidtun. Es tut ja gut, mal über was anderes zu sprechen. Ich bin nur durcheinander. Ich weiß auch nicht.“

„Du hast vollkommen Recht. Bitte entschuldige. Ich hab mich hinreißen lassen, natürlich kannst du erwarten, dass ich deine Situation respektiere. Wenn ich irgendwie helfen kann, sehr gerne.“

„Versteh mich nicht falsch, Friedemann. Ich weiß selbst nicht, was ich mir davon versprochen habe. Ich mach mir einfach Sorgen um meinen Jungen. Ich hab keine Erfahrung mit so was. Soll ich mit ihm reden? Ihn in Ruhe lassen? Ich weiß es einfach nicht.“

„Das braucht Zeit, Andrea, setz dich nicht so unter Druck. Das ist eine furchtbare und einschneidende Erfahrung, die dein Sohn jetzt macht. Aber mit etwas Abstand kann er daraus vielleicht sogar neue Kraft schöpfen. Eigene Irrwege erkennen und korrigieren. Katastrophen sind immer auch Wendepunkte, an denen man umkehren kann."

„Umkehren? Warum umkehren?"

„Versteh mich nicht falsch. Was David zugestoßen ist, ist furchtbar, einfach nur schrecklich. Das steht außer Frage. Wenn man jung ist, verrennt man sich. Ich habe den Weg von David, Milan und ihren Freunden mit Sorge verfolgt. Die Ablehnung aller Autoritäten führt in eine Sackgasse. Diese demonstrative Verachtung für die Gemeinschaft ist destruktiv und selbstzerstörerisch. Ich wünsche deinem Milan, dass er den Weg zurück in die Gemeinschaft findet. Um zu erkennen, wo wir hingehören, werden uns bisweilen schwere Prüfungen auferlegt."

„Dann hat Davids Tod also einen tieferen Sinn, ja? Ist es das, was du mir sagen willst? Dass Gott uns grausam bestraft? Ich kenn mich da nicht so aus, aber ich hab das Gefühl, als hättest du nach dem Alten Testament das Lesen eingestellt. Woher kommt eigentlich deine Besessenheit von Strafe und Plagen? Mit deinem Höllenfeuer kann ich absolut nichts anfangen, tut mir leid."

Er faltete die Hände und lehnte sich zurück. Ließ ihren Zorn gütig an sich abperlen, was sie noch wütender machte. Er setzte sein Heiligengesicht auf und aalte sich in Selbstgefälligkeit. Sie war noch nicht fertig mit ihm.

„Wirst du David eigentlich in deiner Predigt erwähnen? Wirst du ihnen ins Gewissen reden und sie dran erinnern, wie sie mit ihm umgegangen sind? Dass sie ihn nach Strich und Faden fertig gemacht haben?"

Er räusperte sich, suchte nach den richtigen Worten. Der Kälte in seiner Stimme nach zu urteilen, waren sie nicht länger Seelenverwandte.

„Ich werde jedenfalls nicht den ganzen Ort an den Pranger stellen, wenn du das meinst. Ich werde niemandem ein schlechtes Gewissen für ein Unglück einreden. Trauer hat viele Gesichter. Eins davon ist Wut. Ich verurteile das nicht. Meine Aufgabe ist aber, allen im Ort Halt zu geben."

Dass ihr seine blasierte Rückgratlosigkeit nie aufgefallen war. Im Gegenteil, sie hatte ihn für seine gestelzten Weisheiten bewundert.

„Ich ertrag deine Feigheit nicht."

Dahinter konnte sie nicht zurück. Sie schob einige laue Komplimente hinterher, um die Wirkung abzumildern, was aber nichts mehr änderte. Er stand sofort auf, mit dem Hinweis auf seelsorgerische Verpflichtungen. Sie einfach sitzen zu lassen, brachte er nicht fertig. Sogar dafür war er zu feige.

Auf dem Rückweg durchbrach keiner das Schweigen, beide verharrten in ihrem Trotz. Andrea bedauerte den Verlust eines Vertrauten, aber nur kurz. Dann überließ sie sich ganz dem Ärger. Auf Friedemann und sich selbst. Höhnte innerlich über sein pubertäres Brimborium. Eichendorff und Verdi und Semperoper. Was für ein Schmierentheater. Sie hatte sich auf seine intellektuellen Köder gestürzt wie ausgehungert. Weil Leo kein Geistesmensch war und Liebbrehna kein Geistesort. Sie hatte alles ausgeblendet für ein bisschen Anregung. Seine belesene Gefühlskälte, die alttestamentarische Hartherzigkeit. Sie hatte ihn auf einen intellektuellen Sockel gehoben, auf den er nicht gehörte. Bildung mit Erkenntnis verwechselt. Hatte ihn zu ihrem Türöffner für eine scheinbar erstrebenswerte Ordnung erkoren, der sie unbedingt angehören wollte, die bei genauerem Hinsehen aber nur abstoßend war. Auf der Wiese saute sie sich die Hose ein, konnte die Schadenfreude nicht unterdrücken, als sie auf seinen blauen Slippern ebenfalls braune Flecken sah. Der feine Herr.

Die Verabschiedung fiel kühl aus. Keine Umarmung, nicht mal der obligatorische Händedruck. Gar nichts. Er schmollte. Hatte es sich so was von verdient. Leo hatte Recht gehabt. Seine Warnung vor der kleinbürgerlichen Brutalität hatte sie abgetan. Weil sie sich den braven Bürgern näher fühlte als den Abweichlern und Freaks.

Ihre Patienten behandelte sie später fahrig. Es fiel ihr schwer, sich auf die immer gleichen Zipperlein zu konzentrieren. Kreislauf, Blutdruck, das Knie, der Rücken. Eine Salbe, ein neues Rezept für Pillen. Sie hörte erst richtig hin, als die alte Frau Lesinski erzählte, der tote Stotterer habe wohl Alkohol im Blut gehabt. Das wisse sie von der Frau vom Polizisten, quasi aus erster Hand. Marlene, natürlich, wer sonst? Andrea hatte Sehnsucht nach Leo. Ein schlechtes Gewissen, weil das womöglich nur Ergebnis ihres desaströsen Treffens mit Friedemann war.

Zuzüglich Harmoniesucht. Seit sie hier waren, hatte sie ihre Bedürfnisse noch stärker aufgesplittet. Weibliche Schizophrenie. Friedemann für den intellektuellen Austausch. Die Chorfrauen für seichten Frauenkram und Assimilation. René für, ja, wofür eigentlich? Sie konnte es nicht abwarten, aus der Praxis zu kommen. Überraschte Leo in der Redaktion. Er und Thieme saßen schweigend da wie ein altes Ehepaar und glotzten auf ihre Bildschirme. Leo sah sie ängstlich an, in Erwartung neuen Unheils, so konditioniert war er schon auf schlechte Nachrichten. Andrea beruhigte ihn und schlug vor, irgendwohin zu fahren. Essen gehen. Irgendein Landgasthof, egal. Den Streit mit Friedemann erwähnte sie nicht. Wollte keine schlafenden Hunde wecken. Sie konnte schlecht das Ende einer Freundschaft verkünden, von der er gar nichts wusste. Sie fuhren los. Milan hatte sich eh abgemeldet und würde bei Jule übernachten. Er nutzte jede Gelegenheit, ihnen zu entkommen.

Sie fuhren raus aus Liebbrehna, in einem Fernwehlicht wie gemacht für eine Fahrt ohne Ziel. Sie malten sich aus, immer weiterzufahren und nicht umzukehren. In den Sonnenuntergang, mit lauter Musik und Fahrtwind und der Illusion von Freiheit. Bis zu den Alpen und dann weiter nach Italien. Kastrierten ihre Sehnsucht und stutzten sie auf Berlin, Dresden und Chemnitz runter. Beerdigten sogar diesen naheliegenden Ausbruch. Wurden von Straßensperren ausgebremst und mussten Umleitungen nehmen, weil immer noch Wasser auf Feldern und Straßen stand. Schwitzendes, nässendes Ödland.

Der Landgasthof, bei dem sie vorbeikamen, sah verlassen aus. Kein Auto auf dem Parkplatz. Ein Schild vor einer grauen Gardine. Ruhetag. Schließlich hielten sie an einer Aral-Tankstelle, kauften eine Flasche Rotwein und bogen auf einen Feldweg am Rand eines Waldstücks ein. Sie breiteten ihre Jacken aus, Leo drückte den Korken rein. Die Rotweinspritzer auf seinem T-Shirt wie eine blasse Schusswunde. Sie tranken abwechselnd aus der Flasche. Die Leichtigkeit war verpufft, bei Leo regte sich Argwohn.

„Ist eigentlich irgendwas? Wolltest du mir was erzählen?"

„Ich wollte einfach mal raus. Mit dir."

„Aber irgendwas ist doch."

„Wirklich nicht. Ich würd's dir sagen, ehrlich. Was soll denn sein?"

„Sag du es mir."

„Es ist aber nichts. Ich kann mir ja nichts aus den Fingern saugen für dich."

„Warum schaffen wir das eigentlich nicht, Andrea?"

„Was schaffen wir nicht?"

„Dranzubleiben. Nah zu sein. Den anderen gucken zu lassen. Egal, was es ist. Auch wenn es wehtut."

„Was willst du denn sehen?"

„Dich. Dich will ich sehen. Weißt du noch, ist schon ewig her, in unserer ersten Wohnung? Wir haben die ganze Nacht wach gelegen und uns abwechselnd Geheimnisse verraten. Nichts Besonderes, nur Sachen, über die man sonst nie spricht. Du hast mir erzählt, dass du dich an einen Jungen rangemacht hast, in den deine beste Freundin verknallt war. Sogar, dass du mal deinen Urin probiert hast."

„Sicher nicht."

„Doch, hast du. Wir wollten alles wissen und alles erzählen. Und nichts war peinlich. Gar nichts."

„Ist vielleicht einfach nicht die Zeit dafür, oder? Ich hab das Gefühl, wir sind mitten in einem Erdbeben. Alles bröckelt und es geht nur darum, dass nicht alles in sich zusammenbricht. Vielleicht war es ein Fehler. Vielleicht hätten wir nie hierher ziehen dürfen."

„Ja, vielleicht. Aber was uns angeht, hat das vielleicht gar nichts mit Liebbrehna zu tun. Und mit David auch nicht."

„Tut mir leid, Leo, aber das kann ich jetzt nicht auch noch. Du hast wahrscheinlich Recht. Ist alles etwas anders gelaufen, als wir uns das vorgestellt haben. Aber bitte lass uns jetzt nicht das große Fass aufmachen. Dazu fehlt mir die Kraft."

„Ich wünsch mir einfach, dass es so ist wie jetzt."

„Ich doch auch, Leo. Ich doch auch."

Er war anlehnungsbedürftig. Sie streichelte sein Haar, obwohl ihr selbst danach war, gehalten zu werden. Manchmal kam es ihr so vor, als hätte sie zwei Jungs, um die sie sich kümmern musste. Ihr war klar, dass sie eine Chance ungenutzt ließ. Er war nicht auf Krawall aus, lauerte nicht auf einen Angriff. Vielleicht könnten sie sogar reinen Tisch machen, ohne alles aufs Spiel zu setzen. Vielleicht reichte es aber auch, einen einzigen Stein rauszuziehen, um alles zum Einsturz zu bringen. Sie wurde unruhig. Drängte Leo, bei Milan anzurufen. Sich einfach mal zu melden. Milan ging ran. Er war bei Jule, Gott sei Dank. Sie rückte näher an Leo ran, verstand aber nichts von dem, was Milan sagte. Leo fand, er höre sich stabil an, was immer das auch meinte. Abwechselnd nahmen sie einen Schluck aus der Flasche, aber der Alkohol schützte nicht vor der aufziehenden Kälte. Sie bat Leo, zurückzufahren. Im Auto versteckten sie sich in der Musik. Er war der Richtige, trotz allem.

„Ich liebe dich."

38.

Sie stand einfach nur da. Mitten auf dem Marktplatz, mit Blick zum Rathaus. Schwarzes Kleid, schwarze Strumpfhosen, die Augen dunkel umrandet, Haare streng zurückgebunden. Schwarze, geschnürte Stiefel, als wolle sie in den Krieg ziehen. Yvonne war noch blasser als sonst, ohne jede Mimik. Vor der Brust hielt sie ein großes Porträt von ihrem David. Wie eine dieser argentinischen Mütter, deren Söhne oder Männer während der Militärdiktatur spurlos verschwunden waren. Die erst Jahre später wieder auftauchten, gefoltert, ermordet und verscharrt. Bei David hatte es nur Tage gedauert. Das Bild zeigte einen ernsten Jungen mit wachem Blick, der das Leben noch vor sich hat. Einen mit Plänen und einer festen Vorstellung von der Zukunft. Keinen Stotterer, kein Opfer. Die Einkäufer mit ihren Tüten und farblosen Anoraks gingen vorbei, ohne hinzusehen. Hinter ihrem Rücken konnten sie nicht widerstehen und blickten sich verstohlen um, aber bloß nicht zu lange. Eine zwergenhafte Hexe mit viel zu großem Besen schubste ein Skelett mit Schulranzen. Lachen, Kreischen, als gäbe es die Frau mit dem Foto gar nicht. Leo ging auf Yvonne zu. Konnte ihr nicht länger aus dem Weg gehen, und mit ihr der Frage, was David zugestoßen sei. Wie er in den Brunnen stürzen konnte, an einem Sonntagmittag, mitten auf dem Marktplatz. Unsicher blieb er vor ihr stehen. Ein Lächeln ohne Gefühl, das ihn willkommen hieß. Ihre

Haltung stolz und aufrecht, das Gesicht verändert. Zu ausdruckslos für das, was passiert war. Einer dieser Momente, in denen sich Fotografen versündigen können. Als Leo die Kamera hob, wandte sie sich nicht ab. Hielt still und ließ es zu. Ein älteres Ehepaar ging kopfschüttelnd weiter, ihre geflüsterte Verächtlichkeit nicht zu verstehen. Als Leo fertig war, wusste er nicht, wie es weitergehen sollte. Sie kam ihm zuvor.

„Ich werd das nicht zulassen. Dass sie ihn nach seinem Tod weiter in den Dreck ziehen. Einen Alkoholiker aus ihm machen. David ist nicht von allein in das Loch gesprungen. Und ganz sicher hat er sich mittags nicht besoffen. Er hat nicht mal Bier getrunken, mochte er gar nicht. Ich will wissen, was passiert ist. Und ich will, dass sie im Rathaus mit ihren Lügen aufhören. Solange werd ich keine Ruhe geben."

Offenbar konnten sie David wegen des Hochwassers nicht mal in die Gerichtsmedizin bringen. Stattdessen war er ins Krankenhaus vom Nachbarort gebracht worden, wo sie im Keller von ihm Abschied genommen hatte.

Sie habe die Verletzungen gesehen, überall, am ganzen Körper. Sie sagte das nicht dem Freund, sondern dem Reporter, der er gar nicht war. Natürlich hatte er sich die Frage gestellt. Der Gedanke, dem selbst nachzugehen, war ihm nicht gekommen. Er war ein gescheiterter Fotograf, der nebenbei Meldungen über Vereine und runde Geburtstage zusammenschusterte. Er hatte noch nie recherchiert, wusste gar nicht, wie das geht.

Leo hatte im Internet gestöbert, das schon. Hatte nur wenige Klicks gebraucht, um rauszufinden, dass die *Heimatwacht* eine Neonazi-Kameradschaft war, insgesamt nicht mehr als zehn, zwölf Leute. Dass der Jura-Student mit Spitznamen nicht nur *Professor,* sondern auch *Goebbels* genannt wurde, mit Neonazis in ganz Sachsen vernetzt war und einen Stützpunkt für die Jugendorganisation der NPD leitete. Dass *Treter* nebenbei Nazi-Konzerte organisierte. Dass sich der Nachwuchs bewähren musste, bevor er *Heimatwächter* werden und den Kapuzenpulli tragen durfte. Er hatte auf Facebook etliche Schüler aus Liebbrehna gefunden, die von der nationalen Revolution träumten. Erschreckend normal aussehende Mädchen, die grinsend mit Hakenkreuz auf dem Bauch posierten. Die offen ihre Liebe für Bands zur Schau stellten, die wechselweise Juden oder Kanaken den Tod wünschten und die Überlegenheit der weißen Rasse besangen. Er hatte zynische Kommentare über das Verschwinden der *Zecke* gefunden, wie sie David verächtlich nannten, aber keinen Hinweis darauf, dass irgendwer von ihnen etwas mit seinem Tod zu tun haben könnte.

Leo hatte sich mit seiner Rolle als schreibender Provinzknipser abgefunden. Mehr war er nicht, mehr konnte er nicht. Er wollte Yvonne nichts vormachen, brachte es aber nicht übers Herz, ihr das zu sagen. Ihm war das bewegende Bild einer trauernden Mutter gelungen, die anklagt und Antworten fordert. Ein Bild, das keine Worte brauchte. Was Yvonne von ihm erwartete, war mehr, als er sich zutraute, aber wer, wenn nicht er? Sie rechnete gar nicht damit, dass er blieb. Sah ihm seine Unsicherheit nach. Lächelte noch mal für ihn. Für sie spielte keine Rolle mehr, dass sie zusammen ausgerutscht waren. War völlig unwichtig, bedeutungslos. Neben ihr wurde er noch kleiner. Er hätte sie zum Abschied gern in den Arm genommen, aber sie rührte sich nicht. Wollte keinen Trost und keine Sentimentalität, nur, dass er seinen Job machte.

Als er sich später nach ihr umdrehte, hatte sie sich immer noch nicht von der Stelle bewegt. Rund um den Marktplatz standen sie in sicherem Abstand mit ihren Tüten und begafften argwöhnisch die trauernde Unruhestifterin, die sie daran erinnerte, dass nichts auf diesem Marktplatz unbemerkt bleiben konnte.

Thieme betrachtete lange ihr Bild. Leo hatte es ihm ohne große Worte geschickt. Je länger sein Chef schwieg, umso überzeugter war Leo, dass er es nicht veröffentlichen würde. Bloß nicht anecken, keinem wehtun.

„Wir bringen es nicht, oder? Kannst es ruhig sagen."

„Soche mol, was hast du eischentlisch für e Meinung von mir, Leo? Ick kann mer vorstellen, dit wird nich jedem jefallen, aber da nehm wa jetz ma keene Rücksischt druff, verstanden? Der Junge is tot und de Mutter will de Wahrheit wissen. So einfach is dit."

Kam völlig überraschend. Gab keine Ausreden mehr. Keine Möglichkeit, sich hinter der Feigheit anderer zu verstecken. Leo versuchte, sich die Reaktionen auf das veröffentlichte Foto vorzustellen. Schwarzer

Racheengel. Rote Hexe, die keine Ruhe gibt. Es würde Ärger geben, richtig Ärger. Er bat Thieme, früher gehen zu dürfen. Nicht, weil es ihm schlecht ging, sondern weil er ein zu frühes Bier brauchte, und sei es in der *Guten Stube.*

Hinter dem beigegrauen Vorhang der Dorfkneipe hing der kalte Zigarettenrauch vom Vortag. Leo setzte sich zu den Gewohnheitstrinkern an den Tresen. Stulli stellte ihm ungefragt ein großes Pils hin. Er brauchte ein halbes Glas und eine halbe Zigarette, bis die Wirkung einsetzte. Nach dem zweiten Bier setzte sich Matscher zu ihm, der Klotzsche-Kapitän. Sie rauchten und tranken. Matscher fragte nach dem toten Jungen. Ob man schon wisse, wer ihn in den Brunnen geschmissen habe. Dass er nicht von alleine reingefallen war, stand für ihn außer Frage. Noch einer, der aussprach, was jeder dachte, der bei Verstand war. Er gab Leo zu verstehen, es sei seine Angelegenheit, das rauszufinden. Matscher übernahm die nächste Runde. Sie verbissen sich in das Thema. Verfielen in bierselige Gewissheit, dass David ermordet worden war. Dass es Zeugen geben musste. Je länger sie redeten, umso monströser die Tat.

„Und, was willst du unternehmen?"

„Was ich unternehmen will? Ich bin nicht bei der Mordkommission und auch kein Detektiv. Ich bin Fotograf."

„Du willst gar nix machen? Ich dachte, du wirst dafür bezahlt. Ich mein, ich hab ja keine Ahnung von deinem Job."

„Wofür werde ich bezahlt?"

„Na, ich dachte, Reporter sind dafür da, die Wahrheit rauszufinden und aufzuschreiben. Oder lässt dich der Thieme nicht? Der hat immer nur über das geschrieben, was er durfte. Früher hat er vor dem Parteisekretär gekuscht, heute fragt er beim Bürgermeister um Erlaubnis. Alles wie gehabt."

Leo war gekommen, um Bier zu trinken und seine Ruhe zu haben. Stattdessen musste er sich dafür rechtfertigen, dass er folgenlos große Töne spuckte. Geschah ihm ganz recht. Matscher war keiner, der überflüssige Worte verlor. Er konnte minutenlang zuhören und dabei nur den Bläschen in seinem Bierglas beim Aufsteigen zusehen. Wie vor einem Aquarium. Aber wenn er was sagte, meinte er es so. Wenn er sich in Rage redete, musste es einen Grund geben. Nach und nach füllte sich die Kneipe. Die ersten Jungs mit altdeutschen Parolen auf schwarzen Kapuzenpullis kamen rein und verdrückten sich gleich nach hinten. Aufgepumpte Milchgesichter und schmale Hassprediger, die sich bemühten, gefährlich auszusehen. Jeder für sich eine Karikatur von Männlichkeit, alle noch grün hinter den Ohren. Leo fragte Stulli, ob er eigentlich wisse, was die Jungs da hinten so ausheckten. Interessiere ihn nicht. Ob er wisse, dass die *Heimatwacht* eine Nazi-Kameradschaft sei. Der Kneipier richtete sich auf, dass sich der Bierbauch vorwölbte wie ein Schutzschild und sagte in breitem Sächsisch, Leo solle mal gut aufpassen. Die Jungs, das seien zahlende Kunden, die meisten kenne er noch als kleine Hosenscheißer. Und ihre Eltern kämen zum Heiraten und zum Trauern her. Im Übrigen bekomme bei ihm jeder ein Bier, der es sich leisten könne. Das gelte sogar für einen Wessi. Das saß. Matscher mischte sich ein. Das sei ja vielleicht das Problem in Liebbrehna. Dass allen alles egal sei. Leo bat ihn, aufzuhören, komm, lass gut sein, und bestellte noch zwei Bier. Er wollte nicht rausfliegen, nicht nach Hause, wollte nur aufhören, nachzudenken.

Matscher fragte, ob Leos Frau beruflich mit dem Pastor zu tun habe. Er habe sie unten am See gesehen. Leo fragte nach. Wann? Wo? Was sie gemacht haben? Matscher versuchte, ihn zu beschwichtigen. Scheiße, er habe da nichts andeuten wollen, ganz sicher nicht. Leo bestellte zwei Klare. Kippte den Schnaps runter und bestellte zwei neue. Die Kehle brannte. Die Fantasie ging mit ihm durch. Er kriegte noch mit, dass er begann, sentimentalen Unsinn zu reden. Selbstmitleidiges, betrunkenes Zeug. Über Frauen und Lügen.

Matscher ließ es über sich ergehen wie einer, der so was kennt. So oder so. Als Leo vom Barhocker rutschte, packte er ihn an der Jacke und verhinderte, dass er mit dem Kopf auf den Boden schlug. Sie warfen Scheine und Münzen auf den Tresen, bis Stulli zufrieden war. Matscher hakte Leo unter und zog ihn mit. Häuser rutschten ineinander. Fenster kreisten auf Fassaden. Die frische Luft machte es nicht besser.

Als Leo auf der terrakottafarbenen Couch aufwachte, war es schon hell. Eine kleine, geschmacklos eingerichtete Bude. Zu viel Mann, zu lange allein. Leo hatte in Klamotten geschlafen und fühlte sich immer noch, als müsste er gleich kotzen. Elf neue Nachrichten. Andrea. Erst nur besorgt, dann wütend, am Ende verzweifelt. Er rief sie an und holte sich seine Abreibung ab. Danach ging er zu Matscher in die Küche, wo sie Kaffee tranken und eine rauchten.

39.

Einer dieser Tage, die kein Ende nahmen. Der Ärger auf Leo fraß sich weiter und vergiftete ihre Sprechstunde. Andrea hasste es, unaufmerksam und kurz angebunden zu sein, konnte die Wut aber nicht abschütteln. Wenn er in Hamburg mit den Jungs unterwegs gewesen war, wusste sie, dass sie nicht zu warten brauchte. Alles war luftiger gewesen, offener, auch beliebiger. In Liebbrehna zog sich ihr Leben zusammen, wurde kleiner, enger, intimer. Der Hof war ein Zuhause geworden. Aber er funktionierte nur zusammen. Jede Abwesenheit war spürbar. Auf der Nachhausefahrt vom letzten Hausbesuch kam schlagartig die Müdigkeit. Sie war erst eingeschlafen, als draußen schon die Vögel gesungen hatten, trotz doppelter Dosis. Deren Rufe hatten sie bis in wirre Träume verfolgt, die am Morgen mit dem mechanischen Ton des Weckers in Dunkelheit zerfielen. Frau Zetsche hatte ihr ein Stück Pflaumenkuchen aufgedrängt. Mittlerweile konnte Andrea mit der Dankbarkeit und Herzlichkeit ihrer Patienten umgehen, ließ sich auf durchgesessenen Sofas und wackligen Küchenstühlen sogar ganz gern auf andere Gedanken bringen. Nichts Tröstlicheres als die Sorgen anderer Leute. Gescheiterte Ehen, Arbeitslosigkeit, das Übliche. Nach der zweiten Tasse Kaffee konnte sie den Aufbruch nicht länger rauszögern. Sie war immer noch sauer, dass er sich nicht gemeldet hatte, freute sich aber schon wieder auf Leo. Die perverse Wirkung von entzogener Nähe und jäher Distanz. Unten brannte Licht, Leo war also schon da. Die Terrassentür stand offen, wahrscheinlich hatte er wieder geraucht. Er saß mit dem Rücken zu ihr im Wohnzimmer, das Laptop auf dem Schoß. Ein Blick genügte, um zu sehen, was er sah.

„Sag mal, Leo, wie lange willst du eigentlich noch hinter mir her spionieren? Wie kommst du dazu, meine Mails zu lesen? Hast du eigentlich keinerlei Respekt?"

Er erschrak, erwischt und beschämt, fing sich aber schnell wieder. Sein Ton triefend sarkastisch.

„Ich denke, ich werd so lange mit diesem unwürdigen Scheiß weitermachen, bis du endlich den Mund aufmachst und mir sagst, was Sache ist. Mit dem Pastor. Mit René. Ich hab einfach keine Lust mehr, mich weiter verarschen zu lassen. Das ist alles."

Er machte keine Anstalten, ihre Facebook-Seite zu schließen, vertiefte sich sogar demonstrativ wieder in ihre privaten Angelegenheiten, als sei es das Normalste der Welt. Seine Stimme bebte, sie fragte sich, ob das Tränen wären. Offenbar wusste er Bescheid. Noch hätte sie versuchen können, zu retten, was zu retten ist. Aber es war genug. Schon lange. Irgendwann musste es so kommen. Sie setzte sich neben ihn auf die Couch.

„Du willst es also wissen, ja? Du willst wissen, was mit René war? Gut, ich hab René in Berlin getroffen. Ja, ich hab es dir nicht gesagt. Ich hab dich angelogen. Genau aus dem Grund. Weil du ausgerastet wärst. War es aufregend? Ja, war es. Hatte ich Lust auf ihn? Ja, hatte ich. Haben wir gepoppt? Nein, diesmal nicht. Wir haben im Taxi geknutscht. Drei, vier Minuten lang. Mit Zunge. Bevor du fragst, ob ich feucht war: Klar war ich das. Er wär gern mit auf mein Hotelzimmer gekommen, aber ich bin alleine hoch. Zufrieden?"

Diverse Male hatte sie sich Leos Reaktion vorgestellt, sich ausgemalt, wie er ausrastet, rumschreit und Sachen gegen die Wand schmeißt. Wie er sie mit Vorwürfen überschüttet und aus dem Haus rennt wie ein gekränkter Junge. Nichts davon. Er sah sie weiter reglos an, als hätte er nicht verstanden, was sie sagte. Als er ansetzte, war da keine Härte, im Gegenteil.

„Du willst mir also weismachen, dass ihr nicht gefickt habt in Berlin? Ihr habt also n bisschen rumgeknutscht und dann bist du einfach allein auf dein Hotelzimmer gegangen? Weil dir plötzlich eingefallen ist, dass man nicht einfach so rumfickt, wenn man in einer Beziehung ist? Und du glaubst, ich nehme dir das ab?

„Nein. Darum nicht. Das war nicht der Grund. Willst du wirklich wissen, warum wir nicht gepoppt haben? Also gut, ich werd es dir sagen. Ich wusste nicht, ob ich bei ihm bleiben würde, wenn es noch mal passiert. Ob ich zu dir zurückgehen kann, wenn ich René noch mal so nah komme. Das ist der einzige Grund, warum diesmal nichts passiert ist."

Es tat ihm weh, körperlich weh, sie merkte es daran, wie sein Gesicht krampfte. Er hielt sich beide Hände vor den Mund. Sie zitterten. Als hätte er eine verstümmelte Leiche gefunden. Er wehrte ihren Versuch ab, ihn zu berühren. Noch immer kein Schreien, kein Tobsuchtsanfall. Er wurde noch leiser, fiel regelrecht in sich zusammen.

„Noch mal heißt, du hattest was mit René? Wann? Wo?"

„In Hamburg. Bevor er nach Berlin gegangen ist. Du warst fotografieren. In Afrika oder Amerika, weiß nicht mehr. Wir waren was trinken, René und ich, anschließend sind wir zu ihm. Du willst wissen, ob es geil war? Ja, war es. Ob ich kein schlechtes Gewissen hatte? Doch, hatte ich. Wie oft es passiert ist? Vier, fünf Mal. Immer, wenn du unterwegs warst. Ob es besser war als mit dir? Anders. Das ging vielleicht zwei, drei Monate. Ich hab es nicht geschafft, Schluss zu machen. Es hat aufgehört, als René nach Berlin gezogen ist. Danach war nichts mehr. Bis auf den Kuss neulich. So, jetzt ist es raus. Jetzt kannst du über mich herfallen. Hast allen Grund dazu."

Sie wunderte sich, wie kalt sie war. Wie sie ihm schonungslos um die Ohren haute, was sie bislang verheimlicht hatte. Wie wenig seine Reaktion ihrer Erwartung entsprach. Sie hatte Leo benutzt, ihre eigene Feigheit zu rechtfertigen. Sogar das. Sie hätte ihn gern geküsst, so gern, ein letztes Mal, wusste, es stand ihr nicht zu.

„Liebst du ihn? Bist du geil auf ihn?"

„Das sind zwei vollkommen unterschiedliche Sachen."

„Also?"

„Lieben? Nein, das ist vorbei. Geil sein? Ja, offenbar war ich lange scharf auf ihn, sonst wär das alles ja nicht passiert. Aber ich will das nicht mehr. Ich hab mich entschieden."

„Scheiße, Andrea, hör doch wenigstens jetzt mit der Lügerei auf. Du schreibst dir doch immer noch mit ihm. Du ziehst mit mir in dieses verdammte Drecksnest und hintenrum hältst du dir schön alle Möglichkeiten offen. Wie krank ist das denn?"

„In etwa so krank, wie fremde Mails lesen, nehm ich an."

Er stand auf und trat gegen den Tisch. Völlig unerwartet. Zeitschriften flatterten hoch wie aufgeschreckte Vögel. Gläser prallten lärmend auf den Boden, er taperte rum wie irre. Sie entschuldigte sich, flehte ihn an, sich wieder zu setzen. Er kniete sich vor sie, nahm sie ins Gebet wie ein unartiges Kind.

„Ich will jetzt die Wahrheit, Andrea. Ist da noch mehr? Gibt es noch andere? Verarsch mich nicht. Verarsch mich ja nicht."

„Nein, Leo, ich schwöre dir, das ist alles. Ich war in Berlin kurz davor, es hat nicht viel gefehlt, aber ich hab es nicht gemacht. Ich hatte Angst, dass es wieder von vorne losgeht. Ich wollte das nicht. Ich will dich. Und Milan. Und das hier."

„Und weil du ja so verliebt in mich bist, geilst du dich heimlich mit ihm auf, oder was? Du hast doch nie aufgehört, dir ein Hintertürchen aufzuhalten. Wie berechnend du bist. Wie verlogen. Du kannst mir frech ins Gesicht lügen, ohne, dass es dir was ausmacht. Das muss man erst mal hinkriegen. Respekt."

„Hör auf, Leo, bitte. Es hat mir einfach gutgetan. Ja, ich hab mir Komplimente machen lassen. Ich hab das genossen. Hab getestet, ob ich noch attraktiv für ihn bin. Ich werd jetzt nicht sagen, dass es mir nichts bedeutet hat. Das mag erbärmlich sein, vielleicht bin ich einfach nicht die, die du in mir gesehen hast. Es war falsch, Leo. Das weiß ich auch. Es tut mir so, so leid. Ich will das nicht mehr. Das ist alles, was ich sagen kann."

Er rückte von ihr ab, sie krabbelte auf dem Boden hinter ihm her, versuchte, ihn am Bein zu fassen. Er machte sich los, sein Fuß traf ihre rechte Schulter. Sie schrie auf und rollte auf die Seite. Stechender Schmerz im Arm. Er rettete sich zu einer Wand, presste den Rücken dagegen und beäugte sie, als wäre sie ein gefährliches Tier. Andrea fing an, zu heulen, konnte nichts dagegen tun. Er sah ungerührt zu, ließ sie zu Kreuze kriechen.

„Weißt du, es ist mir auch passiert. Mit Yvonne. Bevor sie David gefunden haben. Bei ihr in der Küche. Wir sind übereinander hergefallen.

Wie die Tiere. Traurig eigentlich. Du bist also nicht die Einzige, die in der Gegend rumficken kann."

Es nahm kein Ende, wurde immer noch schlimmer. Als wolle er sie bestrafen. War längst zu spät, aufzuhören. Darüber waren sie hinaus. Die große Abrechnung. Sie schenkten sich nichts. Andrea blieb eingesunken vor ihm sitzen und begann, Fäden aus dem Teppich zu zupfen.

„Danke, Leo."

„Wofür?"

„Dass du es mir gesagt hast. Du hättest es für dich behalten können. Ich bin sogar froh, dass es dir auch passiert ist. Das klingt jetzt total bekloppt, aber ich meine das wirklich. So haben wir vielleicht noch eine Chance."

„Eine Chance, uns weiter zu verarschen. Danke, ich verzichte."

„Du hättest mir das sonst nie verzeihen können."

„Kann ich auch so nicht. Das versprech ich dir. Verzeihen? Du hast mich jahrelang beschissen, Andrea, ist dir das eigentlich klar?"

„Ja, das ist mir klar. Und ich schäme mich dafür."

Seine Wut fuhr hoch und runter. Innerhalb von Sekunden, unberechenbar. Er fragte nach dem Pastor und René, nach dessen Schwanz und seinen Vorlieben, seinen Fähigkeiten als Liebhaber und ihren verschwiegenen Vorlieben, nach heimlichen Treffen und weiteren Affären. Entwickelte monströse Betrugsszenarien, vollkommen wahnsinnig, absolut verständlich. Sie beantwortete gewissenhaft jede Frage, mit selbstzerstörerischer Lust. Würgte alles hervor. Den ganzen Dreck. Auch wenn es viel weniger spektakulär war, als er annahm. Sie hatte alles dafür getan, nicht aufzufliegen. Mails gelöscht, das Handy gesäubert, wann immer es ging. Die Lüge war ein Ritual geworden. Wenigstens das war vorbei. Für einen Moment schien es, Leo zu beruhigen, dass da nichts mit Friedemann war oder mit anderen, bis die Erkenntnis wieder die Oberhand gewann, dass dadurch nichts besser wurde, der Betrug nicht kleiner, die Heimlichkeit nicht weniger verstörend. Zwischen all der Wut und Verzweiflung fühlte sie sich auf perverse Weise frei. Musste ihm nichts mehr vormachen und sich auch nicht. Der Hof war keine Endstation mehr. Alles war wieder offen.

„Kannst du mir mal sagen, wie ich dir jemals wieder vertrauen soll?"

„Nein, Leo, das kann ich nicht. Ich kann dir nicht sagen, was aus uns werden soll. Ich hab das noch nie gemacht, weißt du? Mit offenen Karten spielen, ohne Geheimnisse. Ich wollte das nicht, diese Heimlichtuerei, das musst du mir glauben, das hat sich einfach so ergeben. Ich weiß nur, dass ich es versuchen will. Du bist mein Mann, Leo. Das warst du immer."

„Ja, vor allem, wenn du ihm den Schwanz gelutscht hast."

„Du hast jedes Recht, mich wie eine Schlampe zu behandeln. Ich hab mich wie eine benommen."

„Mach jetzt nicht auf Selbstmitleid, Andrea, sonst muss ich kotzen."

„Mama? Papa?"

Sie hatten Milan nicht kommen hören. Andrea hatte nur den einen Wunsch, dass er den Schwanz und die Schlampe nicht gehört habe. So bang und mickrig, wie er drein schaute, sprach nichts dafür. Er kniete sich zu ihnen, nahm je eine Hand seiner Eltern und drückte sie. Kinder sollten nicht mit ansehen müssen, wie ihre Eltern weinen oder sich beleidigen. Und Eltern sollten ihren Kindern zwar nichts vormachen, aber ganz sicher sollten sie sich nicht vor ihnen gehen lassen.

„Ich brauch euch doch. Alle beide. Zusammen."

Leo wollte ansetzen, was zu sagen. Sicher wollte er vernünftige Worte von Notwendigkeiten und bitteren Wahrheiten finden und dass sie auch nach der Trennung weiter für ihn da sein würden, aber ihm versagte die Stimme. Sie heulten leise vor sich hin, alle drei. Rückten zusammen, nicht mal Leo entzog sich dem Knäuel aus Armen. Andrea konnte nicht aufhören. Dachte an die SMS und die Anrufe, den Kitzel und die Lügen. Den frivolen Egoismus, den sie sich gegönnt hatte. Aus purem Überdruss. Sie hätte gut drauf verzichten können, ohne dass ihr was gefehlt hätte. Es war nicht alles überwältigende Lust gewesen. Nur eine kleine, süßsaure Schwäche.

„Es tut mir so leid, so so leid."

Jule kam und ging mit Milan hoch aufs Zimmer. Sie waren wieder allein miteinander. Eine neue Fragerunde. Diesmal nicht inquisitorisch. Leo fragte, wie es ihr nun gehe, ob sie immer noch daran denke, ihn zu verlassen. Er nahm ihre Antworten nicht vorweg, war offen, machte sich auf das Schlimmste gefasst. Sie verliebte sich heftig in ihn, auch wenn ihr bewusst war, dass Angst und Adrenalin ihren Anteil hatten. Sie versicherte ihm, froh zu sein, dass es raus war. Wunderte sich, warum sie es nicht früher geschafft hatte. Sobald er sich auf den Weg machte, verfolgte sie ihn durchs Haus, sogar zur Toilette. Fürchtete, er würde gehen und nicht zurückkommen. Noch nie hatte sie solche Panik gehabt. Sie war immer sicher gewesen, zurechtzukommen. Egal, was passiert. Von dieser Selbstsicherheit war nichts mehr übrig. Im nächsten Moment war sie wieder ruhig und gefasst, bereit, alles zu tragen, was er entschied. Aber er ging nicht. Ließ zu, dass sie seinen Schwanz rausholte und in den Mund nahm. Zog sie hoch und setzte sie auf den Küchentisch, drang ein, stieß zu. Brachte sie zum Schreien, bis sie an Milan dachte und sich auf einen Finger biss. Konnte sich nicht erinnern, wann es zum letzten Mal so gewesen war. So haltlos und schmutzig. Die Möse brannte. Als er sich die Hose wieder zumachte, konnte sie ihm ansehen, wie er sich ärgerte. Über seine Inkonsequenz und Schwäche. Sie beeilte sich, zu versichern, ihr sei völlig klar, dass ihn das zu nichts verpflichte. Sie habe ihn nicht bestechen wollen. Ihr Betrug lasse sich nicht mit einmal Blasen wiedergutmachen. Auch mit hundertmal nicht. Sie habe einfach Lust auf ihn gehabt. Leo unterbrach sie. Er habe eine Bitte. Er wisse genauso wenig wie sie, wie es weitergehen solle, aber egal wie, sie müssten was erledigen. Er habe Verständnis, wenn sie nein sagt. Sie könnten das nur zusammen durchziehen. Möglicherweise werde sie Ärger kriegen, großen Ärger. Er erklärte, was er vorhatte. Sie würde damit alles aufs Spiel setzen. Wenn es schiefging, stand sie am Ende ohne Mann und ohne Job da. Das Ganze war Wahnsinn, eine durchgeknallte Mutprobe. Und es sah Leo überhaupt nicht ähnlich. Oder dem, wie sie Leo sah. Aber sie verstand ihn. Dass er es versuchen wollte. Mit ihr. Vielleicht war es nur das. Er hatte sie noch nicht aufgegeben. Er brauchte sie, wofür war egal. Sie klopfte bei Milan, um Bescheid zu sagen, dass Mama und Papa noch mal kurz weg müssten.

40.

Leise schwelender Dauerschmerz wie von einem entzündeten Zahn. Unerträglich, aber nicht so wie vorher. Die fantasieverseuchten Nächte. Die Akte unwürdiger Schnüffelei, in der er zusammenschrumpfte und nichts mehr von ihm übrig blieb. Die überwältigenden Bilder von der fremd fickenden Andrea an unterschiedlichen Orten, mit wechselnden Typen. Er hatte nach Krümeln von Wahrheit gesucht und sich gleichzeitig an seiner romantischen Vorstellung von Andrea festgeklammert. Hatte sie vergöttert und beargwöhnt. Jetzt war es raus und es war ganz anders, als er es sich ausgemalt hatte. Nicht monströs und spektakulär, bloß klein und erbärmlich. Er ließ sich von Andrea den Weg durch die Dämmerung weisen, sie kannte die Strecke von diversen Krankenbesuchen. Schmale, schlecht beschilderte Landstraßen. Kaum ein Auto unterwegs. Am Abend trocknete das Leben zwischen den Orten ein, bis sich nichts mehr regte. Seine Frage, ob sie eine offene Beziehung wolle, hatte Andrea entrüstet abgewehrt. Das sei für sie nie eine Frage gewesen, könne sie auch nicht. Außerdem glaube sie nicht, dass es funktionieren würde. Sie hätten sich gegenseitig betrogen, sie ihn schlimmer als er sie, schon klar, aber wenn überhaupt, dann nur ganz oder gar nicht. Ihre Abwehr war weg, sie war nicht länger auf der Hut. Mehr hatte er gar nicht gewollt, nur nicht auf diese Weise. Noch immer klammerte er sich an das, was sie sagte. Was sie wichtig fand und als Richtung vorgab, obwohl sie als moralische Instanz ein Totalausfall war. Von jeder Andeutung eines Willens, der ihr bisheriges Leben infrage stellte, ließ er sich aus der Bahn werfen. Zeit, sich auf sich zu besinnen. In sich reinzuhören, um zu Entscheidungen zu kommen, auch wenn er die Konsequenzen fürchtete. Er hatte es sich in ihrer lauwarmen Zweisamkeit gemütlich gemacht. Als rückgratlose Amöbe. Er konnte nicht einfach so weitermachen. Aber man kann nicht bei null anfangen oder sich selbst neu erfinden. Man ist, wer man ist. Er konfrontierte sie mit seinem Zweifel, ob sie das überhaupt könne. Treu sein. Aufrichtig. Ob man den anderen wieder achten könne, nachdem man jede Achtung verloren hat. Sie sagte, sie könne ihn verstehen. Sie sei die Letzte, deren Schwüren sie an seiner Stelle glauben würde. Deshalb würde sie auch keine mehr abgeben. Stattdessen zertrampelte sie genüsslich, was an Glauben noch da war. Keine Illusionen mehr, dafür wieder nackter, fester Boden. Ein heiliger Moment, wenn es so schlecht steht, dass sich Manipulation und Beschönigung und jeder ritualisierte Selbstbetrug verbieten.

Leo parkte direkt vor dem Krankenhaus. Es gab keinen Grund, sich heimlich ranzupirschen. Ein bunt angemalter Nachwende-Zweckbau. Andrea hatte ihre Arzttasche als Requisit mitgenommen und ihm gesagt, er solle sie reden lassen. Er hatte sich noch nie irgendwo eingeschlichen wie seine schmerzfreien Boulevardkollegen, die keinerlei Skrupel hatten. Er konnte das nicht. Leo ließ sich von seiner Neugier treiben, bis er vor einem Motiv stand. Verschlossene Türen kamen da nicht vor. Was verborgen war, wurde kein Bild, so lief das bei ihm. Der Pförtner hing in seinem Stuhl hinter der Plexiglasscheibe und rappelte sich auf, als er sie sah. Er wunderte sich über Andreas späten Besuch und fragte, wer ihr Begleiter sei. Ein Kaltgestellter mit rundem Trinkergesicht, der täglich seine beschäftigungslose Arbeitszeit absaß, der Rente entgegen dämmerte und für den es ein Höhepunkt war, mit der attraktiven Landärztin zu flirten. Andrea erklärte, ihr Mann habe sie netterweise hergefahren, und tat genervt, weil sie so spät noch arbeiten müsse. Ansonsten blieb sie vage, was den Grund ihres Besuchs anging. Der Pförtner ging auf ihre Vertraulichkeit ein und ließ sie ohne weiteres Nachfragen durch. Männliche Korrumpierbarkeit. Erst, als sie vorbei waren, merkte Leo, wie wenig er damit gerechnet hatte. Sie warfen sich einen Blick zu. Hatten so was noch nie gemacht. Abenteuer und Beziehung waren strikt voneinander getrennte Bereiche gewesen. Andrea führte sie zu den Aufzügen, nur wenige übermüdete Schwestern auf den Fluren. Nachtruhe.

Im Keller stiegen sie aus. Fanden nicht sofort den Schalter. Die schließende Aufzugtür saugte das restliche Licht ein und entließ sie ins Schwarze. Sie tasteten und tippelten vor wie Blinde, bis Andrea den Schalter fand. Landeten in der Heizungsanlage und im Kühlraum für die Kantine, bevor sie die Leichenhalle fanden. Alle Türen offen.

Kleine blassgrüne Fliesen wie in einer Waschküche. Eine Wand mit Schubfächern unter dem gleißenden Licht einer Neonröhre. Sie zogen abwechselnd an Griffen. Die meisten Fächer waren leer. Eine grauhaarige Frau mit geschlossenen Augen, bestimmt schon über neunzig. Leichen kannte Leo bisher nur aus dem *Tatort*. Er zog eine weitere Bahre auf Edelstahlstreben raus. David. Leo wusste es sofort. Das tote Stück Fleisch aufgedunsen, die Haut gräulich. Das war übrig von dem Jungen auf Yvonnes Foto, das ihren Sohn so zeigte, wie sie sich an ihn erinnern wollte. Leo versuchte, nicht an den Jungen zu denken, der mit ihnen gezeltet und sich die Zukunft vorgestellt hatte. Nicht an die Wünsche und Pläne. Andrea beugte sich über die dunklen Stellen, die über den Körper verteilt waren. An Bauch, Oberschenkeln, Armen. Einige nur golfballgroß, andere wie Bierdeckel, graubraun, dunkelviolett. Leo war kein Gerichtsmediziner, er hatte keine Ahnung, aber das sah nach Blutergüssen aus, ein Muster der Gewalt. Andrea sagte noch mal, sie habe das nur einmal kurz im Studium gemacht und danach nie wieder. Stimmte ihm aber zu, die Tupfen sähen nicht nach Totenflecken aus, sondern nach Hämatomen wie von Schlägen. Leo fotografierte und überprüfte das Ergebnis auf dem Display. Der Anblick des entstellten Schädels mit seinen Platzwunden war zum Heulen, aber sie rangen das nieder, jeder für sich. Massive Kopfverletzungen, möglicherweise tödlich, mehr konnte Andrea auch nicht sagen. Ein Geräusch auf dem Flur. Sie verharrten, lauschten, sahen zu, dass sie wegkamen. Der vereinsamte Pförtner war dankbar für Andreas sexuell gefärbte Aufmerksamkeit und wünschte ihnen eine gute Nacht. Er würde gleichwohl bezeugen, dass die Landärztin den Fotografen eingeschleust hatte. Trotzdem war es leichter gewesen als gedacht. In einer Stunde ging die morgige Ausgabe in Druck. Sie mussten sich beeilen.

Andrea blieb im Auto. Leo ging in die Redaktion, fuhr den Rechner hoch, warf einen grinsenden Urkundenhalter raus und ersetzte ihn durch Davids Leiche. Er setzte eine Überschrift drüber und wollte die Änderungen schon losschicken, löschte den Text aber wieder. Die Hälfte ihrer Leser konnte mit dem Wort *Hämatom* nichts anfangen. Er dachte nach. Kam nichts, totale Blockade. War alles zu viel. Er wollte das Bild schon ohne Erklärzeile losschicken, als ihm doch noch was einfiel: „Wer hat David das angetan?“ Ein Schnippen mit dem Zeigefinger, dann war es zu spät. Selbst wenn er wollte, ließ es sich nicht mehr aufhalten. Ihm war mulmig zumute, das kam sofort und würde nicht weggehen bis zur großen Abrechnung mit Thieme. Er konnte sich Thiemes Enttäuschung vorstellen. Die Kränkung. Junge, soch e mol dit is wohl der Dank, wa? Thieme würde ihn abservieren. Und hätte allen Grund dazu.

Leo schlug nicht den Weg nach Hause ein und Andrea beschwerte sich nicht, als sie auf der Straße des Friedens langsam Richtung Hafen rollten. Einer der wenigen Orte, die ihnen vertraut waren. Fast wie Heimat. Vielleicht wollte er nur das Schlafengehen rauszögern. Die Frage aufschieben, ob er auf die Couch umziehen sollte oder sie. Ob er sich einfach neben sie ins Bett legen könnte wie immer, weil sich nichts geändert hatte. Nur, dass die Lügen endlich aufgeflogen waren. Eigentlich müsste er gehen. Wohin auch immer. Zurück zu Matscher auf die ranzige Couch. Raus aus Liebbrehna. Aber wohin? Nach Hamburg, wo ihn seine Freunde längst entsorgt hatten? Egal, durfte alles keine Rolle spielen. Nicht die Angst, nicht Bequemlichkeit. Milan würde leiden, sicher. Sie leiden immer, egal, ob sie sechs oder sechzehn sind. Er würde drüber wegkommen. Sie könnten sich sehen. Es würde schwierig werden, aber sie würden es irgendwie hinkriegen. Wenn er noch ein wenig Stolz hatte, musste er es beenden. Dürfte sie nicht damit durchkommen lassen. Aber er wollte nicht. Wollte sie immer noch. Liebte sie sogar. Hasste sich dafür. Sie stiegen aus, gingen bis zum Ende vom Bootssteg, setzten sich und ließen die Beine übers Wasser hängen. Der Pegel war gesunken, leise plätschernde Ruhe, nachtgrau. Pervers, sich ausgerechnet von der trösten zu lassen, die einen jahrelang belogen hat. Den Zeitpunkt für ein heroisches Ende hatte er verpasst. Leo rief Yvonne an und warnte sie vor, sie solle morgen die *Freien Nachrichten* lesen. Sie bedankte sich und beendete das Gespräch. Andrea fragte nach Yvonne. Ob er es sich mit ihr vorstellen könnte. Klar konnte er. Das war gar nicht die Frage. Vorstellen konnte man sich vieles. Sie war nicht überrascht, nutzte sein Geständnis nicht für Vorwürfe oder Unterstellungen. Wenn das ginge. Wenn man sich die grausame Ehrlichkeit für die guten Zeiten bewahren könnte. Abwechselnd warfen sie kleine Steine ins Wasser und beobachteten die Kreise, die das zog.

„Gut, dass du es gemacht hast, Leo. Ich mein heute Abend, mit David. Egal, was rauskommt."

„Hör auf. Schleim nicht rum. Ich brauch das nicht."

„Ich mein das ganz ernst. Es war richtig. Irgendwer hat David schrecklich zugerichtet. Keine Ahnung, was passiert ist, aber ein Unfall war das nicht. Jetzt können sie wenigstens nicht mehr diesen Schwachsinn verbreiten. Ich hab das nicht für möglich gehalten. Vielleicht wollt ich es auch einfach nicht wahrhaben. Aber hier ist scheinbar alles möglich."

Sie mussten zurück. Milan würde sich schon Sorgen machen. Zuhause gingen sie sofort ins Bad und zogen sich um. Paralleles Zähneputzen wie all die Jahre zuvor. Leo klaubte sein Schlafzeug zusammen, aber sie hielt ihn zurück. Zog das T-Shirt aus. Versuchte, ihn mit einem berechnend leidenschaftlichen Kuss zu bestechen, von dem er sich erst löste, nachdem er sich gierig drauf eingelassen hatte. Sie schlüpfte unter seinen Armen durch und stellte sich vor die Tür. Zog das Höschen runter. War ihr nicht mal peinlich. Oder es war ihr egal. Er hatte vergessen, wie schmachtend sie gucken konnte. Dachte natürlich an René. Ließ sich trotzdem von ihr ins Bett ziehen.

„Das brauchst du nicht zu machen, Andrea. Das ändert doch nichts."

„Ich weiß. Das weiß ich doch."

Danach redeten sie und konnten nicht aufhören.

41.

Mit der Apothekerin war sie immer gut ausgekommen, nie ein böses Wort. Eine von denen, die in Hamburg nicht gleich aufgefallen wären. Andrea wartete vor dem Tresen und tat so, als interessiere sie sich für die Auslage mit Traubenzuckerröllchen, während Frau Dörner hin- und herlief, um ihre Bestellung zusammenzutragen. Andrea kannte sie mit ruhiger, weicher Verkäuferstimme und aufrichtiger Warmherzigkeit. Der Dialog, für den Andrea nun Publikum war, wurde in hartem, beinahe höhnischem Ton geführt. Frau Dörner diskutierte mit einer Kollegin, die aber nicht zu sehen war, weil sie hinten zwischen Regalen zu tun hatte. Sie sprachen viel zu laut, schlechte Schauspielerinnen mit übertriebener Betonung. Es ging um Geschmack- und Pietätlosigkeit. Andrea wusste sofort, was sie meinten. Obwohl sie damit gerechnet hatte, war sie von der offen zur Schau gestellten Feindseligkeit überrascht. Die Apothekerin kriegte sich gar nicht mehr ein. Unbewiesene Gerüchte zu verbreiten, öffentlich mit Schmutz um sich zu werfen, wo man gerade mal ein paar Monate hier wohne, das sei schon ein starkes Stück. Sie würdigte Andrea keines Blickes. Während sie kleine Packungen in eine Tüte stopfte, wandte sie Andrea den Rücken zu, gab ihr keine Gelegenheit, zu widersprechen. Sie brauchte Leo gar nicht ausdrücklich beim Namen zu nennen, die Aufführung war plump und eindeutig genug. Sie kassierte mit lächerlich vereister Freundlichkeit. Andrea verunsichert, ihre Wangen glühten, sicher war sie rot angelaufen. Im Chor hatten sie sich sogar geduzt. In der Apotheke waren sie hinter diese Vertraulichkeit zurückgefallen, was Andrea nicht gut haben konnte. Jetzt ließ sie sich vorführen. Verdammte Sucht, gemocht zu werden. In jeder beliebigen Person eine potentielle Freundin zu sehen. Gern hätte Andrea ihr den Triumph vermasselt, stattdessen wühlte sie fahrig nach Scheinen und beeilte sich, aus der Apotheke zu kommen. Sie kam bis zur Tür.

„Ach, Frau Doktor, das mit den Großbestellungen für die Patienten dauert bei uns ja immer sehr lange, das ist für Sie ja auch nicht ideal, vielleicht schauen Sie sich doch mal nach einer Alternative um. Die Löwen-Apotheke ist ja nur einen Ort weiter."

Ihr gelang keine Erwiderung. Andrea ging raus wie verprügelt. Sie war noch wund von den Verhören durch Leo. Aufgewühlt von seinen Fragen und Unterstellungen. Euphorisiert von der neuen Intimität. Sie schmiss sich nicht an Leo ran, weil das von ihr erwartet wurde, sondern weil sie nicht anders konnte, ganz ohne Berechnung. Leo war nicht durchgedreht. Hielt sich sogar tapfer, viel besser als befürchtet. Den Zynismus, in den er zwischendurch verfiel, konnte sie nicht gut aushalten, aber er war nachvollziehbar. Leo hatte sich nicht beleidigt verkrochen, sondern forderte Antworten von ihr, was mehr als verständlich war. Sie hatte es laufen lassen, immer weiter, irgendwann hatte sie sich an den Zustand gewöhnt. Ihn für normal gehalten. Sie musste an David denken, die Leichenbilder kamen immer wieder und mit ihnen Panik. Schwitzen, Herzrasen, leichtes Zittern. Sie nahm das Handy aus der Tasche, stellte sich unter einen Torbogen und wählte die Nummer, die sie auswendig kannte. Spontane Idee. Es stand ohnehin an, je eher, desto besser.

„Kannst nicht ohne mich, gib's zu. Hey Diva, hast du Sehnsucht?"

„Er weiß es. Leo weiß alles. Das mit uns. Es ist endlich raus. Das wollt ich dir nur kurz sagen."

„Gut. Umso besser."

„Gar nichts ist gut."

„Willst du herkommen?"

„Auf keinen Fall. Deswegen ruf ich ja an. Ich will das nicht mehr, René. Das ganze Anmachen und Warmhalten und das alles, das ist vorbei. Ich hab mein Leben und du hast deins, okay?"

„Komm, Andrea. Wir müssen doch nichts überstürzen. Du bist durch den Wind, wahrscheinlich brennt bei euch grade die Bude. Komm erst mal wieder runter und meld dich, wenn dir danach ist. Ich bin da."

„Das ist es ja, genau das muss aufhören, dieser Scheiß. Ich will mich nicht mehr bei dir melden, verstanden?"

„Warum rufst du dann an?"

„Damit das klar ist zwischen uns."

„Ganz ehrlich? Das willst du doch gar nicht. Ich bin dir nicht böse, Andrea, so was ist immer scheiße. Dein Künstler ist verletzt, klar, ihr habt ein Haus, ein Kind. Warte einfach, bis Gras über die Sache gewachsen ist und dann ruf mich an. Meine Nummer hast du ja. Ich weiß, du wirst wieder anrufen und du weißt es auch."

„Kann sein. Kann sein, du hast Recht. Ich hab keine Lust, mit dir zu diskutieren, ich wollte dir nur sagen, was ich will. Ich muss das für mich klären, da hast du einfach keinen Platz. Und ich wär dir dankbar, wenn du das respektieren würdest."

„Alles, was du willst. Wie gesagt, wir müssen jetzt keine Entscheidungen treffen, du und ich. Wenn du mich brauchst, weißt du, wo ich bin."

„Ja."

„Wenn du nach Berlin kommen willst."

„Mach's gut, René."

Schlussstriche waren nicht ihre Stärke, das war nichts Neues. Sie musste zurück. Das Wartezimmer mäßig gefüllt, es kam ihr vor, als würde sie angegafft. Getuschel, das in ihrer Anwesenheit verebbte. Im Laufe des Tages gab es zwei Gruppen. Die einen waren aufrichtig bestürzt und versuchten, dann doch in Erfahrung zu bringen, wie ihr Mann an das Foto gekommen sei. Die anderen gaben ihr zu verstehen, wie ungehörig sie es fänden, ein Leichenbild in der Zeitung abzudrucken, obendrein noch mit einer Unterstellung. Frau Lischek, die Hort-Erzieherin, nannte das eine Riesensauerei. Der Friseur mit dem Bluthochdruck und den absurd hohen Cholesterinwerten faselte was von Verleumdung. Andrea nahm Leo anfangs noch in Schutz, wobei sie aufpasste, keine Aussagen zur Todesursache von David zu treffen. Am Nachmittag war sie so zermürbt von den mehr oder weniger offenen Anfeindungen, dass sie Gespräche mit dem Hinweis auf die jeweilige Untersuchung abwürgte. Sie war immer noch überzeugt, das Richtige getan zu haben. Wusste aber nicht, wie lange sie den Spießrutenlauf aushalten konnte. Jedes Schweigen bezog sie auf sich. Jede Stoffeligkeit. Wenn Silvio Wagner, Maurer mit Verschleiß in der Schulter, es nicht schaffte, den Mund aufzukriegen, während sie sein ausgeleiertes Gewebe abtastete. Leo hatte Mut bewiesen. Das rechnete sie ihm hoch an. Die Folgen konnte auch er nicht absehen. Wenn ihre Patienten wegblieben, konnte sie dichtmachen. Sie vermisste Leo. Hätte ihn jetzt gern gesehen oder gesprochen, traute sich nicht, anzurufen, wollte ihn nicht bedrängen. Merkte erst jetzt, wie er aus ihrem Blickfeld gerutscht war. Weil sie sich ihre kleinen Aufmerksamkeiten lieber woanders geholt hatte.

Sie war erstaunt, als Merbitz reinkam. Dann fiel ihr ein, dass sie seinen Namen im Terminbuch gesehen hatte. Diesmal also kein Überfall. Er war charmant und höflich, krempelte wieder in vorauseilendem Gehorsam seinen Ärmel hoch, verzichtete auf die üblichen Anzüglichkeiten. Blutdruck und Herzfrequenz waren in Ordnung. Er beschwerte sich nicht mal, als sie beim Blutabnehmen nicht sofort die Vene traf. Könne ja mal vorkommen, kein Grund, nervös zu sein. Sie dachte schon, dass er sie verschonen würde, aber nach der Untersuchung blieb er einfach sitzen. Ließ sich Zeit, baute Spannung auf. Er ging nicht frontal auf Leo los. So plump war er nicht. Merbitz berichtete vielmehr von besorgten Bürgern, die sich nach Lektüre der *Freien Nachrichten* an ihn gewandt hätten. Ein ganzer Ort werde an den Pranger gestellt, der tragische Tod des Jungen auf perverse Weise instrumentalisiert. So was bekomme er zu hören. Merbitz ließ das so stehen. Die Botschaft war angekommen. Er bedankte sich überschwänglich für die vorzügliche Behandlung – ganz väterlicher Freund – und ließ beiläufig fallen, er würde sie ungern verlieren. Er müsse die Sorgen der Leute ernst nehmen. Im Rausgehen zwinkerte er ihr vertraulich zu. Andrea blieb eine Weile auf ihrem Drehstuhl sitzen, bevor sie darum bat, den nächsten Patienten reinzurufen.

Nach der Sprechstunde suchte Andrea Zuspruch bei Mandy im Blumenladen zwischen Rosenduft und Vasen voller Schnittblumen. Merkte erst zwischen den hellen, liebevoll dekorierten Naturholzregalen, welchem Gestank man in Liebbrehna ausgesetzt war, weil das Wasser überall trocknenden, ekelhaft dünstenden Schlamm zurückgelassen hatte. So sehr sie sich auf Leo freute, die Stimmung konnte jederzeit kippen. Oder Thieme hatte ihn rausgeschmissen. Oder alles auf einmal. Mandy kam um den Tresen rum, wischte sich die Hände an der Schürze ab und umarmte sie. Das sei ja mal eine Überraschung, Andrea müsse unbedingt öfter vorbeischauen und sei es nur kurz. Man sehe sich viel zu selten. Auf die Frage, wie es ihr gehe, antwortete Andrea, es sei schon besser gegangen. Mandy mit ihren feinen Antennen. Bereit, sich fremde Sorgen aufzuhalsen und ganz für sie da zu sein. Liebenswertes Helfer-Syndrom. Andrea drauf und dran, schwach zu werden und sich den Kummer von der Seele zu reden, die ganze Geschichte, aber sie riss sich zusammen. Mandy bohrte weiter, bis sie merkte, dass Andrea dichtmachte. Erzählte stattdessen, wie sie morgens mit Steffen die Zeitung gelesen habe. Steffen habe gleich beim Thieme anrufen wollen, um sich zu beschweren. Steffen sei ja der Meinung, das sei Bildzeitungsniveau, unterste Schublade, total unmöglich. Andrea unterbrach sie schroff. Was sie denn selbst denke. Mandy begann, an einem Strauß Gladiolen zu zupfen. Pflückte vermeintlich vertrocknete Blätter ab, fächerte den Strauß in immer neuen Varianten auf. Sie sprach mehr zu den Blumen. Wenn sie ihn wirklich erschlagen hätten. Wenn so was möglich wäre in Liebbrehna. Mandy war die erste, bei der Andrea so was wie Entsetzen ausmachte. Ansonsten war die Schock-Therapie nach hinten losgegangen.

42.

Zum zweiten Mal innerhalb weniger Tage saß er vor einem Bier und studierte die Wimpel und Pokale über dem Tresen. Den ausgestellten Stolz auf bedeutungslose Provinz-Trophäen. Verräucherte Holzvertäfelung. Versoffene Pseudogemütlichkeit. Thieme war dazu übergegangen, Anekdoten aus der schlechten alten Zeit zu erzählen. Wie er mit seinen Kollegen versucht hatte, Parteigremiensitzungen und sozialistische Schauveranstaltungen in noch bürokratischere Sprache zu gießen als ohnehin üblich. Auf der diesjährigen Messe der Meister von morgen hat sich der Pionier XY in vorbildlicher Pflichterfüllung der Frage gewidmet, wie das Kollektiv die Übererfüllung der Planvorgaben und so weiter und so fort. Natürlich habe keiner die Ironie verstanden, auch wenn man ja gewohnt war, zwischen den Zeilen zu lesen, im Gegensatz zu heute. Leo hatte Thiemes Einladung unmöglich ausschlagen können. Auf die Gefahr hin, dass sein Chef zu viel hineininterpretierte und ihn ab jetzt als Verbündeten ansah. Gleich morgens war Leo zu Thieme gegangen, der ihn mit der aufgeschlagenen Zeitung erwartet hatte. Leo hatte sich drauf gefasst gemacht, augenblicklich seinen Schreibtisch räumen zu müssen. Thieme hatte ihn dann zwar auflaufen lassen, indem er ihn warten ließ und weiter so tat, als lese er die Zeitung, aber als er endlich den Mund aufmachte, fragte er Leo nur, warum er das heimlich durchgezogen habe, hinter seinem Rücken.

Ein zweites Mal werde er sich nicht vor ihn stellen, damit das klar sei. Der Verlag habe angerufen und er habe denen gesagt, dass es für ihn, Thieme, gar keine Frage gewesen sei, das Leichenfoto abzudrucken. Der Verlagsschnösel habe was von journalistischen Grundsätzen und einer möglichen Rüge durch den Presserat gefaselt, aber damit sei es auch gut gewesen. Keine Abmahnung, nix. Leo kam es so vor, als sei Thieme beinahe dankbar, endlich Haltung zeigen zu können. Jedenfalls kam er glimpflicher davon als erwartet, auch wenn ständig Leser anriefen und drohten, ihr Abo zu kündigen, nachdem sie Leo als Nestbeschmutzer und Dreckschleuder beschimpft hatten.

Stulli war wortkarg und kurz angebunden. Er gab sich alle Mühe, ihre Bestellungen zu überhören, obwohl in der *Guten Stube* noch nichts los war. Leo musste ihn mehrfach bitten, bevor er betont langsam den Zapfhahn betätigte. Allerdings schritt der Wirt ein, als sie am anderen Ende vom Tresen zu pöbeln begannen. Drei mittelalte Männer, die nach schlechter bis gar keiner Arbeit aussahen. Der Durchschnitt von Liebbrehna. Volkes Stimme. Leo verstand so gut wie nichts von ihrem derben Sächsisch. Nur, dass es ihnen galt und sich anhörte, als gebe es gleich aufs Maul. Stulli sprach ein Machtwort. Wer Ärger mache, könne sich sein Bier demnächst woanders in den Kopp schütten. Danach war Ruhe. Bis auf das Geplärre von Andrea Berg über Lügen und Seitensprünge. Mittlerweile musste Leo schon froh sein, wenn er in der Dorfkneipe mit Nazihinterzimmeranschluss in Ruhe gelassen wurde. Nazis waren willkommen, er nur geduldet. Schweigend tranken sie ihr Bier. Thieme war die Lust auf DDR-Anekdoten vergangen und um das, was sie beschäftigte, machten sie einen großen Bogen. Der Ärger saß drei Barhocker weiter und beargwöhnte sie. Thieme saß das aus, dachte gar nicht dran, sich vertreiben zu lassen. Eins noch, Leo. Ein schnelles. Leo wollte nicht schon wieder versacken, schon gar nicht wieder auf einer fremden Couch aufwachen. Er zahlte für Thieme mit und dankte ihm. Dazu hatte er noch keine Gelegenheit gehabt. In der Redaktion hatten sie Normalität simuliert, so gut das zwischen den Schmähanrufen möglich war. Leo sagte, er wisse zu schätzen, was Thieme für ihn getan habe. Das sei nicht selbstverständlich. Thieme hielt sich an seinem Glas fest und sagte nichts. Allzu viel Zuneigung war er offenbar nicht gewohnt.

Er hatte den Tag überstanden, mehr nicht. Erreicht hatte er nichts. Leo stieg aufs Rad und fuhr los. Die Luft war feucht und roch nach Verwesung. Der erste Herbst hier war ihm fremd. Der Sommer noch Heimat gewesen. Auf dem freien Stück zwischen Ortsausgangsschild und der Abzweigung zu ihrem Hof fuhr ein dunkler BMW so dicht an ihm vorbei, dass er fast gestürzt wäre. Konnte Zufall sein oder auch nicht. Er redete sich ein, das habe nichts zu bedeuten. Die *88* auf dem Nummernschild. Musste nicht für Heil Hitler stehen. Bis er zuhause war, hatte er sich wieder gefangen. Am liebsten hätte er sich gleich hingelegt. Oder in die Sauna. Vielleicht hatte Andrea auch Lust. Er hörte Stimmen und folgte ihnen ins Wohnzimmer. Sah die komische Runde. Andrea mit Milan auf der einen Seite, ihre Freundin Anita mit ihrem Tommy gegenüber. Leo erkannte das kleine Großmaul, das beim Zelten den harten Mann markiert hatte. Davon war heute nichts zu sehen. Hängende Schultern, gesenkter Blick, Hände auf den Knien gefaltet. Er machte auf armer Sünder. Andrea sah Leo komisch an. Gut, dass er da sei. Er setzte sich neben sie und wartete auf eine Erklärung. Andrea verkündete, die beiden hätten was Wichtiges zu sagen. Er ahnte es. Der Ernst, die Zerknirschung. Anita stieß ihren Sohn an. Von dem harmlosen Stupser kippte er beinahe zur Seite. Trotz seiner breiten Schultern. Zuerst kam nur unverständliches Genuschel, das ihm seine Mutter nicht durchgehen ließ. Sie forderte ihn auf, lauter zu sprechen, wie man ein unartiges Kindergartenkind ermahnt.

Er tat ihr den Gefallen. Erzählte, wie sie sich an jenem Sonntag zufällig getroffen hatten. Er und Treter, Dachau und Spargel. Leo unterbrach ihn und fragte, wer das sei. Dachau und Spargel. Bescheuerte Unterschichtenspitznamen. Die Brüder aus dem Loch also. Loch sagte ihm wieder nichts, aber er wollte nicht noch mal einhaken. Wahrscheinlich meinte er die unsanierten Platten in der Senke hinter dem Lidl. Dachau hieß *Dachau*, weil er ein Fan von Konzentrationslagern war. Tommy sagte wirklich *Fan*. Spargel war schmal und hatte keine Muskeln. Ein Spargel eben. Beide wären gern *Heimatwächter*, genau wie er, Tommy.

Sie hätten rumgehangen und Bier getrunken, Treter habe Dosen mitgebracht. David hätten sie zufällig auf der Straße getroffen. Wer auf die Idee gekommen sei, wisse er nicht mehr. Habe sich einfach ergeben. Jedenfalls nahmen sie ihn mit in den Hinterhof von der Fleischerei. Weil sie da ihre Ruhe hatten. Nein, freiwillig sei er nicht mitgekommen. Aber ne Schelle habe gereicht. David hätte nur sagen müssen, dass er ein Jude sei. Ein Volksfeind. Treter habe ihm das befohlen. Dann hätten sie ihn in Ruhe gelassen. Das schwöre er. Aber David habe kein Wort rausgekriegt. Habe sich einen abgestottert. Tommy äffte David nach, verzog den Mund wie behindert. Andrea bat Milan, rauszugehen, ihr zuliebe. Als Milan nicht reagierte, wurde sie lauter, fast hysterisch. Bis Leo sie bat, Milan in Ruhe zu lassen. Tommy redete monoton weiter, als wäre er gerade aufgewacht. Sie hätten ihn dann geschlagen, damit er es endlich sagt. Vielleicht habe er selbst auch ein-, zweimal zugeschlagen, aber auf keinen Fall fest und sowieso nur auf die Arme. Treter hätte immer neue Ideen gehabt. Auf allen vieren krabbeln wie ein Hund, so was eben. Abwechselnd seien sie auf ihm geritten. Wiehern konnte David besser, als sprechen. Ganz ohne Stottern, total komisch. Jetzt wollte auch Leo nicht mehr, dass Milan zuhört, aber es war zu spät, keiner konnte sich entziehen. Wie bei einem Horror-Film. Alle starrten Tommy an. Es wurde immer unerträglicher, ihm zuzuhören. Dachau und Spargel hätten übelst Spaß gehabt. Vor allem, als Treter ihm ins Gesicht gepisst habe. Spargel hätte sich fast in die Hose gemacht vor Lachen.

„Und du? Hast du auch Spaß gehabt?"

Andrea hauchte das. Bekam keine Antwort. Tommy leierte die Geschichte runter, ein lustloses Referat über ein unliebsames Thema, legte ihnen seine Foltergeschichte vor die Füße, den ganzen Irrsinn. Nach dem Pinkeln sei die Sache für Treter erledigt gewesen, aber die Brüder hätten nicht aufhören können. Der Jude habe tanzen müssen, wo er schon nicht sprechen konnte. Tanz, Jude, tanz. Dachau habe in die Hände geklatscht, und Spargel habe ihm eine verpasst, wenn er nicht richtig getanzt habe. Tommy habe das sinnlos gefunden, weil, was sollte das denn eigentlich sein, richtig tanzen, aber er sei dann doch noch geblieben. Tanzen fand er sinnlos, schlagen offenbar nicht. Sie hätten dann noch ein Bier getrunken. Treter habe noch ne Runde geschmissen und sogar David eins abgegeben. Dachau habe ihm sogar ein Taschentuch gereicht, damit er sich die Sauerei aus dem Gesicht wegmachen konnte. Alles halb so wild. Treter habe dann befohlen, noch einen Spaziergang mit dem Schädling zu machen. Da sei Tommy aber nicht mehr mitgegangen, weil er doch versprochen habe, pünktlich zum Essen zuhause zu sein. Anita nickte. War sichtlich stolz darauf. Unfassbar. Die drei seien dann mit David abgezogen. Kleine Runde durch den Ort. Damit sich der Schädling von der Umerziehung erholen konnte.

„Schädling?"

Milan war aufgestanden und ballte die Faust. Nicht wie ein Schläger, nur verzweifelt. Für einen Moment wünschte sich Leo, er würde zuschlagen, was er nicht tat, natürlich nicht. Milan schnappte hilflos nach Luft, weil keiner was unternahm, bis Andrea ihn zurück aufs Sofa zog. Tommy sei dann nach Hause. Danach habe er sie nicht mehr gesehen. Nachdem David dann verschwunden war, habe er Spargel noch mal getroffen. Paar Tage später bei Aldi. Der Schädling sei weg für immer, habe Spargel gesagt. Einer weniger. Mehr nicht. Nur dass Treter jeden totschlägt, der was verrät. Andrea drückte Milan an ihren Busen, bis er nicht mehr unkontrolliert zuckte. Anita atmete erleichtert auf, als sei die Sache damit erledigt. Sah fast so aus, als erwarte sie ein Lob. Leo drehte sich mit fahrigen Fingern eine Zigarette, Tabak rieselte auf seinen Schoss, zwei Mal fiel ihm der Filter runter. Als er sie endlich anzünden konnte, wimmerte Andrea, im Wohnzimmer werde doch nicht geraucht. Gab es auf, als er sagte, das sei doch nun wirklich scheißegal. Sie stand auf, wischte sich hektisch die Tränen aus dem Gesicht wie eine giftige Substanz, bevor sie das Telefon holte. Schweigend warteten sie auf Jörg. Bis Andrea Getränke anbot, als hätten sie ganz normale Gäste. Anita bat um ein Wasser. Könne ruhig aus der Leitung sein. Tommy wollte nichts, war nur genervt. Er stöhnte, rutschte auf dem Sofa vor und zurück, verdrehte die Augen. Was denn noch? Er habe schließlich alles gesagt. Da war null Reflexion, keinerlei Einsicht. Er schien nicht annähernd zu begreifen, was sie David angetan hatten. Woran er beteiligt war. Ging ihn nichts an, schließlich hatte er ihn nicht umgebracht, so sah er das offenbar. Anita tätschelte ihm aufmunternd das Bein. War mehr als Beistand. Eher Lob für eine gute Tat. Sie behandelte ihn wie ein sensibles Kleinkind. Der Junge sei völlig verstört gewesen, nachdem er das Bild in der Zeitung gesehen habe. Anita redete drauf los. Sie habe ihm förmlich angesehen, dass ihn was bedrückt. Richtig gequält habe ihn das. So was spüre man ganz einfach. Sie wisse selbst nicht, warum sie damit zu Andrea gekommen sei. Vielleicht, um Mut zu fassen. Ihr sei schon klar, sie müssten damit zur Polizei. Aber Andrea sollte es als Erste erfahren. Andrea sei keine, die einem nach dem Mund rede. Das habe ihr gleich gefallen. Immer geradeaus. Auf so eine sei Verlass. Und Leo habe schließlich alles ins Rollen gebracht. Ihr Wortschwall ergab keinen Sinn, aber irgendwie musste sie ja damit klarkommen. Musste das Gerede aushalten, das einsetzen würde. Vielleicht bereitete sie sich schon darauf vor. Vielleicht war ihr Besuch sogar der Versuch, Leo für sich einzunehmen. Weil sie glaubte, als Reporter würde er die Freundin seiner Frau verschonen. Wenn das stimmte, überschätzte sie ihn maßlos. Er wusste nicht, ob er überhaupt noch mal über David schreiben durfte. Anita begrüßte Jörg mit den Worten, ihr Junge könne einiges beitragen, die Sache aufzuklären. Die Sache. Sie redete über den Mord, den ihr Tommy vorbereitet hatte, wie über eine Unannehmlichkeit. Sie war seine Mutter. Vielleicht sind Mütter so.

Jörg nahm beide mit. Als sie weg waren, nahmen sie sich zu dritt in den Arm. Konnten sich gar nicht nah genug sein. Wenn man nicht weiterweiß, ist man wieder Familie, egal, wie es sonst ist. Sie bemühten sich, aufmerksam und liebevoll zu sein. Holten Getränke und Decken, um sich zu verkriechen. Mussten dem Wahnsinn was entgegensetzen. Als wollten sie sich beweisen, anders zu sein. Leo hatte sich Gewissheit gewünscht, so wie alle, aber nicht so. Sie aßen zusammen, setzten sich vor den Fernseher, verkrochen sich in bemühte Harmonie, indem sie sich irgendeinem Serien-Müll aussetzten. Andrea beobachtete jede noch so kleine Geste, um rechtzeitig mitzukriegen, falls Milan zusammenklappen sollte. Er tat ihr den Gefallen und blieb bei ihnen. Merkte, was er ihnen zumuten konnte und was nicht. Sie sprachen es nicht mehr an. Hofften, das Schlimmste überstanden zu haben. Die Nazis hatten ihn ermordet. Weggeworfen wie totes Fleisch. So einfach und so schrecklich war das. Klarer Fall, dachten sie. Im Bett war Leo schwach und erschöpft genug, ihr die Löffelchen-Stellung durchgehen zu lassen.

43.

Sie standen im Kreis um den Brunnen und warteten. Zorakinder, Eltern, einige Anorakträger mit traurig-fahlen Gesichtern, die sie noch nie gesehen hatte und auch nicht zuordnen konnte. Insgesamt nicht mehr als dreißig Leute. Vor der Beerdigung hatte sich Andrea gedrückt, ihre Patienten als Ausrede vorgeschoben. Diesmal wollte sie dabei sein. Yvonne stützte sich auf den Rand des Brunnens und lächelte tapfer, aber wie leergelaufen. Das musste ungefähr die Stelle sein, wo David gesessen hatte, bevor sie ihn runter gestoßen hatten. Woher nahm sie nur die Kraft? Andrea versuchte, sich in ihre Lage zu versetzen, schaffte es aber nicht. Unvorstellbar, Milan zu verlieren und nicht dran zugrunde zu gehen. Nicht am Hass zu ersticken. Yvonne bedankte sich bei allen, die gekommen waren. Sie trug ihre bunten Klamotten und rang um Fassung, die Stimme wackelig. Sie hätten sich hier versammelt, um David zu gedenken, nicht um anzuklagen. Die Täter seien gefasst, das sei gut, aber es ändere nichts. Sie hätten ihr das Wertvollste genommen. Ihren wunderbaren, einzigartigen Sohn. Einige Zoramädchen begannen, leise zu schluchzen. Yvonne musste sich sammeln. Milan stützte Jule und umgekehrt. Leo hatte sich neben Yvonne gestellt, um ihr Beistand zu geben. Lässig sah er aus. Mit dem Hemd über der Hose unter der speckigen Lederjacke. Die beiden wären ein schönes Paar, nicht nur optisch. Mit gleichen Idealen und Vorstellungen von Rebellion und lebenslang unangepasst. Mit Yvonne würde er blind verstehen, worum sie zäh rangen. Ihnen würde zufallen, was sie sich mit Leo hart erarbeiten musste. Yvonne ließe ihn ganz tief in sich reinschauen. Tabulos, ohne Zögern. Von ihr könnte er kriegen, was er immer wollte. Ohne sich anstrengen zu müssen. Die durchsichtige Liebe. Das machte sie nicht mal eifersüchtig, war einfach so. Sie wusste, dass Leo nur sie liebte, warum auch immer. Obwohl sie alles andere als seelenverwandt waren, vielleicht gerade deshalb. Yvonne redete sich frei, warf mit warmen Blicken um sich und wurde eindringlich. Ganz sicher habe es Anführer und Mitläufer gegeben. Entscheidend sei das Gift in ihren Köpfen gewesen, auch in den ganz jungen. Sie wisse nicht, ob jemand zum Brunnen gesehen habe, als es geschah. Sie wisse nur, dass viele gelernt hätten, wegzusehen, wenn die jungen Männer mit den schwarzen Jacken aufkreuzten. Stummes Nicken, von Jungen und Alten. Nie wieder dürfe weggesehen werden, wenn sie ihren Hass verbreiten. Wenn sie Adolf Hitler verehren und seiner Ideologie nacheifern. Wenn sie Menschen jagen und Leben zerstören. In ihrer hemmungslosen Naivität war Yvonne umwerfend, absolut liebenswert, eine beeindruckende Frau. Andrea nahm sich vor, es noch mal mit ihr zu versuchen. Blieb ihr sowieso nichts anderes übrig. Leo würde die Freundschaft nicht aufgeben. Wollte sie auch gar nicht. Er war ihr Freund und fertig. Auch wenn sie gevögelt hatten. Andrea nannte sie für sich auch nicht mehr Gespenst ohne Titten. Die Wut war weg. Sie verstand ihre Toleranz selbst nicht. Yvonne machte ihre Schuldgefühle erträglicher, vielleicht war es das. Eine Mutter mit einem kleinen Jungen an der Hand schlich sich von hinten an den Brunnen. Die altbackene Steppjacke passend zu struppigen, frisurlosen Haaren. Eins dieser Muttertiere, die irgendwann aufhören, auf sich zu achten. Unsicher blieben sie am Rand stehen, bis Yvonne beide Hände ausstreckte und sie aufforderte, näherzukommen. Der Junge trug einen kleinen Blumenstrauß und wurde von seiner Mutter zum Brunnen geschoben, wo er den Strauß am Rand neben wachstropfende Kerzen legte. Danach nahm sie ihn wieder an die Hand und ging. Ein heimlicher, fast verschämter Besuch, aber ein Zeichen. Andrea sah sich um. Sogar Anita war gekommen. Yvonne hatte sie herzlich begrüßt und ihr fürs Kommen gedankt. Anita hatte gezögert, unsicher, ob sie erwünscht war. Nach der Begrüßung lachte sie erleichtert, überwältigt von der unerwarteten Warmherzigkeit. Yvonne überraschte alle. Jedenfalls die, die sie nur oberflächlich kannten wie Andrea. Mandy war auch da, hatte sogar einen Kranz abgelegt. Ihr Mann sei ja dagegen gewesen, herzukommen, flüsterte sie Andrea zu, aber das sei ihr egal. *Für David* stand auf der Schleife, mehr nicht. Leo hatte einen unrasierten Kerl mit Schiebermütze begrüßt und gesagt, das sei der Kapitän, bei dem er neulich übernachtet hatte. So würde es sein. Ein harter Kern von Anständigen, auf die man sich verlassen konnte. Eine Handvoll Unscheinbarer, die zusammenstanden und nicht bereit waren, alles hinzunehmen. Auf dem Hinweg hatte sie bei Marlene geklingelt und gefragt, ob sie mitkomme, aber Marlene musste ganz dringend Wäsche waschen. Außerdem könne sie Paulchen nicht so lange alleinlassen. Andrea hatte sich einen Ruck gegeben und sogar bei Friedemann angerufen. Er hatte ihr die kalte Schulter gezeigt. Der richtige Ort des Gedenkens sei die Kirche. Die Straße sei der Ort des Aufruhrs. Wenn sich die Trauernde an ihn wende, könne sie auf die Gemeinschaft Gottes hoffen. Schwer zu sagen, wo das herkam. Ob es verletzte Eitelkeit oder Überzeugung war. So oder so war Friedemann ein noch größeres Arschloch, als sie angenommen hatte. Auch Merbitz ließ sich nicht blicken, natürlich nicht. Leo hatte ihn mit einem dürren Statement zitiert. Irgendwas von Asozialen, die ihrer gerechten Strafe zugeführt würden. Einzeltäter, denen es nicht gelingen werde, den Ruf dieser wunderbaren Stadt und ihrer anständigen Bewohner zu beschädigen. Kein Wort zur *Heimatwacht.* Der durchsichtige Versuch, die Deutungshoheit zu gewinnen. Undenkbar, dass sie David ermordet hatten, weil sie ihn für minderwertig hielten. Das durfte nicht sein. Dann müsste man in Liebbrehna über Menschenverachtung sprechen, über Ideologie und die allgegenwärtigen Hakenkreuze. Ein blasses Ehepaar, das aussah, als komme es vom Einkaufen, kramte in einer mitgebrachten Aldi-Tüte. Die Frau stellte schließlich zwei Teelichter auf den Brunnenrand. Ihr Mann holte ein Feuerzeug aus der Tasche, verbrannte sich erst mal die Finger und wurde rot. Die beiden waren es nicht gewohnt, im Mittelpunkt zu stehen und beeilten sich, wieder im Kreis unterzutauchen. Es gab sie, die Anständigen. Wenige, aber es gab sie. Die anderen standen in sicherem Abstand zum Brunnen vor der *Guten Stube* und ließen sie nicht aus den Augen. Schwarze Silhouetten mit altdeutscher Schrift auf geblähten Brustkörben. Yvonne forderte sie auf, sich an den Händen zu fassen, nahm selbst die von Leo. Andrea war froh, dass Mandy und Anita da waren. Es störte sie, als Familie nicht nebeneinanderzustehen. Leo, Milan, jeder war für sich. Ein Mädchen mit Piercings in Nase und Augenbrauen ging mit Gitarre zum Brunnen und begann, leise zu singen. *We shall overcome.* Der alte Protestsong. Sie sang zerbrechlich, kehrte ihr Innerstes nach außen. Kein Protest, nur Trauer. Neben dem Marktplatz hielt ein bekannter Lieferwagen. *Bio auf Rädern.* Uwe stieg aus und holte einen Korb mit Gemüse aus der offenen Klappe. Ihre Blicke trafen sich. Da sie keine Hand frei hatte, versuchte Andrea, ihn mit einem Kopfnicken ranzuwinken. Er tat so, als habe er sie nicht erkannt und ging über die Straße. Die Guten sind nicht unbedingt die, die man auf Anhieb dafür hält. Nach dem Lied ließen sie sich los. Yvonne fiel Leo um den Hals, sie wiegten hin und her, mit geschlossenen Augen. Der letzte Halt vor dem Untergang. Es versetzte ihr einen Stich, jetzt doch, nicht weil sie ihnen das nicht gönnte, sondern weil sie sich fragte, ob sie Leo noch so nahestand. Milan hatte sich neben Yvonne gestellt und kündigte Davids Lieblingsgedicht an. *Stufen* von Hermann Hesse. Ausgerechnet *Stufen.* Das von Abschied und Neubeginn handelt. Einem Neubeginn, den es für David nie geben würde. Tapferkeit ohne Trauer. Zauber, der jedem Anfang innewohnt. Der uns beschützt und der uns hilft, zu leben. Welcher Anfang, dachte Andrea, welcher Schutz? Andrea verließ ihren Platz und ging zu Leo, sie brauchte ihn jetzt. Yvonne rückte von ihm ab, sobald sie Andrea bemerkte. Andrea griff sich seine Hände und legte sie sich um den Bauch wie einen Gürtel. Sie hoffte, er verstand das nicht falsch. Nicht als besitzergreifende Geste der Eifersucht, um sich zwischen Yvonne und ihn zu drängen. Viele weinten. Yvonne jetzt auch. Andrea versuchte, stark zu bleiben. Genauso wie Milan, den es immer wieder überwältigte, der Pausen brauchte, aber nicht abrechen wollte. Schließlich war es Davids Lieblingsgedicht. Bereitschaft zum Abschied. Andrea bezog das nicht nur auf David. Jedes Wort brannte und quälte. Passte auf alles. Auf René. Auf Leo. Auf Hamburg und Liebbrehna. Die falschen Kompromisse und ungelebten Sehnsüchte. Die Lügen und verdrängten Wahrheiten. „Wohlan denn, Herz, nimm Abschied und gesunde." Sie drehte sich um und küsste ihn. Mit Zunge, viel zu lang.

44.

Überall Chaos. Gartenmöbel, Sonnenschirme, Fahrräder, Werkzeug. Er war lange nicht mehr hier gewesen. Die Scheune, die sie Atelier nannten, war eine Rumpelkammer für alles, was gerade nicht gebraucht wurde. Wie eine illegale Müllkippe, die unaufhaltsam wächst, sobald einer anfängt, seinen Schund abzuladen. In einer Ecke standen Stühle um einen alten Küchentisch. Hier hatten sie gesessen. Milan, David und die anderen. Vorher. Als schon längst nicht mehr alles gut war, aber doch erträglich. Wie lange das her war. Leo begann, eine Schneise zu der Wand mit den Fotos freizuräumen. Legte Schaufeln und Spitzhacken in die Schubkarre und schob sie zur Seite. Stapelte Eimer und Werkzeuge auf den Teakholztisch und stellte die Fahrräder an die Wand neben der Tür. Mit unterdrückter Wut und absurdem Ehrgeiz. Bis er freien Blick auf die Schwarzweißgesichter hatte. Er betrachtete die Aufnahmen. Ausdrucksstarke Persönlichkeiten, für einen Moment herausgerissen aus ihren Alltäglichkeiten. Arbeiten, Kinderwagen schieben, sich langweilen. Jedes für sich ein gutes Bild, aber zusammengenommen standen sie für nichts. Keine Geschichte, keine Aussage. Solide Fingerübungen ohne Bedeutung.

„Du solltest wieder anfangen."

Er hatte sie nicht kommen hören.

„Wir wissen beide, das wird nie ein Atelier sein. Es wird hier keine Ausstellungen geben."

„Wahrscheinlich nicht. Trotzdem."

„Wir wissen doch beide nicht, was wir jetzt machen sollen, Andrea. Wir hängen doch total in der Luft. Das ist gar kein Vorwurf an dich. Du hattest nicht mal Zeit, zu überlegen."

„Ich muss nicht überlegen."

„Wie meinst du das, du musst nicht überlegen?"

„Das heißt, dass ich weiß, was ich will. Ich will mit dir leben, Leo. Aber ich weiß natürlich auch, dass ich das nicht entscheiden kann. Das musst du wissen, ob du mich noch willst, und ob du es kannst."

Leo begann, die Bilder abzuhängen. Eins nach dem anderen. Stellte die Requisiten seines Selbstbetrugs zur Seite. Andrea ließ ihn machen. Beim Sprechen drehte er sich nicht zu ihr um, räumte weiter, als habe er einen Auftrag.

„Weißt du, was ich auf keinen Fall will, ist, dass alles so weitergeht. Weil wir nun mal hier gelandet sind. Aus Bequemlichkeit. Dass du bleibst und mit den Gedanken wieder woanders bist. Dass du mich wieder außen vor lässt. Diese ganze Heimlichkeit und die Schnüffelei. Das macht uns kaputt."

„Ich weiß, das ist meine Schuld, Leo. Und ich weiß auch, dass du mir im Moment nicht vertrauen kannst."

„Warum sollte es diesmal anders sein? Was macht dich so sicher, dass nicht alles von vorne losgeht? Ja, wir nehmen uns vor, alles wird besser. Wir werden reden und offen sein und uns alles erzählen. Ein paar Wochen werden wir sogar ficken wie frisch verliebt. Und dann ruft er an oder du rufst an. Erst einmal und dann noch mal. Bis wieder alles beim Alten ist. Du wirst deine Geheimnisse hüten und ich werde mich erniedrigen und dir hinterherspionieren. Das kann ich nicht, Andrea. Genau so wird es kommen. Warum sollte es ab jetzt anders laufen, sag mir das."

„Vielleicht, weil wir es schon durchhaben. Vielleicht musste es erst so weit kommen. Es hätte nie passieren dürfen, aber es ist passiert. Wenn du es nicht schaffst, kann ich das verstehen. Ich kann dir nur sagen, wie es für mich ist. Ich hab mich entschieden."

„Ich will nicht zweite Wahl sein, Andrea. Ich bin kein Künstler und ich werd auch nie Geld haben. Mit mir ist das Leben, das du dir vorgestellt hast, nicht zu haben. Und weißt du was, da scheiß ich drauf. Ich will eine, der das reicht. Der ich reiche."

Seine Stimme zerfloss. Er merkte, wie er sich leidtat. Kämpfte vergeblich dagegen an. Wandte sich ab, holte das letzte Bild von der Wand und stellte es zu den anderen wie bei einem Umzug. Andrea überging seine Schroffheit und machte einen Schritt auf ihn zu.

„Du hast Recht. Ich hab gehadert. Ich hab mich von dem Luxusmist beeindrucken lassen. Ich hab das alles registriert, sein Geld, die teuren Anzüge, das Cabrio. Der erfolgreiche Arzt. Ein Leben ohne Probleme.

Ich bin auf diesen Quatsch angesprungen. Das bestreite ich gar nicht. Frag mich nicht, warum."

„Vielleicht ist das einfach so. Vielleicht bist du so. Wenn das so ist, dann werd mit ihm glücklich. Ist gar nicht zynisch gemeint. Mein ich ganz ernst. Vielleicht bin ich einfach nicht der Richtige, sondern er. Das ist der richtige Moment. Du schuldest mir nichts. Keine zur Schau gestellte Reue, keinen dramatischen Liebesscheiß, gar nichts. Wenn du ihn willst, dann geh. Und zwar jetzt."

„Ganz ehrlich? Ich hab mich das auch gefragt, Leo. Ganz ernsthaft. Aber so ist es nicht."

Leo hörte auf, hin und her zu gehen und suchte Augenkontakt. Musste irgendwohin mit der Zärtlichkeit, die hochkam.

„Früher hast du das alles in mir gesehen. Weißt du, dass ich mich bei dir wie Andy Warhol gefühlt habe?"

„Andy Warhol?"

„Andy Warhol, Helmut Newton, James Nachtwey. Wie alle zusammen. Nicht, dass ich das zurückwill. Wirklich nicht. Aber du hast wenigstens hingesehen. Du konntest gar nicht genug kriegen."

„Kann sein, ich dachte, ich kenn schon alles, ja. Das passiert doch mit der Zeit. Die Vertrautheit, da ist doch nichts Schlechtes dran."

„Das reicht mir nicht."

„Geht mir doch genauso, Leo."

Sie kam näher. Stellte sich vor ihn. Sie roch gut. Der Stoff spannte über ihren runden Brüsten. Die Verheißungen und nicht enden wollenden Enttäuschungen. Er wollte das nicht.

„Ich kann das jetzt nicht, Andrea. Ich weiß nicht, was ich sagen soll."

„Du musst nichts sagen. Wir müssen auch nichts machen. Ich wollte nur, dass du es weißt. Übrigens, wenn du wieder fotografieren willst: Ich bin da."

Sie kokettierte. War verspielt. Machte Andeutungen. Die ernste Andrea, die Vernünftige, Berechenbare, die immer geradeaus war. Die sagt, was sie denkt.

Das Bild, das man sich vom anderen macht, ist nie vollständig. Man kennt sich nicht, vergisst das aber wieder, sobald es läuft. Er nahm sich vor, sich zu erinnern. Die Erkenntnis zu hüten. Für immer. Heroischer

Mist. Leo schaffte es immerhin, sie weder zu küssen noch in den Arm nehmen. Die Unsicherheit auszuhalten.

„Merkst du was, Andrea?“

„Was?“

„Wir können reden.“

„Ja.“

„Warum erst jetzt?“

„Keine Ahnung. Du solltest bald Feuer machen. Milan wartet sicher schon.“

„Wir können noch so schöne Pläne machen. Am Ende entscheidet Milan. Wenn er sagt, das geht hier nicht mehr, ist es sowieso vorbei. So einfach ist das.“

„Das ist wohl so. Aber das heißt nicht, dass es mit uns vorbei sein muss. Wir können noch mal neu anfangen, egal wo.“

„Keiner kann neu anfangen.“

„So mein ich das nicht. Das weißt du auch. Was ich meine, ist, wenn wir gehen, müssen wir nicht auseinanderlaufen.“

Er ließ das so stehen. Wusste nicht, wohin mit den Händen, stopfte sie in die Taschen. Sie war aufrichtig, zum ersten Mal seit Langem. Andrea beugte sich vor und gab ihm einen unsicheren Kuss auf den Mundwinkel, ohne eine Fortsetzung zu erwarten, bevor sie zurückging, um Stockbrotteig zu machen. Er konnte ihr nicht trauen. Was schlimmer war, er konnte sich selbst nicht trauen. Leo räumte noch ein paar Teile weg, unsinnige Handgriffe, um irgendwas zu machen. Vielleicht würde er für die Leute von der Zora einen Foto-Workshop geben. Zeigen, wie Liebbrehna wirklich war. Vorausgesetzt, sie blieben. Hing alles von Milan ab. Im Moment boykottierte er alles, was nach Vergnügen roch. Dem Abend am Feuer hatte er nur zugestimmt, weil er wusste, dass sie reden mussten. Leo räumte die Schubkarre frei, schob sie nach draußen und begann, Scheite drauf zu laden. Milan kam dazu und half mit. Beide froh, eine Aufgabe zu haben, die sich wortlos erledigen ließ. An der Feuerstelle schichteten sie die Hölzer zu einer Pyramide auf. Leo überließ ihm das Anzünden und holte zwei Bier aus dem Kühlschrank. Er hatte Milan noch nie Bier angeboten. Jetzt war ihm danach. Milan tat so, als wäre das ganz normal.

Sie setzten sich auf die Bank, tranken aus der Flasche und sahen zu, wie sich die Glut nach oben fraß. Andrea kam raus, stellte eine Schüssel ab und setzte sich zu ihnen. Leo suchte nach einem unverfänglichen Einstieg, hatte ihn noch nicht gefunden, als er von drinnen die Türklingel hörte. Noch vor kurzem wäre es David gewesen, der vorbeischaute. Milan und Andrea kneteten Teigbälle um Stöcke, die Milan mit dem Taschenmesser angespitzt hatte. Milan fühlte sich nicht zuständig. Er habe Jule extra abgesagt, damit sie in Ruhe reden konnten. Also ging Leo.

Vor der Haustür stand ihr Nachbar, der Polizist. Nicht großkotzig wie sonst, eher verdruckst.

„Sie wollen bestimmt zu meiner Frau."

Leo drehte sich schon um.

„Nein, in diesem Fall möchte ich mit Ihnen sprechen."

Das geschärfte Gespür für Untertöne. Er war sofort auf der Hut. Auf Angst konditioniert.

„Danilo und Ronny Marschner und Maik Stange. Sie kommen frei."

„Wer?"

„Die Namen sagen Ihnen wohl gar nichts? Dachau, Spargel und Treter. Sie werden aus der Untersuchungshaft entlassen."

„Das ist jetzt nicht Ihr Ernst. Das ist ein Scherz, oder?"

„Kein Scherz. Die Staatsanwaltschaft geht nicht mehr von Mord aus. Es geht nur noch um gefährliche Körperverletzung mit Todesfolge. Bestenfalls Totschlag. Die drei haben umfassend ausgesagt."

Es hörte nicht auf. Wut und Ohnmacht kamen, es war zum Heulen, aber dazu reichte es nicht. Wie taub von zu vielen Schlägen. Es gab keine Selbstverständlichkeiten. Nicht hier, nicht für sie. Er fragte sich, warum der Dorfbulle damit ausgerechnet zu ihm kam. Hätte er nicht machen müssen. Sie waren sich von Anfang an nicht grün gewesen, konnten sich immer noch nicht leiden. Umso erstaunlicher. Die alten Feindbilder taugten nicht mehr.

Leo dachte an Yvonne und an Milan. Er würde Davids Mördern begegnen. Auf der Straße, beim Einkaufen, am Brunnen, in den sie David gestoßen hatten. Sie würden ihn angrinsen. Vielleicht würden sie vor seinen Augen einen Unsichtbaren schubsen, zeigen: Du bist der nächste. Der Polizist redete und redete. Über die Aussagen der drei Täter. Dass sie nur spielen wollten.

45.

Irgendwas war passiert. Irgendein neues Unglück, auch wenn Leo versuchte, sich nichts anmerken zu lassen. Er nahm einen Stock und stocherte im Feuer rum. Funken flogen, ein Hitzeschwall erfasste ihr Gesicht und lenkte kurz von ihm ab. Sie bekam Angst. Um ihr verseuchtes Idyll und um Leo. Angst, seinen moralgetränkten Glauben zu verlieren und seine unerschütterliche Romantik, seinen jungenhaften Körper und ja, auch seinen Schwanz. Was, wenn Yvonne schwanger war? Yvonne war dann doch nicht schwanger. Es war noch schlimmer. Jedenfalls kam es ihr so vor. Leo knallte es ihnen vor den Latz. Ohne Umschweife, schonungslos, brutal. Die Aussagen der Täter. Dass David auf dem Rand vom Brunnen sitzen musste, weil der, den sie Spargel nannten, mit ihm spielen wollte. Dass der Junge ihm die Finger gegen die Brust gerammt habe, immer wieder, weil er die Angst im Gesicht seines Opfers sehen wollte. Ein Judengesicht habe er sehen wollen. Das Gesicht eines Menschen in Todesangst. David sei über dem Abgrund sitzend vor und zurück gependelt. Hast du Angst, Jude? Bitte um Gnade, Jude. Dann sei er ins Loch gefallen. Aus Versehen. Das habe der Junge, der ihn in den Tod stieß, wörtlich gesagt. Aus Versehen. Leo redete langsam weiter. Starrte ins Feuer. Milan auch. So unerträglich die Geschichte war, sie konnten nicht anders, als zuzuhören. Die drei hätten übereinstimmend ausgesagt, dass sie ihn nicht umbringen wollten. Dass er beim *Judenspiel* verunglückt sei. *Judenspiel*, was für ein Wort, dachte Andrea. Daher sei es kein Mord, womöglich nicht mal Totschlag. Wohlgemerkt, er gebe nur wieder, was der Polizist gesagt habe. Leo weigerte sich weiterhin standhaft, Jörg beim Namen zu nennen. Er warf mit juristischem Halbwissen um sich, das er wahrscheinlich selbst gerade erst gelernt hatte. Für einen Mord brauche es den Vorsatz, jemanden töten zu wollen, und außerdem noch besondere Mordmerkmale. So was wie Heimtücke. Die könne der Staatsanwalt beim besten Willen nicht erkennen. Also kämen die drei bis zum Prozess frei. Leo erzählte es unerbittlich runter. Andrea stolperte über seine Formulierungen. Beim besten Willen. Was für ein Zynismus. Sein Bericht war voller Zumutungen.

„So sieht es aus."

Milan saß reglos da. Die Hände gefaltet. Andrea wartete darauf, dass er durchdrehte, auf Leo losging. Nichts. Stattdessen streckte er die Füße aus, hielt sie über einen glühenden Scheit. Andrea unfähig, einzugreifen. Hilflos sah sie zu, wie seine Turnschuhe zu qualmen begannen. Seine Beine zitterten, erst unmerklich, dann heftiger wie unter Stromstößen, aber der Schmerz kam nicht im Gesicht an. Sie brüllte Milan an, er solle das lassen. In jämmriger Hysterie. Ihr zuliebe zog er die Füße zurück. Die Schuhe dampften im matschigen Gras weiter. Der Geruch von verbranntem Kunststoff mischte sich unter beißenden Rauch. Milan starrte wieder ins Feuer. Seine Stimme merkwürdig tonlos und triefend sarkastisch zugleich.

„Das muss man ihnen ja wohl nicht glauben, oder?"

„Ich versteh's doch selbst nicht, Milan. Aber man kann ihnen offenbar nicht das Gegenteil beweisen, so, wie es aussieht. Solange sich kein Zeuge findet, gilt auch für diese kleinen Arschlöcher in dubio pro reo. Im Zweifel für den Angeklagten."

„Und dass sie ihn in dem Loch haben verrecken lassen, das ist wohl kein Mord, was? Sie hätten ihn retten können, wenn sie Hilfe geholt hätten. Hast du das dem Bullenschwein wenigstens gesagt? Hast du nicht, oder? Du hast dir seelenruhig diese Scheiße angehört."

„Unterlassene Hilfeleistung oder Totschlag durch Unterlassen oder wie das auch immer heißt, das kommt offenbar alles nicht infrage."

Andrea hatte Milan noch nie so gesehen. So voller Hass. Trotzdem kontrolliert. Die Hände immer noch gefaltet. Er jagte ihr Angst ein. Sie wunderte sich schon lange, wo er das alles ließ. Was es mit ihm machte. Wann er Amok laufen würde. Milan drehte sich ruckartig zu Leo um. Als wollte er spucken oder schlagen. Leo ignorierte die Drohgebärde und versuchte weiter, ungerührt zu erklären, was er selbst nicht verstand. Die Obduktion habe ergeben, dass der erste Aufprall tödlich war. David war also nicht ertrunken. Folglich hätten sie ihn nach dem Sturz auch nicht retten können. Sie würden billig davon kommen, weil sie ihn so schnell erledigt hatten. Weil sie ihn kaputtgemacht hatten wie ein lästiges Insekt. Völlig pervers. Milans Angriffe, Leos ruhige Erwiderungen, rauschte alles vorbei. Ihr war schlecht. Einen Moment lang kämpfte sie damit, ihnen nicht vor die Füße zu kotzen. Das war der Sargnagel. Aus und vorbei. Die Hand vor dem Mund versuchte sie, sich zu fangen, während ihre leise Hoffnung auf eine gemeinsame Zukunft zerbröselte. Der Hof, ihr Zuhause, sie bekam Sehnsucht nach Blumen-Beschneiden und Sträucher-Stutzen. Als sie sich wieder einklinkte, war Milan schon wieder versteinert, hackte aber weiter auf Leo rum. Geprügelt wird der Überbringer der schlechten Nachricht, schon klar.

„Alles Faschisten."

„So einfach ist das nicht, Milan, leider."

„Doch, so einfach ist das. Und du weißt das auch, aber du hast dich damit abgefunden. Du hast kapituliert. Ich hoffe, dass ich nie so werde wie du."

Leo tat gut daran, darüber wegzuhören. Sie hätte das nicht gekonnt.

„Es wäre leichter, wenn es so wäre. In Wahrheit ist es viel schlimmer. Da sind Faschisten und Opportunisten und Feiglinge und welche, die nicht anders können, weil die Gesetze nun mal so sind, wie sie sind. Und irgendwie müssen wir mit denen zurechtkommen."

„Du kannst dir das schönreden, wie du willst, Papa. Ich werd jedenfalls nicht tatenlos zusehen, bis sie den nächsten erwischen. Ganz sicher nicht."

Sie verstand das als Drohung. Und es setzte ihr zu. Was immer er damit auch meinte, es war eine Kampfansage. Antifa, Schlagringe, Pfefferspray, irgendein Wahnsinn, der neues Unheil nach sich ziehen würde.

Sie bewunderte Leo dafür, dass er so ruhig blieb. Er redete Milan weder nach dem Mund noch schonte er ihn. Bestärkte ihn nicht in seinem Hass, obwohl er ganz sicher ähnlich empfand. Absurd, dass ausgerechnet Leo erklären musste, was kein Mensch verstand. Die juristischen Hirnverrenkungen. Die grausame Vernunft, mit der sie einen Mord zu einer Lappalie eindampften. Sie hatte Leo Unrecht getan. Ihn wie einen unreifen Jungen und Träumer behandelt. Er war härter, als sie gedacht hatte. Er war derjenige, der sie zusammenhielt. Sie wollte ihm beistehen, kam nicht zu Wort, musste die Stimme erheben, bis sie endlich Ruhe gaben.

„Wir wollten ohnehin mit dir sprechen, Milan, Papa und ich. Vielleicht macht dir der ganze Irrsinn die Entscheidung sogar leichter. Papa und ich, also wir haben uns überlegt, dass du das entscheiden sollst. Wir können verstehen, wenn du hier wegwillst nach allem, was passiert ist. Zurück nach Hamburg. Es gibt keinen festen Plan oder so was. Irgendwie wird es schon gehen."

Milan stand auf und trat einen Stein ins Feuer. Sie erschreckte sich vor den fliegenden Funken. Dann bekam sie ihre Abreibung. Milan bohrte den Zeigefinger in die Luft, knöpfte sie sich richtig vor. Er werde nirgendwo hingehen. Das könnte den Nazis so passen. Ganz sicher werde er nicht flüchten. Ob sie das mit Jule eigentlich für eine Spielerei halte? Damit hatte sie nicht gerechnet. Hatte gedacht, er wäre erleichtert. Wie wenig sie von ihm wusste. Wie weit weg er war. Milan setzte sich wieder. Sein Zorn war keine pubertäre Pose mehr, er war erwachsen geworden. Wie Kinder in Krisengebieten. Von heute auf morgen. Weil er musste. Das war so traurig. Er hatte gesagt, was er sagen wollte. Sie wussten jetzt, wie es stand. Dass es nicht leichter werden würde. Milan fragte nur noch, welche Strafen die Täter zu erwarten hätten. Leise, nicht mehr aggressiv. Leo konnte es nicht sagen. Paar Jahre vielleicht. Wenn überhaupt. Jugendstrafen fallen mild aus. Milan nickte mit verkniffenen Lippen. Sie suchte in seinem Gesicht nach Hinweisen auf Resignation oder Rachegelüste, war sich nicht sicher. Das Feuer knisterte. Sie sahen Flammen auflodern und zusammenfallen. Erschöpft harrten sie aus. Nach einer Weile wagte sie es, sich neben Milan zu setzen. Er ließ zu, dass sie seine Hand nahm, lehnte sogar seinen Kopf gegen ihre Schulter. Etwas arbeitete in ihm, das merkte sie, wollte ihn aber nicht bedrängen. Es musste von ihm kommen oder gar nicht.

„Und ihr? Was ist eigentlich los? Lasst ihr euch scheiden?"

Sie musste das verdrängt haben. Die Streite, das Schweigen, die angespannte Routine. Es verstand sich von selbst, dass Milan alles mitbekommen hatte. Andrea hatte nicht darüber nachgedacht. Weil es zu beschämend war. Eltern müssen funktionieren. Sie müssen stark sein oder wenigstens so tun. Unendlich viel Kraft kostet das und ist am Ende völlig umsonst. Weil sie es doch merken. Weil man ihnen nichts vormachen kann, jedenfalls nicht lange. Sie suchte nach den richtigen Worten, entschloss sich spontan, reinen Tisch zu machen.

„Es ist so, Milan, ich habe …"

Leo unterbrach sie.

„Ja, wir hatten eine Krise. Wir haben überlegt, uns zu trennen. Ob wir uns noch guttun. Das kann passieren, jeder hat seinen Anteil daran. Wir haben es uns nicht leicht gemacht. Wir können nichts versprechen, auch dir nicht, Milan. Was ich sagen kann ist, ich liebe deine Mutter."

Leo sah sie dabei an, sagte es mehr zu ihr als zu ihm. Ein Bekenntnis. Zum ersten Mal seit dem großen Knall. Es fühlte sich gut an und richtig, auch wenn es nur eine Momentaufnahme war. Sie hatten es noch lange nicht geschafft, die Stimmung konnte jederzeit wieder kippen. Aber es kribbelte und machte sie beinahe euphorisch. Sie blitzte ihn an, hätte ihn gern in den Arm genommen. Er sah das und wandte sich nicht ab. Andrea stand auf und reichte ihnen die Stöcke, die sie nun doch noch übers Feuer hielten. Was sie hinter sich ließen, waren die vermeintlich besseren Zeiten. Die ohne erwartbare Katastrophen. Ohne demente Eltern und Pflegestufen, Krebsdiagnosen und abzuwischende Hintern. Wenn das schon die guten Zeiten waren, dachte sie. Leo holte neues Bier aus dem Kühlschrank. Gegen jede Gewohnheit nahm Andrea auch eins. Sie verbrannte sich am Stockbrot den Gaumen, aber das Bier betäubte den Schmerz und der weiche Teig schmeckte großartig. Sie konnten gar nicht genug davon kriegen. Es war spät geworden. Milan musste morgen in die Schule. Und wenn schon. Sie hatten keinen Plan und machten auch keinen. Vielleicht brauchte es den gar nicht. Kommt eh immer anders.

46.

Er wollte gerade loslaufen, wie immer allein, als sie sich wie selbstverständlich neben ihn hockte und die Laufschuhe anzog. Wortlos machten sie sich auf den Weg, durch die Felder in Richtung See, wohin auch sonst? Sie waren seit Ewigkeiten nicht mehr zusammen gelaufen, auch in Hamburg nicht. Den Verzicht auf Rituale hatte er immer für etwas Gutes gehalten. Hatten sie alles nicht gebraucht. Ostereierfärben, Truthahnessen, immer gleiche Geburtstagstorten. Die zwanghaften Gemeinsamkeiten und Scheinsicherheiten, dann lieber gar keine Rituale. Andrea hatte an einigen Familientraditionen festgehalten und sich ansonsten gefügt. Sie waren nicht erstickt wie andere, nicht erstarrt, genützt hatte es ihnen nichts. Jetzt hatten sie entrümpelt und ausgemistet – und was blieb, war Leere. Ein entkernter Raum, offen für alles, nur für was?

Es war schön, mit ihr unterwegs zu sein. Dass sie bei ihm sein wollte. Dafür war sie sogar bereit, sich zu quälen. Ihr Atem ging schwer, aber sie bemühte sich, Schritt zu halten. Unter ihnen knirschte der Kies. Liebbrehna war klein, hart und hässlich. Aber nicht hier. Auf dem See ein tiefblauer Kreis, wie von einer Tintenquelle gespeist. Drumherum ein türkisfarbener Kranz. Dieser verdammte See mit seiner grotesken Schönheit. Nichts erinnerte mehr an die Flut, bis auf einige entwurzelte Bäume, die am Ufer gestrandet waren wie Tierkadaver. Der Herbstwind bremste sie und zerwühlte Andreas Haare. Eine simple, aber effektive Entgiftung. Ein- und ausatmen und nicht mehr dran denken. Nicht an Kindernazis und furchtbare Juristen, nicht an Heimlichkeit und Betrug, nicht an erschnüffelte Indizien und Beweise. Den ganzen Dreck. Seit es raus war, hatte sie kein Wort drüber verloren. Sie hätte ihn schlachten können. Mit kleinen Andeutungen zermürben. Nichts, nicht mal klammheimliche Verachtung ließ sie ihn spüren. Er rechnete ihr das hoch an. Sie konnte verzeihen. Er wollte das auch. An der Steilküste blieb sie stehen und bat um eine Pause. Weit unten wurde ein Kite-Surfer von einem roten Drachen aus dem Wasser gerissen wie eine Marionette. Sie setzten sich in den Kies, aus dem Disteln und Margeriten krochen. Vielleicht war das schon alles. Ein aufgefülltes Baggerloch und die Illusion von Meer. Eine Kieswüste, die sie Strand nannten. Ein Hof zwischen Feldern, wo es sich aushalten ließ, wenn sie sich nicht gerade gegenseitig das Leben zur Hölle machten. Von wo sie sich tageweise nach Rom oder Paris absetzen konnten. Was kein so schlechter Gedanke war. Sie hatten so viel ausgelassen. Kann man nachholen, was man verpasst hat? Er liebte ihr angestrengtes Gesicht.

„Weißt du, ich will das wirklich alles wissen, Andrea. Was du brauchst? Wie du es gern besorgt kriegst?"

Sie blies sich eine Haarsträhne aus den Augen und betrachtete ihn. Eher amüsiert als verärgert.

„Du bist süß."

„Süß?"

„Unser Leben bricht über uns zusammen und du machst dir Gedanken darüber, wie wir vögeln."

Sie machte nicht gleich dicht, war nur erstaunt. Er kniete sich vor sie hin. Ignorierte die kleinen Steine unter der Kniescheibe.

„Lass uns Wahrheit oder Wahrheit spielen. Einverstanden?"

„Und was muss man da machen?"

„Wir stellen uns abwechselnd Fragen."

„Sonst nichts?"

„Es gibt nur eine Regel: Man darf nur die Wahrheit sagen."

„Gut, fang an, frag mich."

„Wie willst du gefickt werden?"

„Leo!"

Sie tat empört oder war es, schwer zu sagen. Wog ab, ob sie antworten sollte, oder besser, ob sie wollte.

„Also gut. Manchmal merke ich im Bett, wie du es mir recht machen willst. Dann bist du bemüht und zärtlich und aufmerksam. Das ist schön, aber das macht mich nicht an. Ich mag es, wenn du mich nimmst, wenn du dir keine Gedanken machst, wie es gerade für mich ist. Wenn wir einfach drauflos vögeln, ohne Orgasmuskontrolle. Verstehst du, was ich meine?"

„Du bist dran."

Sie hatten keine Übung darin, über so was zu sprechen. Außer im Streit. Es war ungewohnt, aber offenbar nicht unangenehm genug, um aufzuhören. Andrea streckte die Beine aus, als richte sie sich darauf ein, länger zu bleiben.

„Muss ich mir Sorgen wegen Yvonne machen?"

Er wollte das nicht abtun, nicht nur beschwichtigen.

„Nein, ich glaube nicht. Wir sind uns ähnlich in gewisser Weise, ja. Vielleicht haben wir so was wie die gleiche Weltanschauung oder das gleiche Lebensgefühl, was weiß ich. Jedenfalls will ich nichts mit ihr anfangen. Genauso wenig wie Yvonne übrigens. Ich hoffe, dass wir weiter Freunde sein können. Keine Ahnung, ob das möglich ist. Kann sein, es geht nicht mehr. Was ich sagen will: Sie ist es nicht. Du bist es."

„Warum eigentlich?"

„Tut mir leid, du bist nicht mehr dran."

Er grinste. Sie grinste zurück.

„Frag."

„Werden wir es hinkriegen, Andrea? Ich meine nicht, was du dir wünschst, nur was du glaubst. Ganz ehrlich."

„Wahrheit oder Wahrheit."

„Wahrheit oder Wahrheit."

„Ganz ehrlich? Ich weiß es nicht. Wir werden sehen."

Kein Versprechen, keine trügerische Sicherheit. Leo war beinahe erleichtert. Hielt das aus, ohne sie weiter bedrängen zu müssen. Auf dem Wasser ging die surfende Marionette baden, als habe jemand die Fäden gekappt. Andrea stand als Erste auf. Ihr war kalt und es war Herbst, da gab es nichts zu beschönigen. Durch den dünnen Stoff konnte er ihre verfrorenen Brustwarzen sehen. Um reden zu können, mussten sie spielen, immerhin, sie hatte sich drauf eingelassen. Sie konzentrierten sich auf ihren Atem und hingen ihren Gedanken nach. Den Fragen, auf die es keine Antwort gibt. Ob Respekt zurückkehren kann, wenn er einmal weg war. Ob es reicht, zu hoffen, zu glauben, zu lieben. Er fragte sich, ob es je wieder leicht werden würde und unbeschwert. Kurz glichen sich ihre Schritte an, scharrten gleichzeitig über den Kiesboden. Links, rechts, links, rechts. Zackige Marschformation. Leo trat kürzer, um den Gleichschritt zu zerstören. Die alten Dämonen schauten vorbei und begleiteten ihn eine Weile. Waren alle noch da, ganz real, nur stumm. Man denkt, es geht nicht mehr, aber es geht einfach immer weiter. Ist gar nicht so schwer. Sie ließen den Schotterweg hinter sich und bogen in die Straße des Friedens ein.

Danksagung

Ich danke Alex für den Glauben, die Bestärkung und ihre unendliche Geduld. Sophie für ihren Zuspruch. Mark Michel und Marcus Müller für ihre ehrlichen und hilfreichen Hinweise. Und Caterina Kirsten für ihre leidenschaftliche und unermüdliche Begleitung, jeden klugen Rat und die warmherzige Ermutigung.

Über den Autor

Michael Kraske wurde 1972 in Iserlohn geboren und zog bald nach dem Mauerfall nach Leipzig, wo er als Journalist und Buchautor lebt. Er hat Politikwissenschaft und Neuere Geschichte studiert und absolvierte die Henri-Nannen-Journalistenschule in Hamburg.
Seitdem schreibt er für Magazine und Zeitungen wie *Stern*, *Die Zeit*, *Cicero* oder *Merian*. Als Essayist mischt er sich in die große Politik ein, als Reporter beschreibt er kleine und größere menschliche Dramen. In seinen Geschichten geht es um Gewalt, Liebe, Einsamkeit, Sterben und Angst. Bei Recherchen trifft er Revolutionäre, Gewaltopfer, Prostituierte, Ausgebrannte, Lebensretter und Süchtige.
Für seine journalistische Arbeit wurde er mit zahlreichen Preisen ausgezeichnet. Der Autor veröffentlichte mehrere Sachbücher wie *Und morgen das ganze Land* und die Autobiographie *Ich bin dann mal drüben*. Und er schreibt weiter.

Im freiraum-verlag sind erschienen:

Prudenci Bertrana: Josafat oder Unsere Liebe Frau von der Sünde
Aus dem Katalanischen von Jürgen Buchmann.
11,00 EUR (D); ISBN: 978-3-943672-20-6

Jürgen Buchmann: Memoiren eines Münsterländer Mastschweins
Überarbeitete und ergänzte Neuausgabe
12,95 EUR (D); ISBN: 978-3-943672-38-1

Jürgen Buchmann: Lüneburger Trilogie
10,00 EUR (D); ISBN: 978-3-943672-14-5

Błażej Dzikowski: Der Weg des Saturn
Aus dem Polnischen von Paulina Schulz.
14,95 EUR (D); ISBN: 978-3-943672-75-6

Odile Endres: von bussen und büffeln. Gedichte
14,95 EUR (D); ISBN: 978-3-943672-23-7

Michael Gratz/Dirk Uwe Hansen (Hg.): Muse, die zehnte. Antworten auf Sappho von Mytilene
14,95 EUR (D); ISBN: 978-3-943672-50 3

Brygida Helbig: Ossis und andere Leute
Aus dem Polnischen von Paulina Schulz (unter Mitarbeit von Brygida Helbig).
14,95 EUR (D); ISBN: 978-3-943672-71-8

Angelika Janz: tEXt bILd. Ausgewählte Werke 1: Visuelle Arbeiten und Essays
11,95 EUR (D); ISBN: 978-3-943672-09-1

Constanze John: Blaue Zimmer. Texte 1983–2014
13,95 EUR (D); ISBN: 978-3-943672-67-1

Kramer/Mießner/Pohl/Schittko et al.: my degeneration. the very best of WHO IS WHO
14,95 EUR (D); ISBN: 978-3-943672-47-3

Peter Kroh: Die Lausitzer Slawen. Ein Rückblick in die Zukunft
Herausgegeben von Jürgen Buchmann.
12,95 EUR (D); ISBN: 978-3-943672-29-9

Jürgen Landt: alles ist noch zu begreifen
13,95 EUR (D); ISBN: 978-3-943672-01-5

Jürgen Landt: Letzter Stock im Feuer
12,95 EUR (D); ISBN: 978-3-943672-26-8

Jürgen Landt: Als das Dasein sich verpfiff
19,95 EUR (D); ISBN: 978-3-943672-63-3

Silke Peters: Ich verstehe nichts vom Monsun. Erzählung
11,95 EUR (D); ISBN: 978-3-943672-06-0

Uwe Saeger: Ein Mensch von heute
10,00 EUR (D); ISBN: 978-3-943672-17-6

Uwe Saeger: Faust Junior. Roman
24,95 EUR (D); ISBN: 978-3-943672-35-0

Uwe Saeger: Gott in Ketten. Ein Film
13,95 EUR (D); ISBN: 978-3-943672-59-6

Paulina Schulz: Das Eiland. Erzählung
12,95 EUR (D); ISBN: 978-3-943672-32-9

Sonja Voß-Scharfenberg: Eisblumen
12,95 EUR (D); ISBN: 978-3-943672-53-4